THE TWIN
SUNS

두
개
의
태
양

두 개의 태양 1

초판 1쇄 찍은 날 2010년 8월 31일
초판 1쇄 펴낸 날 2010년 9월 10일

지 은 이 | 유호
펴 낸 이 | 서경석

책임편집 | 조수희

펴 낸 곳 | 도서출판 청어람
등록번호 | 제1081-1-89호
등록일자 | 1999. 5. 31
어람번호 | 제10-0001호

주소 | 경기도 부천시 원미구 심곡2동 163-2 서경B/D 3F (우) 420-822
전화 | 032-656-4452 팩스 | 032-656-4453
http://www.chungeoram.com
E-mail | chungeoram@chungeoram.com

© 유호, 2010

ISBN 978-89-251-2284-7 04810
ISBN 978-89-251-2283-0 (SET)

두 개의 태양

THE TWIN SUNS

1

유호 장편 소설

GOLD

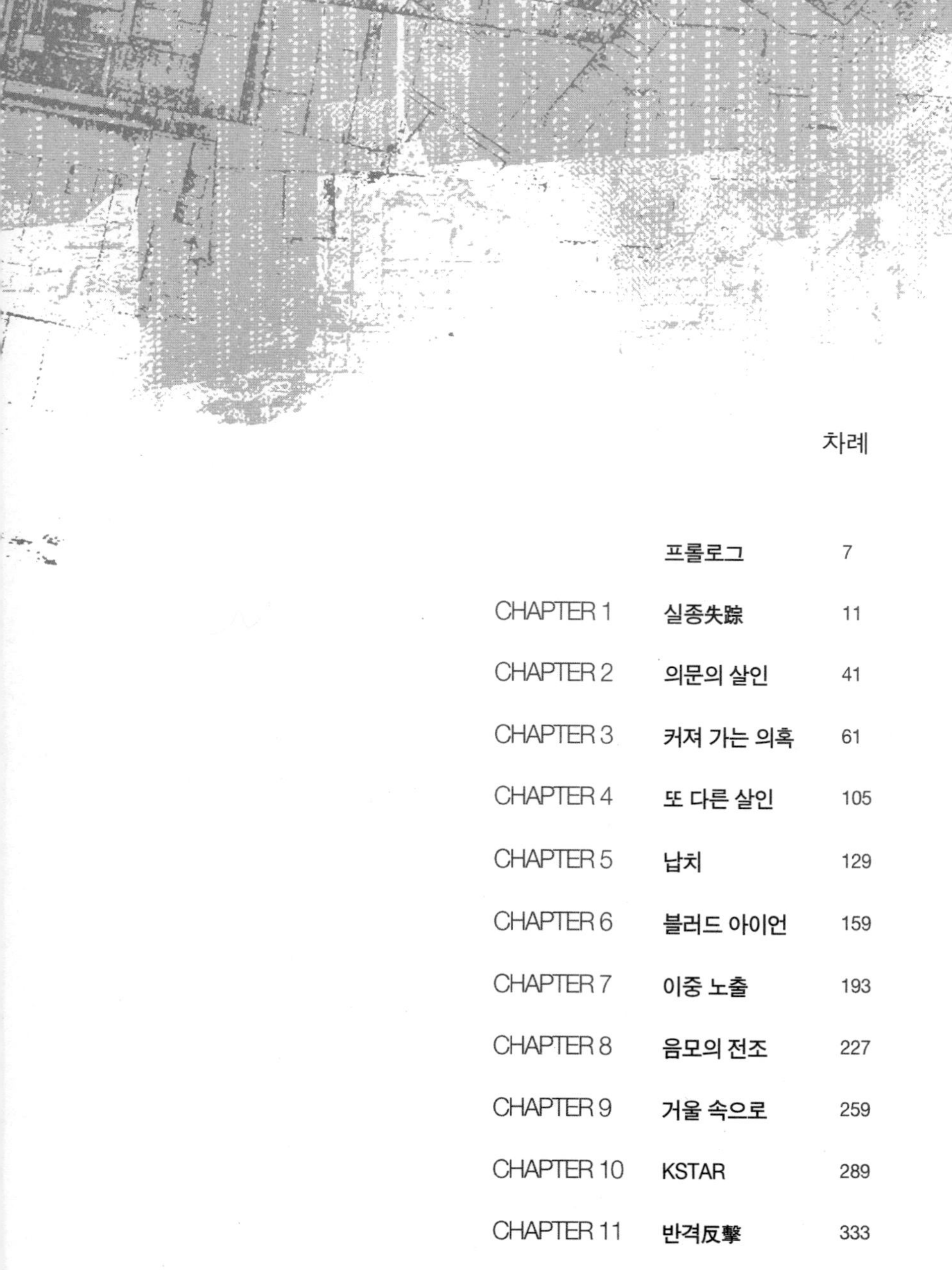

차례

프롤로그

　사내는 피로 범벅이 된 우비를 벗어 검은 비닐봉지에 쑤셔 넣었다. 새벽 2시, 사위는 완벽한 어둠 속에 파묻혀 있었다.
　'시간은 충분해.'
　혼잣말을 하며 공업용 커터칼에 묻은 피와 지문을 꼼꼼하게 닦아냈다. 어차피 태워 버릴 생각이지만 흔적을 남기는 건 무조건 피해야 했다. 비닐봉지를 구닥다리 아반테 트렁크에 던져 넣고 온 길을 되짚어 비탈길을 올라갔다.
　여기저기 잡초가 삐죽이 고개를 내민 오래된 포장도로, 도로 끝으로 폐가나 다름없는 콘크리트 건물이 보였다. 삐딱하게 기울어져 건들거리는 '국도유지건설사무소' 팻말을 지나 문짝도 없는 복도를 몇 개 가로지르자 건설사무소 종합사무실쯤으로 썼을

법한 어두컴컴하고 널찍한 공간이 나타났다. 지독한 곰팡이 냄새 사이에 섞인 역한 피비린내가 새삼 코를 찔렀다. 한쪽 구석에 세워둔 의자에서 시커먼 그림자가 꿈틀거렸다.

"이… 이제 벼… 병원으로 보내줘. 아는 건 다… 말했어."

바람 빠지는 듯한 끓는 목소리. 사내는 가만히 고개를 가로저었다.

"늦었어. 지금 병원으로 가도 넌 죽는다."

"처음부터 주… 죽일 생각이었군."

"살아도 세상에 도움 안 되잖아."

사내의 목소리는 얼음장처럼 차가웠다. 그림자가 입안의 피를 힘겹게 뱉어냈다.

"네미럴. 그년이랑 무슨 상관이지? 기둥서방이라도 되나?"

사내가 하얗게 이빨을 내보였다.

"빨리 죽여달라는 이야기로군."

"씨펄. 어차피 죽을 거라면 그편이 낫지."

포기한 듯 가라앉은 목소리였다. 슬쩍 입꼬리를 치켜 올린 사내는 천천히 의자 뒤로 돌아가 양손으로 놈의 관자놀이와 턱을 움켜쥐었다. 사내가 천천히 손에 힘을 주며 귓가에 속삭이듯 말했다.

"기억해 둬. 동생이야."

우두둑!

목뼈가 통째로 부러져 나가는 소리가 들렸다. 머리를 툭 밀어내고 천천히 상체를 일으켰다.

"배다른 동생이지. 하지만 내겐 그 아이밖에 없었어."

음산한 독백을 흘린 사내는 만신창이가 된 시체를 의자에서 풀어내 바닥에 깔린 비닐로 둘둘 말아 미리 끌어다 놓은 바퀴 하나짜리 밀대 위에 던졌다. 이제 마무리를 해야 할 시간, 세심하게 방 안을 돌아보고 놈의 소지품을 비롯한 잡동사니들을 일일이 챙겨 밀대에 쓸어 넣었다. 시체와 소지품들을 파묻고 적당한 곳에서 놈의 자동차만 처리하면 상황은 끝이었다. 놈의 직급이 제법 고위직이라 신경이 쓰였지만, 시장도 뇌물 챙기고 잠적하는 판국에 비리 공무원 한 놈의 실종 정도로 매스컴이 시끄러워질 일은 없을 터였다.

CHAPTER 1
실종失踪

　손에 쥐고 있던 융 조각을 자동차 지붕 위에다 던진 양우혁 대리가 한숨 섞인 푸념을 토해냈다.

　"염병. 귀신은 뭐 하고 자빠졌는지 몰라. 저런 인간 안 잡아가고."

　대충 욕설을 토해낸 양우혁은 짝다리를 짚고 신경질적으로 담배를 빼물었다. 건너편에서 자동차의 먼지를 털어내던 김태훈이 그를 돌아보면서 픽 웃음을 터트렸다. 양우혁의 시선은 막 악다구니를 퍼붓고 돌아가는 최재만 이사의 등판에 꽂혀 있었다. 양우혁이 다시 중얼거렸다.

　"세상 불공평해. 저 새파랗게 젊은 놈이 이사라니. 제기랄."

　유학파인 최재만은 39살의 젊은 나이였다. 낙하산이다 보니

업무 파악이 될 리도 없었고 무능하기도 했다. 무엇보다 39세라는 나이는 대기업 이사 자리에 앉기에는 너무 젊었다. 반면 34살이나 먹은 양우혁은 이제 겨우 대리 3년차였다. 이사 자리는 앞으로도 15년은 더 박박 기어야 겨우 명함이라도 내밀어볼 수 있을 만큼 까마득했다.

"그래도 저분 영어는 잘한다고 하던데요?"

"인마, 미국서 10년을 놀다 왔는데 그 정도도 못하면 나가 죽어야지. 솔직히 저 인간 할 줄 아는 거라고는 영어뿐인데 그 정도는 나도 하거든? 저거 아버지가 그룹사 사장이야. 아버지 아니면 이사는커녕 만년 대리 노릇하고 있을 거다. 네미럴."

"참으세요."

김태훈의 대꾸에 양우혁이 한쪽 눈썹을 장난스럽게 치켜떴다.

"어쭈? 이 친구 보게? 담당 대리한테 충고까지 하려고 달려드는 거야?"

"죄송합니다."

"죄송하긴, 인마. 나도 안다. 부러우면 지는 거지. 제기랄! 넘어가자. 크크."

양우혁은 담배 필터를 질겅질겅 씹으며 헐거운 웃음을 뱉어냈다. 뻘쭘해진 김태훈이 서둘러 지붕 위의 융을 챙기며 말했다.

"준비하시죠. 다들 기다릴 겁니다."

"그래, 가자. 젠장."

양우혁은 씹던 담배를 집어 던지고 얼른 자동차 앞뒤를 가려놓은 위장망을 걷어냈다. 이어 헤드램프와 후드에 묻은 흙먼지를 간단하게 털어낸 두 사람은 서둘러 시동을 걸고 차를 도로에 올렸다.

촬영팀은 벌써부터 멀리 직선 구간 중간쯤에서 대기하고 있었다. 거금이 투입되는 신차 CF여서인지 1주일이 넘는 강행군에도 불구하고 다들 조금은 들뜬 분위기였다. 더구나 CF의 주연이라고 할 수 있는 한선아는 최근 무섭게 상승세를 타고 있는 신인 영화배우 겸 가수였다. 데뷔 당시부터 각종 포탈 검색 순위 1위를 석권할 정도로 대단한 미인에 최근 개봉된 영화가 유료관객 500만을 간단히 넘기면서 주가가 하늘을 찌르고 있었다. 당연히 분위기는 좋았다.

"저기 있다. 세워."

한선아는 촬영팀 감독이라는 사람과 함께 굴곡진 도로 초입에 서 있었다. 양우혁이 입맛을 다셨다.

"쩝… 예쁘긴 정말 예쁘네. 한 방에 훅 간다. 흐흐."

얼핏 연약해 보이는 한선아는 멀리서도 확연히 빛이 났다. 늘씬한 키는 170은 족히 되어 보였고 가을바람에 날리는 긴 생머리와 하늘하늘한 흰색 드레스는 아예 여신의 포스를 뿜어냈다. 김태훈이 심드렁하게 말했다.

"그렇긴 하네요."

"역시 불공평한 세상이야. 네미럴. 저 아가씨 엄친딸이란다."

"엄친딸이요?"

"그래. 서울대 물리천문학부인가 다닌다더라. 1학년 때 길거리 캐스팅됐는데 요즘은 휴학했다지 아마?"

"공부도 잘했나 보네요."

"그래. 너도 재수없는 엄친아 중에 한 놈이지만 저 여자는 한 수 더 뜬다. 엄청 미인에 머리 좋지, 저 신이 내린 몸매 봐라. 노래에, 연기에 못하는 게 뭐 있냐? 데뷔한 지 겨우 2년인데 벌써 CF 선호도 순위 1위란다. 젠장. 저런 여자 데리고 살면 기분이 어떨까 몰라. 흐흐."

"우린 해당 없습니다. 신경 끄세요."

"크크. 그렇긴 하지. 어쨌든 요즘 저 여자 모르면 간첩이야. 연구소 실험팀에도 저 여자 손짓 한번에 숨넘어가는 놈들 숱하게 널렸다. 너도 기억해 둬라. 쩝… 그만 내리자. 내 속만 아프다."

PD 앞에다 차를 세운 김태훈은 선글라스와 작업복 점퍼를 다시 점검한 다음 문을 열었다. 자동차와 모델이 주연이니 운전하는 엑스트라는 최대한 눈에 띄지 않아야 했다. 두 사람이 차 앞으로 돌아 나오자 왜소한 체구의 PD가 목소리를 높였다.

"자! 차 왔으니 시작합시다! 이번엔 누가 운전할 거죠?"

"제가 할 겁니다."

PD는 김태훈을 위아래로 한 번 훑어본 뒤, 고개를 끄덕였다.

"좋군요. 그만하면 그냥 화면에 나와도 되겠습니다. 그대로 갑시다."

김태훈은 그냥 씩 웃었다. 애당초 그가 이번 CF 촬영에 투입된 이유가 180㎝가 훌쩍 넘는 훤칠한 키와 윤곽이 뚜렷한 호남형의 외모 때문이었다. 남이 자신에 대해 평가하는 건 그리 달갑지 않지만 칭찬의 뜻이니 그저 웃을 수밖에 없었다. PD가 마주 웃으며 한선아에게 차에 타라고 손짓을 했다.

"이번엔 한선아 씨가 타니까 시속 15킬로미터만 갑시다. 콘티는 봤죠? 선루프 위로 일어설 거요."

"알고 있습니다."

"좋아요. 시작합시다."

가볍게 고개를 끄덕인 김태훈은 옆자리로 올라타는 한선아를 힐끗 쳐다보고는 시동을 걸었다. 한선아가 그의 명찰을 빤히 건너다보며 또박또박 말했다.

"안녕하세요, 김. 태. 훈 아저씨. 잘 부탁드려요."

심드렁한 목례로 대답을 대신하면서도 김태훈은 새삼 놀랐다. 다들 대단한 미인이라는 이야기를 하지만 사실 피부에 와 닿지는 않았다. 그런데 오늘 본 그녀의 미소는 정말 사람을 빨아들이는 느낌이었다. 여자에 혹할 때도 있나 싶어 쓴웃음을 머금는 사이, 파킹브레이크 옆에 던져 놓은 무전기에서 PD의 고함 소리가 흘러나왔다.

—갑시다! 고! 고!

김태훈은 천천히 차를 도로 위로 올려 촬영팀이 모여 있는 곳까지 서행했다가 돌아오는 단순한 작업을 끊임없이 반복했다. 지겨울 정도로 단순한 작업이지만 새파란 가을 하늘과 붉은 단풍이 절묘하게 어우러진 그림 같은 북한강변을 만끽하는 것만으로도 보상은 충분했다.

촬영에 임하는 한선아의 진지한 자세를 보는 것도 또 다른 즐거움이었다. 늦가을로 접어드는 산자락에서 진행되는 촬영이다

보니 한선아가 입은 하늘하늘한 드레스는 엄청나게 추워 보였다. 그런데도 그녀는 6시간이 훌쩍 넘는 무지막지한 노가다 촬영이 진행되는 동안 시종일관 웃음을 잃지 않고 즐겁게 촬영에 임했다. 진짜 프로다운 모습, 흔히 보이는 스타급 연예인들의 시건방진 태도는 전혀 느껴지지 않았다. 겨우 22살에 스타 반열에 오른 것도 다 그만한 이유가 있다는 생각이 들었다. 보면 볼수록 대단한 아가씨였다.

길고 지루하게 진행된 마지막 촬영은 해가 산중턱에 걸리고 운전만 하는 그마저도 지친다는 느낌이 들 무렵이 되어서야 겨우 끝이 났다.

―컷! 수고들 했어! 여기서 끝내자고!

PD가 철수를 결정하자 한선아는 기대 있던 선루프를 탁탁 친 다음 시트 아래로 내려섰다.

"수고하셨습니다!"

환한 인사말, 김태훈은 조수석으로 내려오는 한선아의 손을 잡아주면서 고개를 까딱했다. 이번 촬영이 끝나면 다시 볼 일은 없을 터였다.

"고맙습니다, 태훈 오빠. 지금 보니 오빠네요. 아저씨라고 한 거 취소할게요. 호호. 다음에 기회 있으면 또 봬요."

한선아는 환하게 웃어 보이고는 번개같이 쫓아온 코디와 매니저의 손에 이끌려 시야에서 사라졌다. 김태훈은 고개를 가로저으며 쓰게 웃었다. 확실히 한선아는 사람을 미소 짓게 하는 마력을 가지고 있었다. 자타가 공인하는 아름다운 미모도 대단한 흡입력

두 개의 태양

을 가졌지만 진짜 강력한 매력은 따로 있었다. 보는 것만으로도 활력을 느끼게 하는 환한 미소, 주변 모두를 전염시키는 낙천적인 성격, 한선아는 모든 면에서 확실히 스타가 될 자질을 가지고 있었다.

'대단한 아가씨로군.'

그는 미소를 머금으며 손끝에 남은 온기를 털어냈다. 모르긴 몰라도 한선아의 손을 잡은 걸 동료들이 알면 한참 난리가 날 터였다. 입사한 지 얼마 되지 않아 신차 CF 촬영에 투입된 것만으로도 실험팀 선배들의 눈총을 받았는데 손까지 잡았으니 한동안 본의 아니게 미움을 받을 수도 있었다. 아니나 다를까 운전석으로 달라붙은 양우혁이 그의 어깨를 퍽 치며 호들갑을 떨었다.

"너 손잡았지, 짜샤."

그는 빙긋이 웃기만 했다.

"하여간 운도 좋아요. 사람은 역시 비주얼이 받쳐 줘야 돼. 에효… 난 이게 뭐냐."

양우혁은 회사 레이싱팀 부동의 코치일 만큼 무시무시한 운전 실력에도 불구하고 160이 겨우 넘는 작은 키에 옆으로만 퍼진 체구 때문에 이런 일에는 언제나 구경만 해야 하는 입장이었다. 겨우 입사 6개월짜리 햇병아리에게 핸들을 뺏긴 건 확실히 짜증스런 일일 터였다. 김태훈이 멋쩍게 웃으며 말했다.

"이제 돌아가시죠. 위장망 씌우고 견인차에 올리겠습니다."

"그래. 집에 가자. 차만 서울로 보내면 드디어 끝이다. 서울 가서 내가 한잔 사려고 했는데 그거 치우고 여기서 한잔하자. 최

PD가 특전을 베풀었다.”

“특전이요?”

“그래, 쫑파티 한단다. 우리도 가야지. 1주일 넘게 같이 고생했으니 한잔하자는 이야기야. 가서 한 건 만들어보자고. 스태프에 쭉쭉빵빵한 아가씨들 많잖아. 흐흐.”

“형수님께 전화 드릴까요?”

그의 장난스런 대답에 움찔한 양우혁이 그의 뒤통수를 손바닥으로 툭 쳤다.

“짜샤, 까불지 마. 여기 와서 그놈의 ‘네, 아니오’ 단답형 대답이 많이 고쳐져서 반갑기는 하다만 더 까불면 직장 생활 고달파지는 수가 있어. 흐흐. 뭐 그래도 앞으로 그 정도만 하자. 그래야 직장 생활 편해.”

“명심하겠습니다. 그리고 내일 놀토니까 양 대리님은 양껏 드십쇼.”

그는 최대한 장난스럽게 대답하고 차를 견인차 쪽으로 몰았다. 종일 운전대에 매달린 뒤끝이라 어깨가 뻐근했지만 몇 시간 더 자자고 양우혁의 기대를 외면할 수는 없었다. 물론 가봐야 두 사람 몫의 그럴싸한 건수는 없을 터였다. 그래도 헤어지는 마당이니 얼굴 정도는 내밀어야 했다.

두 사람은 꽁꽁 싸맨 시작차를 서울로 올려 보내고 숙소로 들어가 짐을 챙겼다. 한동안 TV 뉴스를 보면서 짧게 휴식을 취한 뒤, 저녁 7시쯤 숙소를 나섰다. 쫑파티 장소는 강 건너편 골프장 초입에 있는 고깃집인데 일반적인 관광지 식당과는 달리 최신형 노래방 기계에 대형 LCD TV까지 들여놓은 제법 깔끔한 점포였다. 두 사람이 홀로 들어섰을 때는 벌써 분위기가 한창 무르익어서 젊은 스태프 하나가 마이크를 거꾸로 잡은 채 기운 좋게 목청을 높이고 있었다. 막 들어서는 두 사람을 발견한 최 PD가 얼큰하게 취한 목소리로 말했다.

"여! 이제서 왔군. 어서 와요. 이리 앉읍시다. 앉아요."

"예."

꾸벅 목례를 한 두 사람은 PD와 가까운 빈자리를 찾아 나란히 자리에 앉았다. 촬영 기간 내내 그런대로 친하게 지냈던 AD가 내미는 소주잔을 받아 반쯤 비우고 내려놓자 반대편에 앉은 한선아가 밝은 표정으로 그에게 목례를 했다. 평범한 청바지에 점퍼 차림인데도 주변과는 확연히 구분되는 느낌, 술을 몇 잔 했는지 뺨이 발그레했다. 마주 목례를 하면서 마저 잔을 비우고 서둘러 안주로 손을 가져갔다. 점심을 자장면으로 때워서인지 배가 상당히 고팠다. 잠시 음식에다 정신을 판 다음, 분위기를 봐서 화장실에 간다는 핑계로 슬그머니 불편한 자리를 벗어났다.

길 건너 도로변에 주차된 자신의 구형 아반테에 기대선 채 주섬주섬 담배를 꺼내 불을 붙였다.

'쉽지 않군.'

여전히 불편했다. 전역한 지 벌써 8개월이 가까웠지만 이런 어수선한 분위기는 영 적응이 쉽지 않았다. 솔직히 하루 14시간을 넘기는 격무까지는 그런대로 견딜 만했다. 그러나 하루같이 지루

실종失踪

한 일상과 층층시야로 널린 상사들의 눈초리는 도통 견디기가 어려웠다. 그나마 타고난 운동신경과 감각적인 운전 능력 덕분에 실험팀에서 근근이 자리를 잡아가는 형편인데 느닷없이 최재만이 복병으로 나타난 셈이었다. 선배가 나와야 할 촬영팀 파견에 엉뚱하게 그가 차출되는 통에 이 작자의 레이더에 걸린 꼴이었다. 이미 시작차 보안관리에 불만을 표시했으니 앞으로의 회사 생활이 정말 고달파질 수도 있었다.

안 그래도 다 집어치우고 다른 동료들처럼 국가기관 경호직무 같은 적성에 맞는 일을 찾아야겠다는 생각을 하고 있었는데, 이래서는 그만두는 시점이 더 빨라질 것 같았다.

'휴… 먼저 올라가야겠네.'

양우혁은 한동네 사는 촬영팀 AD의 차에 빌붙어 올라가기로 했으니 굳이 남아 있을 이유는 없었다. 양우혁에게는 전화 한 통 넣어주면 그만일 터였다. 때마침 불어온 선선한 강바람이 길게 내뿜은 담배 연기를 쓸어갔다. 그는 다시 한 모금을 빨아들이고 차 문을 열었다. 순간, 뾰족한 여자의 목소리가 귀청을 때렸다.

"싫어요! 스케줄에도 없던 일이잖아요!"

흠칫 놀라 자동차 지붕 위로 고개를 뺐다. 식당 주차장 골목으로 한선아의 모습이 보였다. 뭔가 매니저에게 항의하는 것 같았다. 덩치 큰 매니저가 난감한 목소리로 마주 소리를 질렀다.

"나도 알아! 하지만 사장이 꼭 참석하라는데 방법이 없잖아. 내 사정도 좀 봐줘라. 응?"

"내가 술집 여자예요? 내가 왜 거기 가서 술을 따라요! 안 갈래요!”

“야, 선아야. 설마 너한테 술 따르라고 하겠냐. 그냥 얼굴이나 보자는 걸 거야. 참석자들이 다 거물이잖아. 그런 사람들이 막나가지는 않아. 내 생각인데 직접 보고 맘에 들면 스폰서 하겠다는 뜻인 거 같다. 그래서 DG미디어에서도 차미라하고 이예선이 참석시키기로 했대. 박 사장님도 울며 겨자 먹기로 찬성한 것 같더라. 그 양반 너 애지중지하는 거 너도 잘 알잖냐. 이번에 잘되면 장기 스폰서가 생길 수도 있어.”

“난 스폰서 같은 거 필요없어요. 그리고 한밤중 별장에 남자 세 사람 모인 자리에 여자 셋 부르는 건데 뻔하잖아요. 싫어요.”

한선아의 목소리는 단호했다. 느낌상 소속사 사장이 거물들이 모인 술자리에 나가라고 강요한 듯했다.

“야, 안 그래도 내가 반대했다가 사장한테 열나게 깨졌다. 그 인간 회사 말아먹는 꼴을 봐야겠냐고 지랄하더라고. 그 사람들 말 한마디면 연예기획사 하나 작살내는 건 일도 아니라는 거야. 막말로 신인배우 하나 정도는 파리 목숨이잖냐. 그게 현실이야. 그러니 눈 딱 감고 한 번만 가라. 너 이번 CF 끝나고 나면 다음 주 목요일 생방 말고는 특별히 스케줄도 없잖아.”

“오빠!”

한선아가 빽 소리를 질렀지만 매니저는 막무가내로 손을 잡아 끌었다.

“그만해라. 가자. 이번만 참석하고 다음엔 내가 어떻게든 막아줄게.”

"놔요! 오빠가 무슨 수로 막아요. 박 사장님이 오빠 말에 콧방귀나 뀔 것 같아요? 안 갈 거예요."

한선아가 악착같이 버티자 매니저의 언성이 높아졌다.

"정말 이럴 거야? 난 이러고 싶어서 이러는 줄 알아!"

"그만두세요. 아무리 그래도 양보할 게 있고 못할 게 있어요."

"계약서상에 회사가 참석하라고 요구하는 미팅에는 무조건 참석하게 되어 있잖아. 사장이 그냥 넘어갈 거 같아? 이번 CF에 입금된 거 하나도 안 줄 수 있어. 여차하면 소송하자고 달려들 거다. 제발 그냥 가자."

매니저가 반협박을 했으나 한선아는 매섭게 매니저를 노려보더니 바람 소리가 나도록 홱 돌아섰다.

"그만두세요! 내가 바보인 줄 알아요? 법적 효력도 없는 그런 이상한 조항가지고 협박할 생각 마세요. 나 서울 갈래요."

"선아야!"

매니저가 고함을 지르거나 말거나 한선아는 뒤도 돌아보지 않고 골목을 빠져나와 빠른 걸음으로 길을 건넜다. 매니저는 짜증스런 표정으로 그녀의 뒷모습을 쳐다보고 서 있었다. 식당 쪽을 향해 뛰다시피 걷던 한선아는 열린 문에 기대 멀뚱하게 서 있는 그를 힐끗 쳐다보더니 조수석 쪽으로 재빨리 다가섰다.

"저기, 서울 가시면 가시는 데까지 저 좀 데려다 주세요. 네? 급해요."

한선아는 그의 대답을 기다리지 않고 다짜고짜 조수석으로 올라탔다. 김태훈도 엉겁결에 운전석으로 올라타 시동을 걸었다.

그런데 상황이 애매했다. 돌아가는 형편을 대충 봤으니 이해는 가지만 그의 입장은 난처할 수밖에 없었다. 그러나 한선아의 울먹이는 목소리가 그런 생각을 간단히 접게 했다.

"제발요. 저 차 타면 바로 양평으로 데려갈 거예요."

우선은 괜한 일에 끼어들어 문제를 만드는 건 아닌가 싶었다. 하지만 그냥 외면하기에는 한선아의 눈빛이 너무나 간절했다. 백미러에 매니저가 달려오는 모습이 보였다.

"어서요. 네!"

'재미없어지는군.'

그는 에라 모르겠다 싶어져 그대로 차를 출발시켰다. 서울까지는 기껏해야 2시간 거리, 한 번 데려다 주는 것으로 크게 문제가 되지는 않을 터였다. 서울로 올라가는 길에 그냥 히치하이커 하나 태웠다고 생각하기로 마음을 정한 것, 차가 출발하자 쫓아오다 멈춰 선 매니저가 급히 휴대전화를 꺼내 들었다.

매니저가 백미러에서 사라지자 김태훈은 자연스럽게 가속하면서 골프장 진입로를 따라 국도로 방향을 잡았다. 속도가 조금 올라갈 무렵, 한선아가 덜덜 떨리는 손으로 휴대전화 배터리를 빼면서 조심스럽게 입을 뗐다.

"감사합니다. 태훈 오빠 맞죠?"

김태훈은 고개만 까딱해서 긍정을 표시했다.

"그런데 무슨 일입니까? 회사가 무리한 요구라도 하는 모양이죠?"

"들으셨어요?"

"본의 아니게."

"사실 우리 사장님은 몰라도 DG미디어 최 사장은 악명 높은 사람이에요. 소속 여자 연예인들 내돌린다고 파다하게 소문난 사람이거든요. 소문이지만 마약을 먹인다는 이야기까지 있어요. 그리고 절 보자는 사람 중에 우일경제신문 박재영 사장이 끼어 있는데 그 사람 소문이 아주 안 좋거든요. 뻔해요."

"괜한 참견을 한 게 아니었으면 좋겠군요."

"은인이세요. 전 죽어도 그런 짓은 못해요. 계약을 파기하면 했지 그런 자리엔 못 가요."

"은인은요. 그냥 차 한 번 태워 드린 겁니다. 고물차라 냄새는 좀 나지만. 후후."

그의 웃음에 한선아도 기분이 좀 풀렸는지 흐릿하게 미소를 머금었다. 그는 도로로 시선을 가져갔다. 식당 주변은 분위기 있는 조명이 많았으나 도로는 금방 어두워져서 오로지 부실한 전조등 불빛만 아른거리는 엷은 밤안개를 갈랐다. 능선의 가로등 두 개를 지나친 뒤에는 나무까지 무성해서 길조차 제대로 보이지 않았다.

따지고 보면 그저 평범한 산길, 그런데 기분이 영 좋지 않았다. 굳이 표현하자면 기분 나쁜 인기척, 누군가 그를 노려보는 것 같았다.

'뭐지?'

그는 가속페달에서 발을 뗐다. 순간, 도로를 가로막은 시커먼 자동차 두 대가 눈에 들어왔다. 왕복 2차선 도로 양쪽을 승용차 두 대로 완전히 가로막아 빠져나갈 구멍이 보이지 않았다. 외진 지역이지만 그래도 나름 고급 관광지라고 할 수 있는 골프장 근처에서 무슨 일이 있으랴 싶었으나 일단은 몸을 사리기로 마음을 먹었다. 이유는 단 하나, 지난 8개월 뼛속 깊숙이 잠들어 있던 그의 전투감각이 혈관 속에서 미친 듯이 요동치고 있었다.

길을 가로막은 차량에서 15미터 남짓 거리를 두고 차를 세우면서 조심스럽게 주변을 둘러보았다. 아니나 다를까 힘깨나 쓸 것 같은 어깨 몇 명이 자동차 주변에 서 있었다. 아무래도 매니저라는 작자가 길을 막으라고 전화를 넣은 것 같았다. 십중팔구 한선아가 출발하면 데려가려고 대기하던 자들일 터였다.

빵빵!

클랙슨을 강하게 눌러도 반응은 없었다. 한선아가 울상이 된 채 그의 팔에 매달렸다.

"어… 어쩌죠?"

'휴……'

김태훈은 짧은 한숨을 내쉬었다. 정말 어렵게 평범한 삶으로 돌아왔는데 여기서도 엉뚱한 사건에 휘말린 셈이었다.

"내가 내리면 문 잠그고 절대 내리지 말아요. 알았죠?"

"네? 네."

불안에 떠는 한선아의 어깨를 두들겨 일단 안심시키고 천천히 차에서 내렸다.

"무슨 일입니까?"

그가 차 문을 닫자 날렵한 체격의 사내가 전화를 끊으며 한 걸음 앞으로 나섰다. 깡마른 얼굴에 작은 키, 위압감은 느껴지지 않았지만 눈매만은 상당히 날카로웠다. 사내가 이빨 사이로 틱, 침을 뱉으며 위협적인 목소리로 말했다.

"유명 배우 한선아 양을 납치한 놈이 있다고 들어서 말이야. 당신인가?"

"본인이 원해서 집에 데려다 주고 있을 뿐입니다. 그쪽은 누구시죠?"

"아아. 그건 알 거 없고. 지금 막 한선아 양 매니저하고 통화를 했는데 한선아 양을 누군가 납치해서 달아난다더군. 납치는 큰 범죄야."

김태훈은 입꼬리를 비튼 채 놈들의 머릿수를 확인했다. 전부 다섯. 놈의 어깨 너머에서 건들거리는 것들은 손에 쇠파이프까지 들고 있었다.

'일이 우스워지는군.'

느낌상 소속사 매니저와 선이 닿아 있는 놈들인 것 같았다. 사내가 다시 한 발 앞으로 나서자 김태훈은 차 안에 있는 한선아를 슬쩍 돌아보고는 희미하게 미소를 내보였다. 상당수 연예기획사가 조직폭력배들과 엮여 있다는 말을 듣긴 했지만 이렇게 노골적인 상황은 예상 밖이었다. 애당초 좋은 의도로 길을 막은 것 같지는 않으니 좋게 말로 끝날 일은 절대 아니었다. 그렇다고 잔뜩 겁먹은 여자를 모른 척하고 돌아서는 건 그의 체질상 어림도 없는 소리였다.

"이유를 모르겠군요. 본인이 싫다지 않습니까."

그의 반문에 사내가 가소롭다는 듯 피식 웃었다.

“이봐, 월급쟁이 씨. 월급쟁이는 그냥 월급쟁이하고들 놀아. 언감생심 연예인이 뭐야? 그리고 그 아가씨 큰형님이 데려오라시는 거니까 다칠 일 없을 거다. 다 같이 하루 즐겁게 놀고 제자리로 돌아가면 그뿐이야.”

매니저와 통화했다는 게 확실해진 셈. 험하게 일그러지는 사내의 얼굴을 노려보며 김태훈은 쓰게 입맛을 다셨다.

“한선아 씨는 분명히 싫다고 말했습니다. 보내주시지요.”

“괜히 다치지 말고 이쯤에서 빠져라. 함부로 나설 자리가 아니다.”

‘빼도 박도 못하겠군.’

어쨌거나 도움을 청한 여자를 그냥 건달들 손에 넘겨줄 수는 없는 노릇. 길은 하나였다. 마음을 정하고 크게 심호흡을 하자 달갑지 않은 아드레날린이 무시무시한 속도로 혈관 속을 폭주하기 시작했다. 그의 목소리가 묵직하게 내려앉았다.

“쓰레기들 상대하고 싶지 않다. 차 치워라.”

조폭 나부랭이들과의 싸움에서는 기세가 우선이었다. 기세에서 이겼다 싶으면 겁없이 달려들고 심상치 않으면 물러서는 것이 이것들의 생리였다. 일단은 눌러놓고 보자는 생각이었다. 헌데 반응이 예상과 달랐다. 사내는 고개를 좌우로 꺾더니 손가락까지 소리 나게 꺾었다. 겁주는 건 실패였다.

“호오. 그래도 꼴에 사내라 이건가? 이거 웃기는군. 싸움은 의욕만 가지고 하는 게 아니야. 막내야, 치워라.”

실종失踪

“예! 형님.”

새파랗게 어린 덩치 둘이 불쑥 앞으로 나섰다. 유도 같은 운동을 하다가 그만두어서인지 몸집이 엄청났다. 얼핏 손 하나가 솥뚜껑 같은 느낌으로 둔해 보였지만 자칫 옷깃이라도 잡히면 고생깨나 할 것 같았다. 이러면 무조건 속전속결이 최선, 단숨에 끝내야 했다. 살집이 더 붙은 짧은 머리가 한 발 더 앞으로 나서며 그의 어깨를 향해 손을 내밀었다.

“어이, 비키라면 비켜.”

그는 다가오는 손을 툭 잡아채며 놈의 명치에다 가볍게 훅을 먹였다. 가볍지만 치명적인 일격, 놈은 일격에 허리를 꺾으며 스르르 무너져 내렸다.

“컥!”

그대로 놈의 어깨를 타 넘으며 뒤에 멍하니 서 있는 덩치의 목덜미를 발등으로 찍었다. 놈은 비스듬히 날아가 도로 밖 덤불 속으로 처박혔다. 여유롭던 사내가 반사적으로 한발 물러섰다. 일단 기선은 잡은 모양새, 그러나 산만한 덩치 둘이 눈 깜짝할 사이에 주저앉았는데도 놈은 여유롭게 목을 좌우로 꺾었다.

“이거 한가락 한다는 뜻이었군. 재미있어졌어. 흐흐.”

놈의 웃음과 함께 등 뒤에 있던 두 놈이 쇠파이프를 휘저으며 뛰어나왔다.

“흐아압!”

기세는 대단했지만 동네 건달 수준에서 조금도 벗어나지 못한 허술한 몽둥이질, 내심 코웃음을 친 그는 대각선으로 날아오는

두 개의 태양

파이프를 머리 위로 가볍게 흘리면서 놈의 면상에다 짧게 팔꿈치
를 틀어박았다.

"끄악!"

허공에 붕 떠오르는 놈을 돌아나가면서 뒤따라 달려드는 놈의
손을 오른발로 걷어내고 순간적으로 도약해 무릎을 턱 밑에다 박
아 넣었다. 놈은 비명도 지르지 못한 채 뒤로 넘어갔다. 공중에서
떨어지면서 먼저 쓰러진 놈의 아랫배에다 다시 무릎을 꽂아 넣었
다.

"끄르륵."

그는 일어서지도 않고 말려 올라간 점퍼를 양손으로 털어내 바
로잡았다.

"물러서라."

셋은 기절해 버렸는지 움직임이 보이지 않았고 나머지 하나는
나무둥치 아래 처박힌 채 컥컥대며 저녁에 먹은 국수 가락을 세
고 있었다. 사내가 한발 물러서며 무언가를 꺼내 휙휙 돌렸다. 영
화에서 흔히 보던 버터플라이나이프였다. 전혀 효율적이지 못한
무기, 겉멋 든 깡패들이 상대를 위협할 때나 쓰는 물건이었다.

'황당한 친구로군.'

그는 어깨를 으쓱해 보였다. 그런데 느닷없는 파열음이 들려왔
다.

퍽!

허공에다 한참 칼을 휘저으며 위협하던 놈이 비명도 지르지 못
한 채 풀썩 앞으로 무너졌다.

31

"이놈 뒤에는 눈이 없는 모양이야. 흐흐."

놈의 등판 건너에 어디서 본 듯한 낯익은 30대 후반의 사내가 길쭉한 각목 하나를 들고 서 있었다. 골프장에는 어울리지 않는 허름한 갈색 점퍼에 양복바지 차림이었다. 사내가 도랑 속으로 각목을 던져 버리며 다시 말했다.

"차 빼줄 테니 얼른 사라지쇼. 이것들 처리도 내가 알아서 하지."

사내는 그의 대답을 기다리지 않고 놈들이 세워놓은 차 한 대에 올라타고는 차를 도로변 도랑에다 쿡 처박았다. 잽싸게 운전석에 올라탄 김태훈이 차를 앞으로 빼내자 사내가 도랑에 박힌 차에서 훌쩍 뛰어내려 운전석 쪽으로 돌아왔다.

"그 아가씨 집으로는 데려다 주지 마쇼. 내가 저것들 생리를 좀 아는데 여기서 소식 없으면 집으로라도 사람을 보낼 거요. 흐흐. 자, 어서 가쇼. 즐거운 하루 보내고."

사내는 기묘한 웃음을 흘리면서 자동차 천장을 펑펑 내리치고는 그가 무어라 말을 건네기도 전에 쓰러진 놈들 쪽으로 달려가 버렸다. 김태훈은 내릴까 하다가 그냥 가속해서 골프장을 빠져나왔다. 시간을 끄는 건 아무래도 한선아에게 좋지 않을 것 같았다.

밤길을 무섭게 달린 자동차는 순식간에 널찍한 경춘국도에 올라섰다. 잠시 어색한 침묵이 흐른 뒤, 조금 안정이 되었는지 완전히 얼어붙었던 한선아가 어렵게 입을 뗐다.

"저… 괜찮으세요?"

"괜찮습니다. 다친 건 저놈들이죠."

두 개의 태양

한선아의 입에서 안도의 한숨이 새어 나왔다.

"하아… 다행이에요. 그런데 저 사람들 누구죠? 영태 오빠하고 한패일까요?"

"영태라는 사람이 매니저입니까?"

"네. 인상은 험악해도 나쁜 사람은 아니에요."

"글쎄요. 저 친구들이 한선아 씨 매니저와 통화를 한 것 같기는 한데… 평소 주변에서 얼쩡거리던 사람은 없었습니까?"

"어두워서 잘 못 봤는데… 없었던 것 같아요."

"그럼 그쪽 소속사 사장한테 압력을 가했던 놈들일 겁니다. 그 거물이라는 작자들 중 하나와 선이 닿아 있는 놈들이겠죠."

"그럼 어쩌죠? 아까 그분이 또 찾아올 거라고 그랬잖아요."

"집은 어딥니까?"

"여의도인데 소속사에서 얻어준 오피스텔이에요. 학교 기숙사에 있다가 그리로 옮겼어요."

"확실히 거긴 곤란하군요. 일단 오늘은 어디든 몸을 피하는 게 좋을 것 같은데… 어디 머물 만한 곳 있습니까?"

"작은아버지 댁에 가면 되는데… 충주예요. 서울에는 혼자 올라와 있거든요."

"부모님은요?"

"아버지는 재작년에 사고로 돌아가셨고, 어머니는 영국에서 재혼하셨어요."

김태훈은 꿀꺽 말을 삼켰다. 본의는 아니지만 말실수를 한 셈이었다. 그가 당황한 표정으로 입을 다물자 한선아가 엷게 웃으며 말을 받았다.

"괜찮아요. 오래전 일인데요, 뭐. 아마 두 분 계셨으면 연예계에 발을 들이지도 못했을 거예요."

"충주까지 모셔다 드릴까요?"

"아뇨. 밤중에 내려가면 걱정하실 거예요. 오빠도 힘들고요. 그냥 아무 데나 호텔로 갈게요."

"돈은 있습니까?"

"회사 신용카드 있어요. 걱정 마세요."

"회사 신용카드는 안 됩니다. 호텔에 체크인하면 회사에서 바로 위치를 확인할 겁니다."

잠시 안정되어 있던 한선아의 표정이 다시 어두워졌다. 거기까지는 미처 생각하지 못한 모양이었다.

"영태 오빠가 찾아올까요?"

"그럴 수도 있겠죠. 저런 작자들까지 동원된 걸로 보아서는 선아 씨 소속사 사장님이 감당할 만한 상황이 아닐 겁니다. 어쩌면 한통속일 수도 있고요."

"휴… 그럼 안 되는데… 어쩌죠?"

김태훈은 내심 입맛을 다셨다. 우선은 귀찮은 일에 말려들었다는 생각이 머리꼭지를 괴롭혔다. 그렇다고 마땅히 갈 곳도 없는 여자를 아무 데나 내려주고 모른 척하는 건 체질에 맞지 않았다. 어차피 발을 담갔으니 가는 데까지 가는 수밖에 없었다.

"저… 그래도 될지 모르겠지만 괜찮으시면 내 아파트에 하루 있도록 하세요. 난 거실에서 자면 됩니다."

한선아의 얼굴에 금방 화색이 돌았다. 막막한 상황에서 괜찮은 옵션이 하나 생긴 셈일 터였다.

"그래도 돼요?"

"내가 현금을 좀 찾아줘도 되지만 모텔 같은 데 들어갔다가 자칫 파파라치들 눈에 띄면 곤란할 겁니다. 냄새는 좀 나겠지만 일단 내 방에서 하루 견디세요. 내일 충주까지 데려다 드리죠."

"감사합니다."

한선아는 엷게 미소를 지어 보이고는 이내 입을 다물었다. 머릿속도 복잡할 테고 놀란 가슴을 진정시키는 데도 시간이 제법 필요할 것이었다.

자정이 가까운데도 올림픽대로는 엄청나게 혼잡했다. 이것저것 걱정스런 질문을 해대던 한선아는 어느새 쌕쌕 숨소리를 내며 잠이 들어버렸다. 작게 음악 프로를 틀어놓고 골프장 진입로에서 벌어진 일들을 차분하게 곱씹었다. 사실 연예계와 조직폭력배의 공생관계에 대해서는 신문지상을 통해 귀에 못이 박히도록 들어왔다. 그러나 막상 몸으로 겪고 나니 기분이 묘했다. 시답지 않은 건달 따위에 겁먹을 일은 없지만 세상살이가 번거로워진 것만은 분명했다.

'일이 커지면 곤란한데……'

지레 겁먹고 너무 민감하게 반응하는 건 아닌가 싶기도 했지만 일단 나름대로 대비는 필요했다. 가장 궁금한 건 오늘 동원된 조직이 누구와 선이 닿아 있는가 하는 점, 그러나 당장은 알아낼 방법이 없었다. 이 철부지 아가씨가 깨어난 다음에 하나하나 챙겨 보아야 할 부분이었다. 그리고 중간보스쯤 되는 놈의 뒤통수를 박살내 버린 사내의 정체도 궁금했다. 분명 어딘가 낯이 익었다. 어두워서 얼굴을 확실히 보지는 못했지만 어디선가 본 듯한 느낌이었다. 그러나 아무리 기억 속을 뒤져도 사내의 얼굴은 떠오르지 않았다.

'모르겠다. 나중에 생각하자.'

상일 IC에서 고속도로로 올라가 곧장 성남으로 방향을 잡았다. 14평 남짓한 그의 집은 성남 구시가지에 있는 허름한 5층짜리 아파트 2층이었다. 주중에는 회사에서 숙식을 해결하고 주말에만 사용하는 상황이라 집에는 온기가 하나도 남아 있지 않았다. 그는 들어오자마자 보일러를 켜고 주방 겸 거실 구석에 덩그러니 놓인 1인용 소파를 가리켰다.

"앉아요. 남자 혼자 사는 집이라 없는 게 많을 겁니다."

머뭇거리던 한선아가 소파에 앉자 그는 얼른 방으로 들어가 자신의 옷 중에서 가장 작은 반팔 티 하나와 반바지를 가지고 나와 그녀에게 건넸다.

"씻고 들어가 자요. 욕조는 없으니까 간단하게 샤워만 해야 할 겁니다. 칫솔은 욕실 선반에 새것 몇 개 있습니다."

"네."

살짝 얼굴을 붉힌 한선아가 욕실로 들어가자 그는 대충 침실을 정리한 뒤, 갈아입을 옷만 꺼내놓고 베란다로 나가 담배를 빼물었다. 평소 같으면 그냥 안에서 피우겠지만 여자 손님이 있으니 조심해 주는 것도 나쁘지 않을 것 같았다.

담배에 막 불을 붙이려는데 주머니 속에서 전화가 부르르 떨었다. 생소한 번호였다.

"예."

[김태훈 씨 전화죠? 나 민영태요. 한선아 매니저.]

상당히 흥분한 목소리. 보나마나 양우혁에게 그의 전화번호를 물어보았을 터였다.

"아! 안녕하세요."

일단 모른 척하고 편안하게 응대를 했다. 그런데 연예인 매니저답지 않게 대뜸 험악한 목소리가 건너왔다.

[당신, 뭐 하는 사람이야? 고소당하고 싶어? 선아 당신이랑 같이 있지?]

"무슨 말씀이십니까? 시내에 내려달라고 해서 내려 드리고 왔는데요?"

[젠장! 집에도 안 왔어! 어떻게 된 거요?]

길을 막았던 놈들의 상황을 대충 파악했고 한선아의 집에도 사람을 보낸 모양이었다. 그래도 당장은 계속 모른 척 뭉개 버리는 것이 상책이었다.

"좀 기다려 보시죠. 안전하게 내려 드렸습니다."

[당신, 어디야? 당장 만납시다!]

"난 그쪽 만날 일 없습니다. 전화 끊읍시다."

[이런 시팔! 선아한테 무슨 일 생기면 당신 전 재산 날아갈 줄 아쇼! 각오해!]

민영태는 퍽 소리가 나도록 전화를 끊었다. 김태훈은 입술을 비틀면서 담배에 불을 붙였다. 이래저래 확실히 귀찮아진 상황, 촬영까지는 나름 깔끔하게 끝이 났는데 그다음이 엉망으로 망가져 버린 셈이었다. 그래도 내일 한선아를 충주까지만 데려다 주면 훌훌 털고 잊어버릴 수 있을 것 같았다.

담배 한 대를 다 피우고 안으로 들어오자 소파에 다소곳이 앉은 한선아가 어색한 미소를 내보였다. 화장기가 사라진 얼굴은 핏기가 없어 보였다. 변장에 가까운 짙은 화장이 기본인 여배우가 맨얼굴을 공개한 것이니 아무래도 꺼림칙할 텐데도 그녀는 의외로 편안한 표정이었다. 순간적으로 '누구세요?' 하는 농담을 떠올렸지만 삼켜 버렸다.

"차 한 잔 할래요?

그가 싱크대로 건너가 차를 타자 한선아가 희미하게 웃으며 말했다.

"그냥 편하게 대해주세요."

"예?"

"생명의 은인인데요, 뭐. 그리고 저보다 확실히 나이도 많으시잖아요. 그렇죠?"

김태훈이 올해로 서른이고 한선아의 나이가 스물둘이니 당연히 틀린 이야기는 아니었다.

"다른 사람이라도 그렇게 했을 겁니다. 굳이 그럴 필요 없어요."

"아뇨. 이제 친동생처럼 대해주세요. 아셨죠?"

두 개의 태양

김태훈은 마지못해 고개를 끄덕이며 찻잔을 건넸다.

"들어요. 몸이 좀 풀릴 겁니다."

"좋았어! 이제 나도 진짜 오빠가 생긴 거네요. 호호."

한선아는 찻잔을 받아 들고는 주먹을 불끈 쥐어 보이며 환하게 웃었다. 조금 전까지 심하게 떨던 것과는 완전히 딴판이었다. 나이가 많건 적건 여자는 전부 여우라는 말이 새삼 실감이 났다.

"차 마시고 들어가 자요. 나도 좀 씻어야겠습니다."

"근데 오빠 정말 보통 회사원이세요? 싸움 진짜 잘하던데 무슨 운동했어요?"

엉뚱한 동문서답, 슬슬 뒷머리가 아파왔다.

"그냥 자동차 회사 연구원이고, 운동은 이것저것 많이 했습니다. 됐죠? 이제 얼른 자요. 내일 아침 일찍 출발합시다."

뭔가 더 묻고 싶은 표정이었으나 한선아는 금방 수긍했다.

"네, 오빠. 안녕히 주무세요."

"잘 자요."

그는 한선아의 시선을 무시하고 곧장 화장실로 들어가 샤워기에 머리를 박았다. 하루 종일 운전을 한데다 갑자기 격한 싸움질까지 해서인지 온몸이 영 뻐근했다. 내일부터는 새벽 운동의 강도를 높여야겠다는 다짐을 하면서 간단하게 샤워를 끝내고 밖으로 나왔다. 이제 커피나 한 잔 하고 거실에 잠자리를 만들어야 했다. 그런데 거실 안쪽에 한선아의 하얀 다리가 그대로 남아 있었다.

'젠장.'

한선아는 소파에서 무방비 상태로 잠들어 있었다.

"진짜 겁없는 아가씨로군."

대기업 연구소 직원이니 신원은 그런대로 확실하지만 잘 알지도 못하는 남자의 방에 들어와 그냥 잠이 들어버린 것, 겁은 확실히 없었다. 깨우려다 말고 쓰게 웃은 그는 그냥 들쳐업고 방으로 건너와 침대에다 대충 눕혀놓고 베개 하나만 챙겨 거실로 나왔다.

긴 하루의 끝, 그러나 밤도 꽤나 길어질 것 같았다.

CHAPTER 2
의문의 살인

"네미럴. 꼭두새벽부터 이게 무슨 개지랄이야."

남도철은 차에서 내리면서 욕설부터 입에 담았다. 토요일 아침에 느닷없이 서장에게 호출당한 건 그렇다 쳐도 강력계 근무만 10년이 넘는 베테랑에게 납치도 아닌 실종사건이라니 기가 찰 노릇이었다. 그것도 실종된 지 달랑 12시간이 전부였다. 실종 당사자는 어린이도 아닌 무늬만 회사원인 건달, 쉽게 조직폭력배였다. 실종이나 납치로 볼만한 정황이 있다면 모를까 이건 말도 안 되는 혈세 낭비였다. 그런데도 서장은 직접 관련자의 집까지 찾아가라는 황당한 명령을 내렸다. 짜증스러울 수밖에 없었다.

'그 자식 악어놈 사돈의 팔촌쯤 되는 거 아냐? 네미럴.'

악어는 강력계 직원들끼리 부르는 서장의 별명이었다. 실종 당사자가 서장의 인척이나 따로 선이 닿아 있지 않다면 이런 기막힌 명령이 나올 리가 없다는 생각, 기분이 점점 더러워졌다. 되는대로 욕설을 토해낸 그는 자동차 문을 두들겨 패듯 펑 닫으면서 전화기를 빼 들었다.

"어이, 강 형사. 여기 사는 사람이 누구라고?"

[김태훈이라고 한국자동차 연구소 직원입니다. 사진하고 전화번호는 피해자 사진하고 같이 문자로 보냈습니다. 그런데 이런 사람을 왜 찾아가 보라고 했는지 모르겠네요.]

"그 시간대 CCTV에 그 친구 자동차 번호가 찍혔다면서?"

[그거야 그렇지만 CCTV에 찍히는 자동차가 하나둘인가요. 왜 이 사람 이름을 콕 찍었는지 모르겠다는 겁니다. 대기업 직원이 이런 쓰레기들하고 엮였다는 것도 우습잖아요.]

"됐다. 그 쓰레기들이 연봉은 너보다 한참 더 받는다. 네미럴."

[참 내. 아침부터 열받게 하지 마십쇼. 젠장. 참! 그 배 뭐시기 하는 놈 있잖아요. 별명이 면도날이랍니다. 칼을 잘 써서 붙은 별명인데 그 바닥에서는 알아주는 꼴통이더군요. 보스급도 함부로 건드리지 못하는 놈이랍니다. 그런 놈이 실종됐다는 것도 우습고 그런 놈 때문에 서에 비상이 걸린 것도 황당하네요. 진짜 뭐 짚이는 거 없으십니까? 왜 악어가 이 사람부터 찾아가 보라고 난리를 치는 거죠?]

"낸들 아냐. 서장이 뭔가 아는 게 있다는 뜻이겠지. 그나저나 이 김태훈이라는 친구에 대해서 다른 건 나온 게 없냐?"

[하나 있습니다.]

"뭔데?"

[나이 서른에 특채로 입사했다고 해서 뒷조사를 좀 해봤는데 예비역 소령이더군요.]

"소령? 서른밖에 안 됐는데?"

[예. 8개월 전에 전역했는데 근무지가 전혀 안 나오더라고요. 가족사항도 경찰청 온라인에 뜨질 않습니다. 완전히 하늘에서 뚝 떨어진 것 같아요. 아무래도 정보기관 특수부대나 뭐 그런 거 아닌가 싶습니다.]

"모르지. 일단 알았다. 계속 좀 파봐. 노인네들이 뭔가 알긴 아는 모양이다."

[네. 수고하십시오.]

전화를 끊은 남도철은 지은 지 20년은 족히 되어 보이는 후줄근한 5층짜리 아파트를 물끄러미 올려다보았다.

'예비역 소령이라……'

그는 전화기 메시지 폴더를 뒤져 김태훈의 사진을 일별한 다음, 전화번호를 찾아내 통화버튼을 눌렀다.

평범한 벨소리. 늦잠이라도 자는지 응답은 없었다. 끊고 다시 통화버튼을 눌렀다. 여덟 번 가까이 신호가 가자 상대가 전화를 받았다.

[여보세요.]

"김태훈 씨 되십니까?"

[그렇습니다만?]

"성남경찰서 강력계 남도철 경사입니다."

[무슨 일이십니까?]

45

경찰 신분을 밝혔는데도 전화의 목소리는 변화가 별로 없었다. 토요일 아침에 걸려온 경찰의 전화에도 놀라지 않는다는 건 든든한 배경이 있거나 경험이 많다는 뜻, 아무래도 정보기관과 관련이 있다는 이야기가 사실일 가능성이 높았다. 그는 현관을 통과해 계단을 걸어 올라가면서 대놓고 운을 띄웠다.

"잠깐 이야기 좀 나눌 수 있을까요?"

[말씀하시죠.]

"지금 아파트 앞입니다. 올라가도 되겠습니까? 10분이면 됩니다."

[아뇨. 제가 나가죠. 경찰을 집에 들이는 건 피하고 싶군요.]

목소리는 여전히 심드렁했다.

'빌어먹을!'

경찰이 집까지 찾아왔는데 이렇게 침착하다면 진짜 경험이 많다는 이야기. 뭔가 알아내기는 틀린 것 같았다.

[기다리겠습니다.]

짧게 대답하고 전화를 끊은 그는 서둘러 계단을 뛰어올라 갔다. 마구잡이로 밀고 들어가지 않는 한, 안의 상황을 조금이라도 보려면 그건 문이 열릴 때뿐이었다. 2층 현관에 도착해서 숨을 고르는 순간, 안에서 인기척이 느껴졌다.

'나오는군.'

현관문이 열리면서 건장한 사내가 모습을 드러냈다. 그는 문이 열리자마자 꾸벅 목례를 하며 손을 내밀었다.

"남도철이올시다. 김태훈 씨 되십니까?"

"그렇습니다."

현관에 보이는 건 흔한 운동화와 슬리퍼 한 켤레뿐이었다. 그는 손을 맞잡으며 상대의 눈동자부터 확인했다. 깊이를 알 수 없는 가라앉은 눈빛, 결코 만만한 눈이 아니었다. 아니나 다를까 김태훈은 문을 닫고 방어하듯 문에 기대서며 신분증부터 요구했다.

"신분증 좀 볼 수 있을까요?"

"아, 여기 있습니다."

남도철은 주섬주섬 뒷주머니를 뒤져 지갑을 꺼내 그의 눈앞에 내밀었다. 대충 사진과 이름을 확인한 그가 뚱한 표정으로 다시 물었다.

"무슨 일이죠? 죄지은 일 같은 건 없는데요?"

"어제 급한 실종 신고가 들어와서 나왔습니다."

"실종이요? 제가 아는 사람이 실종된 겁니까?"

확실한 오리발, 이 김태훈이라는 자가 뭔가 알고 있다면 정말 그럴싸하게 연기를 하고 있었다. 남도철이 휴대전화에 띄운 사진을 보여주며 말했다.

"아아. 꼭 그런 건 아닙니다. 이거 용마철거기획 부장으로 있는 배정수라는 사람인데… 아십니까?"

김태훈은 슬쩍 사진을 일별했다. 표정의 변화는 여전히 없었다. 그가 무심하게 고개를 가로저었다.

"글쎄요. 처음 보는 사람입니다."

남도철도 성의없이 고개만 끄덕였다. 그가 다시 물었다.

"이 사람 일을 왜 제게 묻지요?"

"아. 알 리가 없다고 생각하긴 했는데… 위에서 하도 난리를 쳐서 확인차 그냥 나와본 겁니다. 사실 어제 이 사람이 실종됐다고 신고된 시간을 전후해서 김태훈 씨 자동차가 골프장 폐쇄회로 카메라에 찍혔더군요. 거긴 왜 가셨습니까?”

“신차 CF 촬영이 있었습니다. 촬영 끝나고 골프장 초입에 있는 식당에서 회식이 있었고요.”

“아! 그렇군요. 이상한 자동차나 사람은 못 보셨고요?”

“그렇습니다.”

“그거 신기하군요. 그 시간에 그놈 차도 거기 있었는데 말입니다. 뭐, 일단 됐습니다. 협조 감사합니다.”

남도철은 이름과 전화번호만 인쇄된 개인 명함 한 장을 내밀었다.

“뭔가 생각나면 연락 주십시오. 다시 연락드리겠습니다.”

명함을 받아 든 김태훈은 시선도 마주치지 않고 고개만 까딱했다. 남도철은 구부정하게 허리를 굽힌 채 거수경례를 하고는 터덜터덜 계단을 내려갔다. 헛걸음이 분명했지만 왠지 완전히 헛걸음은 아닌 것 같았다.

✝

김태훈은 남도철의 차가 아파트 단지를 완전히 빠져나가는 것을 확인한 다음, 단지 주변을 돌면서 평소와 다른 점이 있는지까지 꼼꼼하게 점검하고 나서 집으로 돌아왔다. 무엇보다 기분이 영 더러웠다. 선잠에서 깨어나 가벼운 스트레칭으로 뻐근한 어깨를 풀기 시작한 것이 아침 9시 무렵, 컨디션이 엉망이어서 아침 운동을 생략한 것이 천만다행이었다.

경찰관이 보여준 용마철거기획 직원이라는 배정수의 사진은 분명히 어제 본 칼잡이였다. 그런데 실종? 일단 말이 안 됐다. 발생 12시간 만에 경찰이 직접 찾아 나서는 사건이라면 살인이나 납치쯤 되어야 말이 됐다. 그런데 느닷없이 사진까지 들고 찾아와서는 실종을 거론했다. 한선아가 납치됐다고 신고가 되었다면 벌써 매스컴에 난리가 났을 터, 확실히 그건 아닌 것 같았다.

토스트기에 식빵을 집어넣고 TV를 켰다. 뉴스 채널에서도 한선아에 대한 이야기는 전혀 없었다. 일단 한선아의 소속사는 실종 신고 같은 멍청한 짓을 하지 않았다. 어찌 됐든 연예인은 상품이다. 이미지 관리에 좋지 않으니 당연히 신고는 안 할 터였다. 그렇다면 진짜 배정수라는 작자가 실종되었다는 이야기인데, 이 정도로 신속하게 경찰이 동원됐다면 살인이나 납치라는 뜻이었다. 확률로 보면 어제 만난 30대 후반의 남자가 놈을 끌고 갔거나 살해했을 가능성이 가장 높았다.

'살인범을 숨겨주는 꼴이 됐나?'

기분은 찜찜했지만 이유야 어쨌든 도와준 사람을 곤경에 몰아넣고 싶지는 않았다. 그리고 무엇보다 골치 아픈 사건에 휘말리는 건 절대 사양이었다. 가능하면 한선아만 충주에 데려다 주고 얼른 손을 털어야 했다.

다른 뉴스 채널을 찾는 사이 화장실에서 물소리가 났다. 한선아가 일어난 모양이었다. 다시 시간을 확인했다. 오전 10시 20분, 한선아가 최소한 1시간은 외출 준비를 한다고 보아야 하니 식사는 고속도로 휴게소 같은 곳에서 대충 때워야 할 것 같았다. 그런데 한선아가 30분도 채 안 돼서 방에서 나왔다.

"오빠, 준비 끝났어요."

어제와 똑같은 청바지에 점퍼 차림인데 화장을 안 해서인지 사람이 완전히 달라 보였다. 어제가 카리스마가 느껴지는 성숙한 여인의 모습이었다면 오늘은 청순하다는 표현이 가장 적절할 것 같은 평범한 대학생이었다. 그는 얼른 TV를 끄고 자리에서 일어섰다.

"잠깐 기다려요."

방으로 들어간 그는 야구모자와 마스크를 챙겨가지고 나와 한선아에게 건넸다.

"스캔들이라도 나면 골치 아플 겁니다."

"어머나? 훈남에 자상하기까지 하시넹. 감사합니다. 호호."

씩 웃은 한선아는 낚아채듯 모자와 마스크를 받아 재빨리 얼굴을 가리고는 그의 앞에서 패션쇼하듯 한 바퀴 휙 돌아 보였다.

"어때요? 그런대로 괜찮죠? 사실 아무도 못 알아보게 뺨에 점 하나 찍어야 되는데… 뭐 오늘은 이거로 만족할게요. 호호."

"……."

그가 황당한 표정을 짓자 한선아는 재빨리 다가서며 자연스럽게 그의 팔짱을 끼고는 어린아이처럼 해맑게 웃었다.

"어쨌든 나 옷부터 좀 사야 되니까 마트부터 좀 들러요. 물론 돈은 오빠가 내야 돼요. 헤헤. 나중에 다 갚을게요. 알았죠?"

김태훈은 토스트를 포기한 채 현관으로 끌려 나오면서 허탈하게 웃었다. 어쩐지 철없는 막내 여동생에게 휘둘려 정신없이 끌려 다니는 느낌이었다.

집을 나선 두 사람은 가까운 마트에서 한선아의 옷가지와 먹거리를 좀 사고 선물용으로 홍삼 세트까지 하나 구입한 다음, 여유 있게 충주로 향했다. 전화통에서 불이 났지만 깨끗이 무시했다. 어차피 대부분 모르는 번호, 십중팔구 민영태나 소속사의 전화일 터였다. 한선아의 전화가 꺼져 있으니 그에게 전화를 할 수밖에 없을 것이다.

점심은 고속도로 휴게소에서 간단히 때우고 충주 시계에 들어선 것이 대략 4시 무렵, 한선아는 충주호에서 멀지 않은 조용한 주택가에 차를 주차하라고 하더니 내리자마자 그의 팔짱을 끼고 신나게 언덕길을 올라갔다. 5분 남짓을 걸어 제법 큰 한옥 앞에 도착하자 익숙한 몸짓으로 초인종을 눌렀다. 문패에는 한웅태라고 큼직한 글씨로 적혀 있었다.

잠시 후, 나이 든 여성의 목소리가 스피커에서 흘러나왔다.

—누구세요?

"작은엄마! 저예요, 선아!"

—어머! 선아니? 웬일이야? 들어와!

둔탁한 모터 소리가 들리더니 나무 문이 덜컹 열렸다. 김태훈이 문에서 한발 물러서며 양손에 든 봉투를 내밀었다.

"자. 이제 난 올라갈게요. 푹 쉬고 뒷일 잘 처리해요."

"네? 그냥 가게요?"

"올라가야죠. 나도 쉬어야 돼요."

"그건 절대 안 돼요."

한선아는 덥석 그의 팔짱을 끼고는 막무가내로 잡아끌었다.

"최소한 차 한 잔은 하고 가셔야 돼요. 오늘 쓴 돈도 갚아야 되잖아요. 들어가요."

그녀의 손에 끌려 얼결에 문턱을 넘었는데 등 뒤로 덜컹하고 문이 잠겼다. 잘못 걸렸다 싶어 한숨을 내쉬는 순간, 대청에서 정갈하게 한복을 차려입은 아주머니가 걸어나왔다.

"어서 오너라, 선아야!"

"작은엄마!"

한선아는 후다닥 달려가 아주머니의 품에 안겼다. 두 사람이 주거니 받거니 서로의 안부를 묻는 사이, 방에서 반백의 남자가 환하게 웃으며 대청으로 나왔다.

"이 녀석! 아직도 어리광이냐?"

"작은아버지!"

한선아가 재빨리 매달렸다 떨어지자 한웅태가 김태훈 쪽을 돌아보며 말했다.

"저 친구는 누구냐? 소개는 시켜야지."

"남자친구예요. 이름은 김태훈. 한국자동차 연구원이에요."

문턱에 엉거주춤 서 있던 김태훈은 내심 비명을 내질렀다. 느닷없이 남자친구라니, 이건 황당하다 못해 환장할 지경이었다.

"오호라. 남자친구를 소개시키려고 내려왔구먼?"

한선아가 그에게 윙크를 하며 장난스럽게 대답했다.

"넵!"

"어서 오게. 태훈 군이라고 했나?"

“네? 네. 안녕하십니까? 어르신.”

김태훈은 양손에 든 봉투를 급히 내려놓고 깊이 머리를 숙였다.

“자세가 마음에 드는군. 들어오게.”

당황스러웠지만 아니라고 부인하기엔 상황이 여의치 않았다. 김태훈은 자신의 우유부단함에 저주를 퍼부으며 대청으로 올라섰다.

‘제기랄!’

언제나 맺고 끊는 것이 분명했던 그로서는 엄청나게 비정상적인 일이었다. 이상하게도 한선아와 얼굴을 맞대고 나서부터는 계속 상황에 끌려 다니고 있었다. 필사적으로 표정 관리를 하면서 대청 가운데 놓인 소파에 자리를 잡자 한웅태가 온화한 표정으로 말했다.

“기분 좋군. 선아가 좋은 친구를 만난 것 같아서 말이야. 별일 없으면 오늘은 예서 자고 내일 충주호라도 구경하고 올라가게. 요즘 단풍이 아주 좋아. 알겠나?”

“예? 그… 그게…….”

흠칫 놀란 그가 바로 올라가겠다는 말을 꺼내는 순간, 한선아가 생글생글 웃으며 잽싸게 말을 채갔다.

“네. 그럴 거예요, 작은아버지. 그동안 서로 바빠서 데이트도 제대로 못했는데 시간이 났으니까 좀 놀러 다닐래요. 호호.”

“잘 생각했다. 그런데 자네는 올해 나이가 어떻게 되지?”

“만으로 스물아홉입니다.”

한웅태가 너털웃음을 터트리며 고개를 주억거렸다.

“하하하. 그래, 그래. 저 녀석 감당하려면 나이 차이가 좀 있어야 할 게야. 허허. 그리고 말일세…….”

이런저런 호구조사가 더 이어질 듯하자 한선아가 슬그머니 일어나 한웅태의 어깨를 주무르며 말했다.

"저기, 작은아버지. 이제 관등성명은 확실히 아시잖아요. 태훈 오빠 오래 운전해서 피곤해요. 취조 그만하시고 우리 밥이나 사주세요. 네?"

"허허. 그 녀석. 그래 그러자꾸나. 막내는 저녁 먹고 들어올 테니 우리끼리 나가도록 하자. 요 아래 괜찮은 정통 한식집이 생겼더구나. 거기서 먹자."

"넵! 감사합니다!"

한선아는 여우같이 웃으면서 제자리로 돌아와 그의 팔을 잡아끌었다.

"가요, 오빠. 작은아버지가 맛있는 거 사주실 거예요. 호호."

한웅태가 찾아간 곳은 비탈을 다 내려간 대로변에 있는 제법 운치가 있어 보이는 한정식 식당이었다. 1인당 가격은 제법 비쌌지만 신경 쓰일 정도는 아니었다. 찬이 다 깔리고 고기가 숯불에 올라가자 한웅태는 대뜸 술부터 권했다.

"자. 한 잔 받게."

오늘 서울로 올라가기는 틀렸다는 생각을 하면서 술잔을 받아 드는데 어깨 너머 거실 TV에서 귀가 번쩍 뜨이는 뉴스가 흘러나왔다.

『오늘 대학로에서 개최된 대홍영화제 시상식장에서 국내 4대 연예기획사 중 하나인 'DG미디어'의 사장 최정일 씨가 사체로 발견됐습니다. 1차 소견은 3번 경추 골절이며 정확한 사망 원인은 조사 중입니다. 경찰은 타살의 가능성을 배제하지 않고 관련자를 조사……」

DG미디어라면 어제 한선아가 거론했던 회사였다. 한선아도 들었는지 표정이 확 달라졌다. 한웅태가 표정이 변한 한선아와 그를 번갈아 쳐다보며 물었다.

"무슨 일이냐? 아는 사람이냐?"

"전 잘 몰라요. 사장님하고 자주 연락하는 분이에요. 나쁜 소문이 많은 사람이라 말들이 많았는데 막상 죽었다니 좀 그러네요."

"그래?"

"연초에 안미연 씨 자살했을 때도 저분 둘러싸고 한참 시끄러웠잖아요."

"아! 뉴스에서 어렴풋이 들은 것 같다. 그때 이전 소속사에서 같이 넘어온 매니저가 욕심을 부려서 생긴 문제라면서 성명서도 내고 그러던 사람 말이냐?"

"네. 그 사람이에요."

한선아와 한웅태가 죽은 DG미디어 사장 최정일에 대한 가십이나 다름없는 잡다한 이야기를 나누는 동안, 김태훈은 다시 기분 나쁜 예감에 시달렸다. 당장은 그저 감일 뿐이지만 어젯밤부터 벌어진 일련의 사건이 한 줄로 엮이는 기분이었다. 한선아를 참석시키려 했던 거물들의 미팅에 소속 여배우들을 보낸 회사의 사장이 죽었고, 이쪽에서는 한선아를 데리러 온 조직원 중 하나가 누군가에게 납치되었다. 정황상 죽었다고 보는 쪽이 타당했

의문의 살인

다. 이러면 보나마나 경찰의 수사가 확대될 터, 한선아도 구설수에 오르고 그 역시 수사 선상에 올라가 시달릴 가능성이 높았다.

'빌어먹을!'

한선아를 충주에 데려다만 주면 끝날 것 같던 일이 자꾸만 꼬이고 있었다. 어지럽게 얽혀가던 그의 상념을 한웅태의 목소리가 깨트렸다.

"이보게, 태훈 군."

그가 퍼뜩 자세를 바로잡았다.

"네, 어르신."

"자네가 우리 선아를 잘 좀 보호해 줘야겠어. 요즘은 내가 힘이 없어져서 말이야."

'힘이 없어져?'

그가 내심 붙여놓은 의문사를 한선아가 단숨에 지워 버렸다.

"3년 전에 예편하셨어요. 청주공군기지 사령관으로 계실 때가 좋았는데. 호호. 그렇죠?"

"그래, 이 녀석아. 지금은 그냥 국방연구원에 적만 두고 있네. 고문인가? 뭐 그런 직함이야. 한 달에 한두 번 올라가서 얼굴 비치면 쥐꼬리만 한 용돈 쥐어주는 게 다일세. 허허."

김태훈은 내심 한숨을 내쉬면서도 고개를 끄덕였다. 이 대목에서 아니라고 뻗댈 수는 없는 노릇이었다.

"연예계라는 데가 내 생각보다 훨씬 더 험악한 곳 같아서 말이야. 내가 충주에 있어서 늘 걱정이 많았는데… 다행일세. 역시 우리 선아가 보호자 하나는 제대로 고른 것 같구먼."

'끄응……'

비명이 목구멍까지 치솟아 올라왔다. 하지만 당장 빠져나갈 방법은 없었다. 한웅태가 기분 좋게 웃으며 술잔을 들어 올렸다.

"자자. 어서 들게. 예비 처가에 왔으니 그만한 대접은 받아야지. 하하하."

진담보다는 농담에 가깝지만 아예 조카사위 취급을 하는 셈, 다시 머리가 아파왔다.

‡

김태훈이 엉뚱한 곳에서 고문을 당하는 동안 남도철도 의외의 고문을 당하고 있었다. 김태훈을 만난 뒤 '특별한 혐의점 없음'이라는 말만 남기고 그냥 퇴근했다가 뒤늦게 서장에게 호출당한 것이었다.

"당신, 뭐 하는 작자야! 최우선이라고 몇 번을 말해야 아나? 당신, 바보야? 그 정도 이야기를 했으면 보고를 해야 할 것 아냐! 보고를!"

"죄송합니다."

"젠장! 이건 믿을 놈이 하나도 없어요. 됐어! 그 김태훈이라는 자는 확실히 혐의가 없나?"

"없는 것 같았습니다. 그냥 건실한 회사원이었습니다."

서장의 인상이 다시 일그러졌다. 핏발 선 눈알이 잘하면 튀어 나올 것 같았다.

"내가 직접 가보라고 했으면 그만한 이유가 있는 거야! 당장 나가서 끌고 와! 혐의가 없으면 만들면 될 거 아니야!”

“그렇지만… 임의동행을 거부하면 방법이 없습니다.”

“이런 염병! 당신 짬밥 하루 이틀 먹어? 당신 강력계 형사 맞아? 안 되면 그 자리에서 시빗거리라도 만들면 될 거 아냐! 당장 데려오란 말이야!”

남도철은 마지못해 수긍을 하면서 토를 달았다.

“알겠습니다. 그런데…….”

“그런데 뭐?”

“그 친구가 관련됐다고 생각하시는 특별한 이유가 있습니까? 뭐가 있어야 엮어 넣지 않겠습니까. 솔직히 지금은 방법도 없고 혐의점도 없습니다.”

간부들과는 완전히 다른 부정적인 대답에 서장이 다시 으르렁거렸다.

“자네, 내가 이야기하지 않은 게 있다는 이야기를 하고 있는 건가?”

“죄송합니다.”

“있긴 있어. 하지만 자네가 알아서 좋을 게 없는 사안이야. 그냥 시키는 대로 그 자식 데려다가 사건 당일의 행적을 조사해 봐. 사건이 일어난 장소를 통과할 때 누구와 뭘 하고 있었는지 말이야. CCTV 화면도 자네가 직접 뒤져 보라고. 내 알기로는 동행이 있었어.”

“동행이요?”

“그래. 그러니까 모든 걸 확실히 하라는 이야기야. 알아들었나?”

“네. 서장님.”

“나가봐.”

남도철은 재빨리 경례를 하고 서장실을 나섰다. 사무실로 돌아와서는 자리에 앉자마자 신경질적으로 결재판을 집어 던졌다.

"야, 강 형사. 이런 거 하나도 커버 못하냐? 시팔! 좆나게 깨졌다."

혼자 사무실을 지키던 강병서가 입술을 잘근잘근 씹으며 한숨을 내쉬었다.

"저도 엄청 깨졌습니다. 악어 저거 생리 중 아니에요?"

"염병. 일단 나가자. 김태훈인가 하는 친구 잡아들이란다."

"잡아들여요? 무슨 혐의로요?"

"혐의가 어딨냐? 출두하라고 해서 안 오면 찾아가서 시비라도 붙여야지. 공무집행방해 정도면 끌고 와도 되잖아?"

불법으로 연행하자는 이야기, 강병서의 눈이 휘둥그레졌다.

"예? 그게 무슨······."

폭력배들을 잡아들이는 거라면 몰라도 깨끗한 일반인을 막무가내로 구류하는 건 차후 심각한 문제가 될 수도 있었다. 더구나 대상이 영관급 예비역 장교였다. 함부로 대하기에는 여러 가지로 걸리는 것이 많았다. 놀란 강병서가 말을 더듬자 남도철이 픽 웃으면서 자리를 털고 일어섰다.

"쨔샤, 너 옷 벗으라고 안 할 테니까 걱정 말고 그 자식한테 전화나 해봐. 서에 출두하라고 해라. 당연히 거절하겠지만 밑져야 본전 아니냐."

"알겠습니다. 까라면 까야죠. 에휴."

강병서는 몇 번 다이얼을 돌리다가 그냥 내려놓았다.

"전화 안 받습니다. 전화기는 켜져 있는데 무시하는 것 같아요. 문자로 남기겠습니다.”

“내 이름으로 보내라. 그럼 신경 쓸 거다.”

요즘은 피싱 전화가 하도 많다 보니 모르는 번호는 아예 안 받는 사람들이 태반이었다. 문자로 보내도 무시하겠지만 그의 이름이 나오면 연락이 닿을지도 몰랐다. 강병서가 번개같이 문자를 보내고는 그의 눈치를 보면서 물었다.

“그래도 가보실래요?”

“그래야지. 다른 방법 있냐? 당장 끌고 오라는데 말이야. 참! 가평경찰서에 전화 좀 해라. CCTV에 다른 사람이 찍혔나 확인해 봐.”

“벌써 전화해 봤습니다.”

“그런데?”

“아는 사람이 없던데요? 가평경찰서에는 아예 신고된 적이 없답니다. 그래서 골프장에 전화해 봤더니 CCTV 하드디스크는 경찰에서 통째로 걷어갔답니다.”

“이게 뭔 소리야. 경찰에서 가져갔는데 가평경찰서가 아니다? 그럼 어디라는 거야?”

“경기도경찰청 온라인을 모조리 뒤졌는데 사건 기록이 없었습니다. 아무래도 서울 어디에 신고된 거 아닌가 싶습니다.”

“시팔. 도대체 뭐가 어떻게 돼가는 거야? 일단 일어나, 인마. 생각은 가면서 하자.”

남도철은 다짜고짜 강병서의 뒷덜미를 잡아끌고 사무실을 나섰다. 돌아가는 꼴이 밤을 꼬박 새도 깨지기 십상이었다.

두 개의 태양

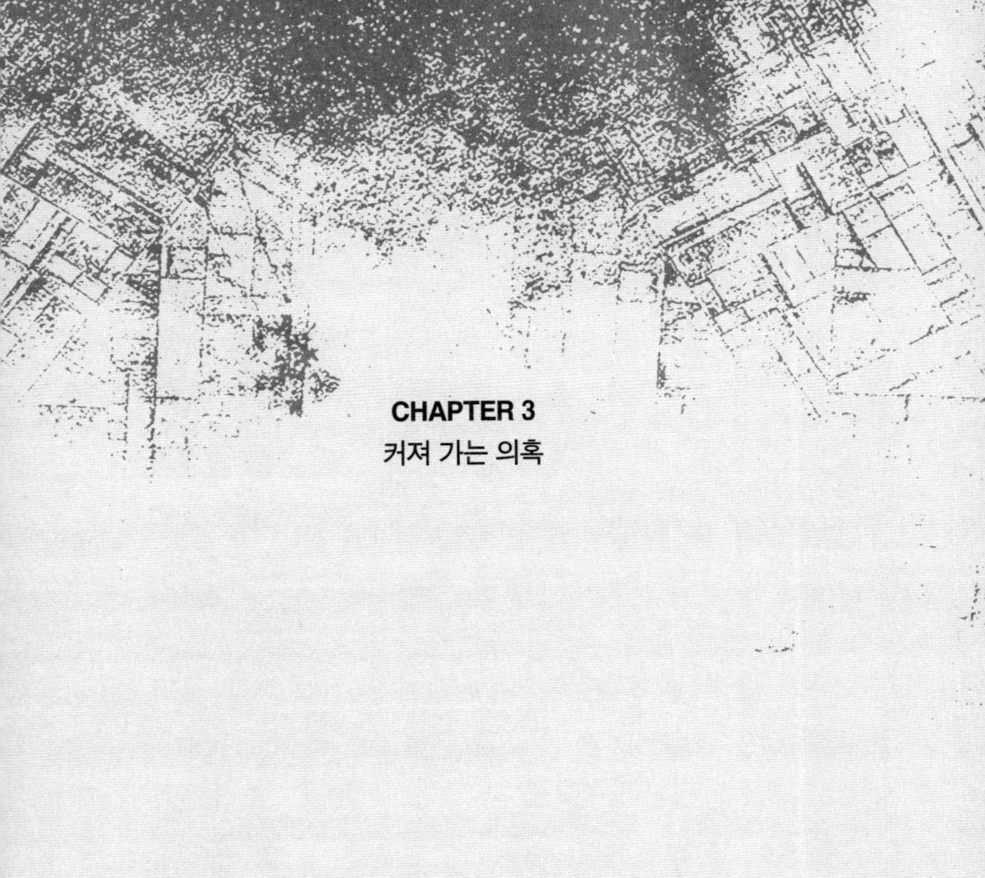

CHAPTER 3
커져 가는 의혹

　김태훈은 다음날 오후, 한웅태 부부의 신신당부를 귀에 못이 박히도록 듣고 나서야 어렵사리 충주를 떠날 수 있었다. 물론 한선아를 옆에 태우고서였다. 밤새 상의한 끝에 소속사 사장에게 유사한 상황에 대한 재발방지와 매니저 교체를 요구하기로 결정했고 그에 따라 한선아가 소속사로 복귀할 때 동행해서 힘을 보탤 생각이었다. 어차피 이대로 손을 털기에는 신경을 건드리는 부분이 너무 많았다. 문제는 이게 하루 이틀에 끝날 사안이 아니라는 점이었다. 당연히 회사가 문제가 됐다. 그렇다고 출근을 안 할 수는 없는 노릇, 어떻게 처리할까를 놓고 고민하는 사이 한선아가 전화기를 꺼내 들었다.

　—문자가 도착했습니다. 문자가 도착…….

한선아가 전화를 켜자마자 수십 개의 문자가 줄줄이 떠올랐다.

"전부 회사 전화예요."

"저녁 7시까지 회사로 가겠다고 문자 남겨요. 사장 만나자고 합시다. 가다 맛있는 거 먹고 기운 내서 부딪혀 봅시다."

"네. 근데 식욕은 없어요."

하루 종일 꿋꿋하게 밝은 얼굴을 유지했지만 아무래도 걱정이 되는 모양이었다. 식욕이 없는 것도 이해는 갔다.

"그래도 먹어둬요. 그리고 하나만 더."

"네."

"내가 선아 씨 남자친구라는 이야기 다시 하지 말아요."

"왜요? 기분 나쁘세요?"

기분 나쁠 이유가 없다는 식의 반문, 한숨이 나올 수밖에 없었다.

"휴… 어르신이 계신 자리였어요. 장난도 때와 장소가 있는 겁니다."

한선아가 혀를 쏙 내밀었다가 집어넣으면서 예의 해맑은 웃음을 머금었다.

"헤헤. 전 장난 아니었어요. 그날 전 진짜 보호받는다는 느낌이었다고요. 오빠가 내 진짜 남친이었으면 좋겠다는 생각도 했어요. 나이 차이는 좀 있지만 그건 아무것도 아니잖아요. 저 8년 차이 정도는 얼마든지 극복할 수 있어요. 호호."

"그건 선아 씨 혼자 생각이고."

"어쨌든 제 생각은 그래요. 오빠가 싫다고 해도 할 수 없어요."

"끝난 이야기요. 더 이상 왈가왈부하지 맙시다."

그의 단호한 목소리에 한선아가 뾰로통해진 얼굴로 돌아앉았다.

"흥! 누가 뭐래도 오빠는 제 가족한테 인정받은 자타공인 보호자이자 후견인이에요. 작은아버지 앞에서 오빠 입으로도 그렇게 하겠다고 했잖아요."

"그건 선아 씨 거짓말 때문에 어쩔 수 없었잖아요. 억지 부리지 말아요."

"그냥 남자친구일 뿐이잖아요. 당장 결혼하는 것도 아닌데 상관없잖아요? 원래 이런 소문나면 손해는 여자가 보는 거라고요. 그리고 지금은 생각해 본다는 이야기 정도면 돼요. 그것도 어려워요? 네?"

순식간에 애원하는 눈빛으로 바뀐 한선아가 애교를 부리며 그의 팔에 매달렸다.

"네?"

몇 번 더 채근하자 김태훈은 땅이 꺼져라 한숨을 쉬면서 멀리 보이는 능선에다 시선을 던졌다. 이 철없는 아가씨가 고집을 꺾을 리는 없으니 아무리 생각해도 이 마수에서 벗어나려면 방법은 하나였다. 어차피 시간이 좀 흐르면 차츰 서로에게 맞지 않는다는 걸 알게 될 터, 시간이 답이었다. 그가 고개를 가로저으며 말했다.

"휴… 생각해 보죠."

"아싸!"

한선아는 다시 주먹을 불끈 쥐어 보이며 배시시 웃었다. 그가 진지한 표정으로 말을 이었다.

　“대신 선아 씨도 다시 생각해 봐요. 선아 씨는 연예인이고 난 보통 사람입니다. 그쪽은 엄청난 재능을 가졌고 또 모든 사람들이 열광하는 대스타죠. 그리고 스캔들은 활동에 심각한 타격이 될 수 있어요. 애당초 나와는 어울리지도 않고요.”

　“어울리지 않는다는 말에는 동의하지 않아요. 오빠도 보통 사람은 아니거든요?”

　“내가 보통 사람이 아니다?”

　“생각해 보세요. 보통 사람이 험악한 덩치 5명을 간단하게 때려눕혀요? 에이, 농담 마세요.”

　‘끄응… 미치겠군.’

　그는 입술을 깨물며 크게 심호흡을 했다. 빼도 박도 못하는 상황, 그래도 다짐을 받을 필요는 있었다.

　“대답해요.”

　“넵! 저도 생각해 볼게요. 나중에 혹시 노인네랑 살게 되더라도 후회하지 않을게요. 호호. 그리고 이제 말씀도 놓으세요. 한 지붕 아래서 잠까지 같이 잔 여친한테 말 꼬박꼬박 높이는 남친이 어디 있어요?”

　‘골치 아프군.’

　“그것도 생각해 보죠. 언젠가 자연스럽게 될 겁니다. 그건 그렇고 이제 소속사 현황이나 간단하게 정리해 봅시다. 회사 소속 연예인들이 누가 있죠?”

　“응… 개그맨은 소철 씨하고 김동호 씨 두 사람이고… 중견 영화배우 몇 분, 가수는 신인들뿐이에요. 견습생이 21명인가 그렇고요."

"그럼 회사에 돈 되는 연예인은 선아 씨밖에 없다는 거군요."

"그런 거 같아요."

"재정 상태는?"

"올해 저한테서 들어온 수입이 많아서 괜찮을 거예요. 제가 알기로 드라마하고 CF, 음반 매출만 올해 70억이 조금 넘었어요. 배분은 6대 4이니까 회사가 기본으로 42억은 챙기는 거죠. 제 매니저하고 코디 월급, 자동차 유지비, 미용실 같은 저한테 들어가는 직접 비용은 제 수입에서 제하게 되어 있어요."

"재정 상태는 나쁘지 않겠군. 사장에 대해서도 아는 대로 이야기해 봐요."

"사실 사장님에 대해서는 아는 게 별로 없어요. 그냥 좀 무서운 사람이라는 정도? 그게 전부예요."

두 사람은 소속사의 반응과 대응 방법에 대한 의견을 교환하면서도 밀월 여행에서 돌아오는 진짜 연인들처럼 아주 느긋하게 서울로 올라왔다. 도착과 동시에 전쟁터가 될 판이니 그전에 충분히 휴식을 취하겠다는 계산이었다.

서울 시계에 들어선 것이 저녁 5시 무렵, 시계 초입의 한가한 식당에서 든든하게 저녁을 먹고 여의도로 직행했다. 한선아의 소속사인 하나엔터테인먼트가 입주한 사무실은 여의도 KBS 별관 뒤쪽에 있는 오래된 빌딩 11층이었는데 외관을 중요시하는 연예기획사답게 제법 규모가 있어 보였다.

"선아야! 괜찮니?"

두 사람이 사무실에 들어서기가 무섭게 반대쪽 창가에 앉아 있던 매니저 민영태가 벌떡 일어나 달려나왔다. 그런데 민영태의 얼굴이 엉망으로 망가져 있었다. 누군가에게 심하게 얻어맞은 모양새였다. 두 사람은 그냥 민영태를 외면한 채 방향을 틀어 사무실을 가로질렀다.

일요일 밤인데도 사무실에는 대여섯 명의 직원이 남아 있었다. 그는 한선아와 나란히 걸으면서 본능적으로 사무실 구조와 직원들의 면면을 세심하게 훑어보았다. 대부분 20대 초, 중반의 건장한 남자 직원들, 전부 체격이 큰 편이어서 다소 부담스러웠지만 위험하다는 느낌은 없었다. 사무실의 출구는 들어온 곳과 반대쪽 비상구가 전부였다.

두 사람은 바로 뒤까지 따라온 민영태를 끝까지 무시하고 성큼 사장실로 들어섰다. 10평 남짓한 방, 세련된 정장 차림의 40대 남자가 반색을 하며 자리에서 일어섰다.

"어! 왔구나. 다친 데는 없고?"

"네. 괜찮아요."

한선아는 퉁명스럽게 대답하면서 책상 앞에 있는 소파에 털썩 주저앉았다. 김태훈이 뒤따라 자리에 앉자 사장이 미간을 좁히면서 건너편 소파로 건너왔다.

"하나엔터테인먼트 박상정이올시다. 그쪽은 누구시죠?"

"선아 사촌 오빠입니다. 김태훈이라고 합니다."

"사촌 오빠? 그저께 선아 데리고 서울로 올라온 한국자동차 직원이 아니고?"

"그것도 맞습니다."

미간을 좁힌 박상정은 몇 초 말없이 그의 눈을 노려보았다. 김태훈 역시 시선을 피하지 않고 부딪혔다. 어차피 호의적인 분위기의 만남을 기대하지는 않았으니 당연한 결과였다. 잠시 불편한 침묵이 흐른 뒤, 박상정이 먼저 입을 뗐다.

"이제 당신 일은 끝난 것 같은데? 이만 나가주지?"

불쾌함이 묻어나는 거친 목소리, 김태훈은 씩 웃었다.

"글쎄요. 그건 아닌 것 같군요. 지난번 같은 불상사가 다시는 없을 것이라는 확답을 들어야 돌아갈 수 있습니다. 또한 담당 매니저를 즉시 교체하고 계약서의 불합리한 독소조항들을 모두 수정하십시오. 그렇지 않을 경우 정식으로 법적 대응에 들어갈 겁니다."

"웃기는군. 당신이 뭔데 이래라저래라야?"

"사촌 오빠라고 말했습니다. 지금은 선아의 대변인 노릇을 하고 있죠."

"그 말을 믿을 거 같소?"

"안 믿어도 그만입니다. 즉시 선아의 요구사항이 담긴 수정 계약서를 작성하고 공증하십시오. 그렇지 않으면 소송에 들어갈 수밖에 없습니다."

"이거 웃기는 친구로군. 아이들 장난 같은 얼빠진 소리는 집어치우쇼. 연예기획은 수십억이 순식간에 왔다 갔다 하는 큰 사업

이야. 넋 나간 젊은 친구 말 한 마디로 계약이 수정될 수 있다고 생각하나? 헛소리 그만하고 사라져 주지? 그리고 선아, 너.”

험한 말을 거침없이 쏟아낸 박상정이 한선아를 노려보며 다시 말했다.

“너 말이야. 이 친구랑 한 이틀 밀월 여행을 다녀온 모양인데… 그것만으로도 넌 계약 기간 동안 남자친구를 사귀면 안 된다는 조항을 위반했어. 그럴 경우 어떻게 된다고 했지?”

“……”

한선아는 침묵을 지켰다.

“기억이 안 나면 내가 설명해 주지. 계약은 파기되고 이번 CF와 곧 출시될 음반, 올해 개봉한 영화 판권에서 넌 한 푼도 받지 못할 거다. 지난 CF와 음반 판매에서 받은 돈들도 소송을 통해 전부 회수되겠지. 기억해 둬.”

조용히 듣기만 하던 김태훈이 단호한 어조로 말을 받았다.

“글쎄요. 하나엔터테인먼트가 보유한 스타가 누가 있죠? 달랑 개그맨 몇 사람하고 신인가수 두 명? 돈 되는 사람은 별로 없는 것 같던데? 선아를 망가트리면 회사도 망가진다는 걸 명심하고 이야기하십시오. 물론 선아가 쉽게 당하지도 않겠지만 당신도 멀쩡하지는 않을 겁니다. 그건 내가 보장하지요.”

“당신 지금 협박하는 건가?”

“사실을 이야기하는 것뿐입니다. 소속사 간판 연예인을 술자리로 내돌리는 부실한 기획사 정도는 얼마든지 응징할 능력이 있다는 이야기도 더해두죠. 그리고 지난번에 누군가에게 납치되어 사라진 조직폭력배하고 선아 매니저가 관련이 있던데… 증거야 통화 기록 몇 번 확인하면 금방 확인이 될 테고… 그런데 박 사장께서는 관련이 없을까요? 그 부분도 경찰에 확실히 이야기를 해 두어야겠습니다.”

“시건방을 떠는군. 한번 해보자는 거냐?”

“더 길게 이야기하지 않겠습니다. 열흘만 시간을 드리죠. 생각이 정리되면 연락주십쇼. 당분간 코디네이터하고만 연락하면서 활동할 겁니다. 참, 열흘 안에 구체적인 수정 계약서 초안이 넘어오지 않으면 우리 측 변호사가 연락을 할 겁니다. 가자, 선아야.”

“응. 오빠.”

그는 지체없이 한선아의 손을 잡고 자리에서 일어났다. 첫날 그러겠습니다 하고 머리를 숙일 리는 만무하니 첫 번째 만남으로는 이 정도면 충분했다. 그런데 박상정의 생각은 다른 모양이었다. 사장실에서 나오기가 무섭게 5명의 건장한 사내들이 길을 막아선 것이었다. 김태훈이 우뚝 멈춰 서자 민영태가 험악한 표정으로 말했다.

“이거 웃기는 친구로군. 당신이야말로 우리 회사 일에서 손 떼. 선아는 우리 친구이자 재산이야. 당신은 이래라저래라 할 자격 없어.”

김태훈은 자연스럽게 한선아를 등 뒤로 밀어내며 차분하게 말을 받았다.

“내가 이래라저래라 하는 게 아니라 선아의 생각입니다. 막말로 소속 연예인을 ‘나가요’ 취급하는 소속사와는 일하기 싫다는 뜻이고."

"말 다했나?"

"아직 멀었지만 오늘은 이만하고 가겠소. 비키시오."

"뭐 이런 미친 자식이 다 있어!"

민영태의 뒤에 서 있던 거구가 순간적으로 튀어나와 주먹을 휘둘렀다. 그는 거구의 손을 왼손으로 걷어내며 동시에 오른손으로 목줄기를 쳐올려 바로 옆 책상에다 머리부터 처박아 버렸다.

와장창!

눈 깜짝할 사이에 벌어진 일. 놈은 비명도 지르지 못한 채 입에서 거품을 물었다. 그가 차갑게 소리쳤다.

"다치기 싫으면 비켜라. 너희들 몇 놈으로는 어림도 없어."

"이 새끼, 무슨 헛소리야!"

이번엔 둘, 김태훈은 순간적으로 거리를 좁히면서 먼저 튀어나온 놈의 팔목을 단숨에 꺾어 반대로 밀쳐 내며 다른 놈의 아랫도리를 걸어찼다.

"크헉!"

아랫도리를 채인 놈은 그 자리에 풀썩 주저앉았고 먼저 밀려난 놈은 어깨가 기괴하게 꺾인 채 자지러지게 비명을 내지르며 민영태 앞에 나동그라졌다.

"병원으로 데려가라. 잘못하면 불구된다."

묵직하게 중얼거린 김태훈이 한발 앞으로 나서자 민영태는 슬금슬금 뒤로 물러섰다. 싸워서 이길 상대가 아니라는 걸 본능적으로 느낀 모양이었다. 그러나 나머지 하나는 물러설 생각이 없

두 개의 태양

었다. 뒷주머니에서 시퍼렇게 날을 세운 군용 대검 두 개를 뽑아
든 놈은 신음을 토해내는 부하들을 툭툭 밀어내 공간을 만들었
다.

"이 친구들은 회사 직원 아니지?"

혼잣말 같은 김태훈의 물음에 한선아가 얼른 대답했다.

"영태 오빠 빼고는 전부 처음 보는 사람들이에요."

김태훈은 고개를 까딱해 보이고 칼을 쥔 놈의 얼굴을 확인했
다. 깡마른 인상의 사내는 30대 중반쯤으로 보였다. 얼핏 보기에
도 칼부림을 많이 해본 자의 눈빛, 험한 일을 도맡아 했는지 얼굴
에까지 흉터가 보였다.

"죽일 각오라면 덤벼라. 그렇지 않으면 네가 죽는다."

김태훈의 목소리가 얼음처럼 차갑게 가라앉자 사내가 칼을 역
수도로 잡으며 말했다.

"최병만이다. 이 바닥에서는 쌍칼이라고 불리지. 누구 밑에 있
나?"

"그런 거 없어. 난 죽이는 법만 배웠고 누구든 내 앞에서 무기
를 들면 그 끝은 죽음이다. 죽기 싫으면 치우고 물러서라."

대답없이 그의 서늘한 눈빛을 마주한 최병만은 깊게 심호흡을
하면서 자세를 잡았다. 그러나 칼끝은 조금씩 흔들리고 있었다.
겁을 먹었다는 이야기, 승부는 이미 끝난 셈이었다. 김태훈이 자
세를 일으키며 말했다.

"아이들 데리고 돌아가라. 다시 내 눈앞에 나타날 때는 동원할
수 있는 모든 인원을 데려와라. 단, 그때는 총에 맞을 각오를 해

야 할 거다. 돌아가라."

그의 짧막한 마지막 명령에 최병만은 움찔하면서 입술을 깨물었다. 손잡이의 익숙한 감촉은 분명히 손끝에 있었다. 그런데 어찌 된 일인지 움직일 수가 없었다. 이러면 싸워보나마나였다. 그리고 무엇보다 겁나는 건 상대가 총기를 거론했다는 점이었다. 더구나 연장이라는 단어를 쓰지 않고 무기라고 했다. 한술 더 떠서 죽이는 법만 배웠다고 했다. 대한민국에서 총기를 사용하고 죽이는 법만 배우는 조직? 답은 오로지 군대였다. 쉽게 기무사나 국정원 요원이라는 뜻이고 이도 저도 아니라면 어디든 정보기관 출신이라는 이야기였다. 무턱대고 덤비는 건 확실히 명청한 짓이었다. 최병만은 자세를 풀지 않은 채 칼을 조심스럽게 뒷주머니에 챙겨 넣었다.

"끝이라고 생각하지 마라. 오늘은 물러가지만 항상 밤길을 조심해야 할 거다. 가자!"

최병만은 엉금엉금 기는 놈들을 하나하나 챙겨 내보내고 마지막으로 뒷걸음질을 쳤다. 끝까지 긴장을 풀지 않은 모습, 허풍을 떨긴 했지만 제 새끼들을 챙기는 것으로 보아서는 나름 보스 기질이 느껴졌다.

최병만이 사라지고 나자 김태훈은 슬쩍 민영태에게 눈길을 돌렸다. 민영태는 덩치답지 않게 화들짝 놀라며 서너 발짝 뒤로 물러섰다. 그가 말했다.

"민영태라고 했지?"

"네? 네."

이미 주눅이 든 놈은 잔뜩 움츠린 채 얼른 통로 한쪽으로 비켜섰다. 김태훈은 날카로운 눈빛으로 사무실을 한 바퀴 둘러보았다. 사무실은 쥐 죽은 듯이 고요했다. 사장실 앞에 입을 떡 벌린 채 완전히 얼어붙은 박상정의 모습이 보였다.

"입을 조심해서 놀려야 할 거다. 가자, 선아야."

"네."

등 뒤에 바짝 달라붙은 한선아를 데리고 서둘러 사무실을 나온 그는 지체없이 한선아의 집으로 직행했다. 집 주변을 한 바퀴 돌면서 이상 유무를 확인한 뒤 11층으로 올라가 조심스럽게 문을 열었다. 침입자가 있을지도 모른다는 판단, 다행히 집 안에는 아무도 없었다. 그러나 온통 어지럽게 발자국이 찍혀 있었다. 누군가 집 안을 뒤졌다는 의미였다.

겁먹은 표정의 한선아를 달래면서 화장품과 당장 갈아입을 속옷, 통장과 서류들을 챙겨 재빨리 여행가방 하나를 채웠다. 조폭들이 소속사 사무실과 집까지 들이닥쳐 설쳐 대는 상황이라면 도어록 비밀번호를 바꾼다고 해도 여기서 생활하는 건 불가능했다. 다시 그의 집으로 데려갈 수도 없었다. 그의 집도 이미 경찰에 알려졌고 그건 곧 하나엔터테인먼트에도 알려진다는 뜻, 어딘가 당분간 머물 장소를 마련해야 했다.

그런데 막 현관을 나설 무렵 한선아가 거실에서 상당히 무거운 가방 하나를 낑낑거리며 챙겨 가지고 나왔다.

"이거 꼭 가져가야 돼요."

가방은 김태훈에게도 어깨가 푹 처질 정도로 무거웠다. 가방을

커져 가는 의혹

받아 든 그가 의아한 표정을 짓자 한선아가 재빨리 말을 더했다.

"내 재산 목록 1호예요. 사이즈는 작지만 성능은 미드레인지급이고 CPU 하나만 2,700만 원이나 하는 녀석이에요. 작년에 삼성전자 CF 찍을 때 조건 달아서 억지로 받아냈거든요. 무조건 가져갈 거예요. 필요할지도 모르고요."

미드레인지급이 뭔지는 모르지만 가격만 보면 확실히 고가품. 어차피 설득하고 자시고 할 시간적 여유는 없었다.

"일단 알았다. 가자."

곧장 차를 빼내 성남으로 방향을 잡은 김태훈은 하루 종일 갈등해 온 문제에 대해 결론을 내렸다. 기본적으로 한가하게 출근할 만큼 간단한 상황이 아니었다. 한선아가 처한 상황도 문제지만 그 자신도 당장 납치와 살인사건에 연루될 판이었다. 무방비 상태로 당할 수는 없는 노릇, 차라리 며칠 연가를 내고 수면 아래에서 상황을 지켜보아야 할 것 같았다. 과민한 반응일지도 모르지만 몸에 밴 습관은 그를 가만히 내버려 두지 않았다.

막히는 강남을 통과하면서 마지막으로 몇 가지 문제를 더 짚어 본 다음, 뱅뱅사거리 신호에 걸리자 양우혁에게 전화를 걸었다. 신호가 한참 간 뒤에야 양우혁의 시원스런 목소리가 건너왔다.

[혼자 도망간 배신자냐?]

촬영 마지막 날 회식 자리에서 혼자 달아났다는 뜻일 터였다.

"죄송합니다, 양 대리님."

[하하. 죄송은 무슨. 근데 무슨 일이냐?]

"콜록. 저… 내일부터 1주일만 연가처리 좀 해주십쇼."

김태훈은 일부러 앓는 소리를 내가며 아픈 척을 했다.

[1주일 연가? 너 미쳤냐? 최 이사 그 인간이 잡아먹으려고 할 거다.]

"저 신종플루인지 뭔지 확진이랍니다. 여기 성남 제생병원인데요. 콜록. 그동안 월차 안 써서 연가처리 가능할 것 같은데… 부탁드립니다. 출근하는 대로 진단서 제출하겠습니다. 죄송합니다."

[급기야 너도냐? 환장하겠군.]

평소 김태훈이 실없는 소리를 하지 않는다는 걸 잘 알아서인지 양우혁은 곧장 수긍하고 뒷수습을 자청하고 나섰다. 8개월이면 웬만한 성격은 충분히 파악했을 터였다.

[그놈의 신종인지 말종인지 진짜 골 아프게 만드네. 일단 알았다. 다음 주에 출근하는 걸로 과장님께 보고해 두마. 몸 잘 챙겨라.]

"감사합니다."

그가 전화를 끊자 한선아가 걱정스런 표정으로 그의 눈치를 봤다.

"미안해요, 오빠. 저 때문에 출근도 못하고……."

"아니. 어차피 이렇게 된 바에야 일을 확실히 처리하는 편이 나을 거다. 일단 나도 짐 좀 챙기고 둘이 머물 만한 곳을 찾아보자."

"네, 오빠. 그리고 고마워요."

"뭐가?"

"말씀 놓으셨잖아요. 이제 진짜 오빠가 된 거 같아서요."

김태훈은 슬쩍 한선아를 돌아보고는 그냥 도로로 시선을 가져갔다. 박상정 앞에서 사촌오빠를 들먹이다가 자연스럽게 말을 놓은 상황이 되어버렸는데 별로 어색하지가 않았다. 8살이나 되는 나이 차 때문일 터, 이대로 말을 놓아버리는 편이 나을 것 같았다. 그는 말없이 고개만 까딱해 보였다. 한선아가 다시 물었다.

"우리 갈 만한 곳 있어요?"

"글쎄. 당분간 시내 코업레지던스 호텔 같은 곳에 들어가면 될 것 같다. 보통 15일이나 월 단위로 임대해야 하고 사용료도 엄청 비싸지만 대신 시설은 완벽하거든. 가전제품은 물론이고 식기까지 잘 갖춰져 있다고 들었다. 가명으로 계약하고 현금으로 지불하면 아무도 찾아내지 못할 거야. 회사가 그때까지 손을 들지 않으면 넌 작은아버님 댁에 내려가 있어라. 지금으로선 거기가 제일 안전할 거야."

"그냥 오빠랑 있으면 안 돼요? 내려가기 싫은데… 어차피 회사는 항복하지 않을 거예요. 다음 주 목요일에 생방송 참여해야 하고 소송도 진행하려면 내가 서울에 있어야 돼요."

딴은 일리가 있는 말, 김태훈은 일단 상황을 지켜보기로 했다.

"상황을 보자. 그런데 그 생방송 말이야."

"네."

"그거 안 나가면 안 되겠니? 저쪽이 막무가내로 나오는 상황이다. 위험할 수도 있어."

"안 돼요. 생각해 보세요. 지난주부터 제 노래가 1위예요. 특별히 경쟁곡이 없어서 다음 주도 당연할 거라고요. 방송국 담당 PD하고 한 약속은 무시한다고 쳐도 팬을 무시할 수는 없어요. 이건 대중과의 약속이잖아요. 다음 주만 참석하고 그다음 주는 보류하도록 담당 PD하고 상의해 볼게요. 설마 기자들이 들끓는 방송국에서 무슨 일이야 있겠어요?"

"그렇긴 하다만……."

김태훈은 마지못해 고개를 끄덕였다. 위험한 건 사실이지만 연예인에게 대중과의 약속은 무엇보다 중요했다. 그리고 아무리 막나가는 자들이라도 카메라들이 난무하는 방송국에서만큼은 일을 벌이기 어려울 것 같았다.

"좋아. 일단 참석하는 걸로 하되 다음 주는 꼭 보류시켜라. 그리고 지금 전화 끄자. 내일 선불폰 몇 개 사서 쓰는 것으로 해야겠다."

"네."

동시에 전화를 꺼버린 두 사람은 가까운 은행에 잠깐 들러 카드로 찾을 수 있는 돈을 최대한 인출한 뒤, 다시 성남으로 방향을 잡았다. 이 와중에 집에 들르는 것이 부담스러웠지만 일을 시작하기 전에 꼭 챙겨야 할 것이 집에 있었다. 만에 하나 집을 비운 상황에서 가택수색이라도 당하는 날에는 자칫 심각한 문제가 발생할 수도 있었다.

저녁 8시가 좀 넘어서 집 근처에 도착한 김태훈은 집에서 한 블록 이상 떨어진 골목에 차를 세우고 걸어서 아파트로 향했다. 만일의 사태에 대비해서 한선아는 야구모자에 마스크까지 쓰고 자연스럽게 그의 팔짱을 끼고 걸었다. 팔꿈치에 와 닿는 한선아의 감촉이 익숙했다. 사흘째 하루 종일 붙어 있어서일까? 마치 1년 쯤 사귄 익숙한 연인의 느낌, 이래저래 기분이 묘했다.

데이트하는 기분으로 천천히 아파트 단지를 한 바퀴 돈 다음, 후문을 통해 단지 안으로 들어와 다시 주변을 확인했다. 다행히 특별한 이상은 없었다. 그런데 아파트 현관에 도착하는 순간, 기분 나쁜 목소리가 귀청을 때렸다.

"애인이랑 어디 여행이라도 다녀오셨나 봅니다, 김태훈 씨."

남도철의 목소리였다. 그는 그 자리에 우뚝 멈춰 서 고개를 돌렸다. 남도철은 아파트 현관 건너편에 주차된 구형 소나타의 문을 닫고 있었다. 반대편 문에서는 새파랗게 젊은 사복경찰이 내려섰다.

"안녕하십니까? 김태훈 씨."

내심 욕설을 퍼부었지만 김태훈은 뚱하게 인사를 받으며 표정 관리를 했다.

"사건은 해결하셨나요?"

천천히 뛰어서 도로를 건너온 남도철이 불쑥 손을 내밀었다.

"해결은커녕 더 꼬입디다. 그래서 48시간째 속옷도 못 갈아입고 당신을 기다리고 있지."

"제가 필요하십니까?"

남도철은 대답 대신 한선아에게 슬쩍 눈길을 돌리더니 엉뚱한 인사말을 건넸다.

"죄송합니다만 남자친구분을 잠깐 빌려가야겠습니다."

두 개의 태양

김태훈이 눈을 가늘게 뜨며 말을 받았다.

"무슨 소립니까?"

"아. 사실은 당신 체포하러 왔어요. 그 배 뭐시기 말이오. 당신은 누가 납치했는지는 알 것 같아서 말이야. 아니면 당신이 납치했는지도 모르지. 아닌가?"

"농담할 기분 아닙니다."

"농담 아니오. 서에 가서 잠깐 이야기 좀 합시다. 아니면 당신 집에서도 좋고."

"이 밤중예요? 잊어주시죠. 아니면 체포영장을 가지고 오시던지."

단호한 거절, 그러나 남도철은 느물느물하게 웃으며 다시 말을 붙였다.

"아직 밤은 아닌 거 같은데? 그리고 영장 같은 건 필요 없지 않겠어? 잠깐 시비 좀 붙여서 당신이 내 멱살 한 번만 잡게 하면 그만인데 말이야. 안 그런가? 참. 저녁식사는 했나? 식전이면 같이 식사나 하면서 이야기 좀 하지."

"거절입니다."

"그럼 이렇게 묻지. 당신 그날 차에 누구하고 같이 탔지?"

의외의 질문, 조금 놀랐지만 김태훈은 긴장한 한선아의 팔짱 낀 손을 두들겨 진정시켰다. 한선아의 손은 가늘게 떨리고 있었다. 만일 남도철이 감시카메라를 통해 한선아를 봤다면? 나란히 서 있는 그녀를 몰라볼 리가 없다. 그렇다면 넘겨짚었을 가능성이 높았다. 그가 단호하게 말을 잘랐다.

"말 안 되는 이야기 그만하시고 이만 퇴근하십시오. 생각나는 것이 있으면 연락드린다고 했을 텐데요?"

"그런데 연락이 안 오더란 말이지. 후후."

"뭔가 필요하시면 최병만이라는 사람을 한번 조사해 보시지요. 그쪽에서는 쌍칼이라고 불린다고 하더군요."

"쌍칼?"

"그 배 어쩌고 하는 사람하고 연관이 있을 겁니다."

남도철이 잠시 기억을 더듬자 옆에 있던 신참 형사가 남도철에게 귓속말을 했다.

"최병만 그놈 철거공사연합회 기획이사 직함을 달고 다니는데 한때 강남 주먹 판도를 좌지우지하던 독종입니다."

"제기랄. 이거 주먹질하는 쓰레기들끼리 세력 타툼이라도 일어난 거 같은데 말이야. 어디 건달 없는 세상 없나? 이거야, 원. 씨팔."

남도철은 신참 형사에게 몇 마디 툴툴거리더니 다시 김태훈에게 눈을 돌렸다.

"그런데 당신, 당신은 그 자식 어떻게 알지?"

김태훈은 어깨를 으쓱해 보이며 고저 없는 목소리로 말했다.

"그 친구도 남 형사님처럼 찾아와서 행패를 부리더군요."

"허. 나처럼 행패라니… 그거 너무 심한 말 아닌가?"

"전혀요. 어쨌든 지금은 더 말씀드릴 수 있는 게 없습니다. 조만간 다시 연락드리죠."

"약속하겠나? 연락한다는 말 말일세."

두 개의 태양

　남도철은 잡아먹을 것처럼 무시무시한 눈빛으로 그의 눈동자를 노려보았다. 그는 눈길을 피하지 않은 채 가볍게 고개를 끄덕여 보였다. 잠깐의 불꽃 튀는 눈싸움은 남도철의 너털웃음으로 끝이 났다.

　"하하하. 좋아. 그럼 기다리지."

　김태훈은 말없이 손을 내밀었다. 손을 맞잡고 딱 한 번만 쥐었다 놓은 다음 곧장 등을 돌렸다. 돌아선 그의 뒤통수에 대고 남도철이 목소리를 높였다.

　"기억해 두게! 오래 기다리지는 못해!"

　김태훈은 뒤도 돌아보지 않고 손만 들어 올렸다. 김태훈과 한선아가 현관 안으로 들어서자 신참 형사가 소리 죽여 고함을 질렀다.

　"남 형사님!"

　"왜? 귀 안 먹었어."

　"악어가 가만 안 있을 겁니다! 데려가야죠!"

　남도철이 다시 껄껄대며 웃었다.

　"인마, 싫다는데 뭔 재주로 데려가? 온 동네 사람들 다 보는 데서 저 친구랑 주먹다짐이라도 하리? 목격자가 열 명은 될 거다. 당장 바로 옆에 쭉빵 여친이 찰싹 달라붙어 있잖아. 꿈 깨라, 짜샤. 서장이 데려오란다고 무조건 데려가다가 일 잘못되면 괜히 우리만 다친다. 이런 때는 깨지더라도 그냥 지켜보는 게 상책이야. 꿩 대신 닭이라고 내일 출근하는 대로 최병만이라는 놈이나 불러다 조져 보자. 흐흐. 가자."

커져 가는 의혹

"아니. 그래도……."

"시끄러워, 인마. 넌 아직 한참 배워야 돼. 따라와."

남도철은 실실 웃으면서 길을 건넜다.

김태훈은 2층 계단실에서 차에 타는 남도철의 뒷모습을 물끄러미 내려다보았다. 확실히 노련한 형사였다. 남도철은 그가 범인이 아니라는 것 정도는 어렴풋이 감을 잡은 것 같았다. 그럼에도 불구하고 그의 주변에서 어슬렁거리고 있었다. 아마 뭔가 얻을 것이 있다고 생각하는 모양이었다. 그러나 남도철이나 자신이나 똑같이 사건의 핵심에서 겉돌고 있었다. 따지고 보면 사건의 중심에 한선아가 있는지 아닌지도 확실치 않았다. 분명한 건 한선아를 거물들의 모임에 데려가려 한 놈이 실종됐고 그 자리에 여배우들을 보낸 기획사 사장이 누군가에게 살해당했다는 것뿐이었다.

'당장은 몸을 사리는 게 최선이겠지.'

김태훈은 곧장 집으로 들어갔다. 경찰이 문 앞에서 24시간 대기하고 있었으니 당연히 침입자는 없었을 터, 걱정할 이유는 없었다. 망치로 베란다 끝의 합판을 뚫고 안에 숨겨놓은 손가방을 챙겨 밖으로 나왔다. 유사시 언제든 떠날 수 있도록 별도의 신분증 몇 개와 필요한 장비 일체를 준비해 둔 비상용 가방이었다. 가방을 손에 넣고 나자 몸에 힘이 들어갔다. 이제 그가 마음먹고 잠수에 들어가면 경찰 아니라 군대를 동원해도 찾을 수 없을 터였다.

코엑스 인근에 있는 그런대로 준수한 시설의 코업레지던스 호

텔에 방을 잡아놓고 자신의 차는 가락동 농수산물시장 주차장에
집어 넣어버렸다. 상황이 안정될 때까지는 추적이 가능한 자신의
자동차를 사용하지 않을 생각이었다. 호텔로 돌아와 한선아가 씻
는 사이, 철거공사연합회와 용마철거기획, DG미디어에 대해 검
색하기 시작했다. 우선 상대를 알아야 비슷하게나마 대책이 나올
것이라는 판단이었다. 그러나 인터넷에서 찾을 수 있는 건 많지
않았다. DG미디어는 소속 연예인과 매출규모 등 일반적인 데이
터뿐이었고 철거공사연합회와 용마철거기획 역시 보편적인 매출
과 사장의 이력 정도가 전부였다. 새로 얻은 건 철거공사연합회
회장 방대섭이라는 이름뿐이었다.

'곤란하군.'

김태훈은 호텔을 나와 가까운 공중전화에서 전화를 걸었다. 전
화번호부에도 기록되지 않은 번호, 상대는 신호가 몇 번 가기도
전에 전화를 받았다.

[여보세요.]

"나다. 내 목소리 기억나?"

[어라? 형님! 형님이 웬일이래요? 아직 제 번호 기억하고 있나
보죠?]

3년 남짓 등을 맞대고 현장을 뛰어다닌 오래된 친구 장석호,
마지막 작전에서 큰 부상을 당하는 통에 내근으로 돌아간 장석호
는 얼마 전부터 사이버 안보팀에 근무하고 있었다.

"그래. 곤란한 일이 있어서 부탁 좀 해야겠다."

[형님 부탁이라면 모가지가 날아가도 해야죠. 하하. 말씀하세요.]

"받아 적어라. DG미디어 최정일, 하나엔터테인먼트 박상정, 우일경제신문 박재영 사장, 용마철거기획 배정수, 철거공사연합회 방대섭 회장, 최병만 이사. 다 적었냐?"

[네.]

"그렇게 여섯 사람에 대해 좀 알아봐 줘. 사업규모나 인맥 등 개인적인 것도 좀 자세히 조사해라. 앞뒤로 일주일 동안 특별한 약속이나 행사가 있으면 알아봐 주고. 죽은 사람도 포함해서 말이야. 내일 아침에 전화하마."

[알겠습니다. 그런데 멀쩡한 대기업 다니는 회사원이 이런 사람들 뒷조사는 왜 하십니까?]

"묻지 마라. 아무래도 이상한 일에 엮인 거 같다."

[우일경제신문 박재영 사장까지 끼어 있는 거 봐서는 아무리 형님이라도 몸 좀 사리셔야겠습니다. 후후. 물론 형님을 어떻게 할 수 있는 것들이 우리나라에 있으리라고는 생각 안 하지만 은퇴하신 이상 한계가 있습니다.]

"알아, 인마."

[제발 괜한 망신만 당하지 마십쇼. 형님은 우리 전술 TFT의 전설입니다. 전설이 망가지면 이래저래 곤란해요. 후후. 말씀하신 건 자기 전에 끝내놓겠습니다. 아무 때나 전화하십쇼.]

"고맙다. 부탁해."

[넵. 수고하십쇼.]

전화를 끊은 김태훈은 편의점에 들러 당분간 먹을 식재료와 와인 한 병을 사 들고 호텔로 돌아왔다. 샤워를 끝낸 한선아는 잠옷

바람으로 커피를 타고 있었다.

"술 한잔하자. 맥주를 살까 하다가 그냥 와인 샀다."

"좋죠. 내가 워낙 '한 우아' 해서 와인에 잘 어울리잖아요. 호호."

환한 웃음, 김태훈은 마주 웃었다. 역시 이 아가씨는 어떤 상황에서든 같이 있는 사람을 미소 짓게 했다. 먹을 것을 대충 냉장고에 정리해서 넣고 치즈 몇 장과 함께 와인을 땄다.

"건배."

"네. 건배."

김태훈은 발그레하게 변해가는 한선아의 얼굴을 건너다보며 내심 감탄사를 토해냈다. 자타가 공인하는 여신급 미모 때문이 아니라 겨우 스물둘밖에 안 된 아가씨의 두둑한 배짱 때문이었다. 험악해진 상황에 약간 기가 질려 있지만 최소한 겁을 먹은 것 같지는 않았다. 어찌 보면 정작 겁을 집어먹은 건 김태훈 자신이었다. 보고 들은 것이 너무 많아서일까? 머리보다 몸이 먼저 반응하면서 죽어라 경고방송을 내보내고 있었다.

이 생각 저 생각에 그가 입을 다물자 한선아가 과일을 꺼내 깎으며 말을 붙였다.

"태훈 오빠는 이런 때는 정말 메탈 느낌이 나요."

"메탈?"

"네. 은회색에 서늘하고, 차갑고, 섬뜩하고, 깨지지 않는 금속성, 뭐 그런 거요. 그냥 파스텔 톤의 부드러운 녹색이었다가 어느 순간에는 정말 강렬한 메탈 이미지로 변해요. 그래서 궁금해요.

무섭기도 하고요.”

　김태훈은 대답 대신 와인 잔을 눈높이까지 들어 올렸다. 차가워 보인다는 뜻일 터, 어쩌면 정확한 비유일지도 몰랐다. 한선아의 눈동자는 집요하게 대답을 요구했지만 그는 그냥 웃었다.

　“색깔이라… 생각해 보지 않아서 잘 모르겠는데? 후후.”

　“대답 재미없어요.”

　“한번 생각해 보지.”

　“칫. 내일은 우리 뭐 해야 돼요?”

　“우선은 쓸 만한 자동차 한 대 렌탈, 선불 전화기 몇 개 구입, 괜찮은 변호사 알아보는 것 정도? 저녁때는 집에 혼자 좀 있도록 해라. 난 다녀올 데가 있다.”

　“같이 가면 안 돼요?”

　“안 돼. 위험할 수도 있고 힘도 드는 일이야.”

　“힝… 무서운데… 같이 다니면 안 돼요?”

　김태훈은 그냥 입을 다물어 버렸다.

　“치. 알았어요. 그런데 오빠, 혹시 오빠 군인이었어요?”

　언젠가는 나오리라고 생각했던 질문, 김태훈은 희미하게 웃었다.

　“그게 왜? 대한민국 남자들 전부 전직 군인이잖아. 비록 대통령하고 총리는 아니지만 말이다. 후후.”

　“쳇. 그거 누가 몰라요? 오빠는 그냥 군인이 아니었던 것 같아서 말예요.”

　“특별한 부대 출신이라고만 알아둬.”

"공수부대, 네이비실 뭐 이런 거요?"

"비슷해."

"그런 데는 무섭죠?"

"글쎄. 정상적으로 산다고 하기는 어렵겠지."

한선아는 과일을 잘라 그의 앞으로 밀어놓고는 호기심이 당긴다는 표정으로 바짝 다가앉았다.

"왜 그만뒀어요?"

"어느 날 거울을 보니까 낯설고 험상궂은 괴물 하나가 눈앞에 있었어. 그래서 뒤도 돌아보지 않고 전역했지. 내가 선아와 맞지 않는다는 이야기를 하는 것도 내가 괴물이기 때문이야."

괴물이라는 단어를 꺼낸 김태훈은 쓴웃음을 머금었다. 괴물, 더 이상 적절한 단어가 생각나지 않는 정확한 표현이었다. 그만큼 그의 머릿속은 엉망진창으로 망가져 있었다. 매일매일이 죽고 죽이는 험악한 나날들, 그는 그저 냉혹한 살인 기계일 뿐이었다. 애국이라는 단어로 서너 번씩 두텁게 덧칠을 했지만 조각조각 무너져 내린 머릿속은 도무지 회복될 기미를 보이지 않았다. 감당이 안 될 만큼 지독한 두통이 찾아온 것도 그때쯤이었다.

한동안 불편한 침묵이 이어지자 물끄러미 그의 눈동자를 건너다본 한선아가 살그머니 일어서더니 그의 뒤로 돌아와 어깨를 짚었다. 그리고는 갑자기 그의 목을 감싸 안았다.

"이야기했잖아요. 나도 평범하게 사는 사람 아니잖아요. 어쩌면 우린 아주 잘 어울리는 커플일지도 몰라요."

"……."

의외의 스킨십에 당황스러웠지만 뺨과 목에 느껴지는 부드러운 온기는 편안하고 따뜻했다. 정말 오랜만에 느껴보는 편안함이었다. 대충 10년 전? 아마 대학교 1, 2학년 때쯤일 터였다. 캠퍼스커플로 불릴 만큼 가까웠던 아이가 있었다. 그의 기억 속에 아직도 스무 살로 남아 있는 아이, ROTC 생활을 시작하면서 멀어졌다가 입대 후에는 연락이 끊어졌던 것으로 기억했다. 아마 그가 기억하는 유일한 즐거운 추억일 것이었다.

그가 목을 감은 한선아의 손등을 토닥거리며 말했다.

"나중에 후회할 짓 하지 말고 자라. 내일도 바쁘게 돌아다녀야 돼."

"쳇. 미워. 무슨 남자가 이래요?"

한선아는 그의 뺨을 장난스럽게 꼬집었다.

"나같이 예쁜 여자가 이 정도 들이대면 받아주는 척이라도 해야 되는 거 아니에요?"

"이보세요, 아가씨. 당분간 붙어 지내야 되는데 이러다 정말 후회해."

"후회 절대 안 해요. 호호. 이 닦고 먼저 잘게요. 과일 드세요."

한선아가 뒷걸음질을 하면서 화장실로 향하자 김태훈은 쓴웃음을 머금으며 자리에서 일어섰다. 상황은 여전히 안갯속, 그나마 웃을 수 있다는 것만이 유일한 위안거리였다.

다음날 아침, 새벽같이 호텔을 나선 두 사람은 가장 먼저 혼잡한 강남역 인근의 공중전화 박스에서 장석호에게 전화를 걸었다. 밤샘 작업을 했는지 장석호의 목소리는 심하게 갈라져 나왔다.

[나중에 술 한잔 사셔야 합니다. 본사 메인, 경찰청 호스트까지 뒤지느라고 고생 좀 했으니까요.]

"수고했다."

[일반적인 사항은 옛날 형님 사용하던 사내 계정에 띄워놨습니다. 3차 변형 패스워드 기억하시죠?]

"그래."

[간단히 요약해 드리죠. 가장 특기할 만한 점은 방대섭과 박재영이 몇 년 전부터 자주 어울려 다녔다는 겁니다. 47세로 나이도 동갑이더군요. 올해만 10여 차례 해외여행을 함께 다녔습니다. 그리고… 용마철거기획은 사장이 채민영이라는 서른일곱 먹은 여자인데 과거에 한때 방대섭과 내연의 관계였습니다. 업계에서 힘들다는 건만 도맡는 재하청회사입니다. 말이 회사지 그냥 깡패 집단입니다. 배정수라는 놈과 최병만이는 별것 없습니다. 폭력 전과만 몇 건 있더군요. 죽은 DG미디어 최정일 사장은 확실히 살해당했습니다. 그런데 사인이 교살이 아닙니다. 경추가 횡으로 부러졌는데 턱에 남은 압흔壓痕은 전형적인 특전대 전투 스킬이랍니다.]

"그럴 것 같았어."

[어쨌든 그 사람 소속 여배우들 상납하기로 유명하고 검찰청 보고서에는 과거 한참 매스컴을 장식했던 안미연 씨 자살 사건에도 상당 부분 영향을 미친 것으로 되어 있더군요. 그리고 방대섭

하고 최정일 사장이 거액을 주고받은 정황이 있습니다. 최소 억대가 넘는 돈이 오갔더군요. 중요한 건 이 정도입니다.]

"수고했다. 뭐 약점 잡을 만한 건 없나?"

[방대섭 이놈은 만물상입니다. 주업은 당연히 경매와 재개발 택지 관련 투기인데 최근엔 마약에도 손을 대고 있어서 부산경찰청의 요주의 감시 대상입니다. 규모도 제법 크고요. 주로 코카인과 엑스터시를 거래하는데 마누라 소유의 청담동 나이트클럽 샤이어를 중심으로 부유층 자제에게 판매되며 이번 주말에 일본 조직과 큰 거래가 있다는 첩보가 있습니다. 소스가 약해서 첩보 레벨은 낮은데 그것만으로도 부산경찰청에서는 상당히 신경을 쓰는 눈치더군요. 과천 경마장과 청담동 서현 오피스텔에 자주 가는데 내연의 여자가 있는 것으로 보입니다. 그리고 박재영 사장은 복잡한 여성 편력이 약점입니다. 양평의 개인별장에 자주 갑니다. 거기서 여자들을 불러들여 환각 파티를 벌이는 것으로 보고되어 있습니다.]

"꽤나 지저분하군. 다른 건?"

[특기할 만한 건 더 없네요. 방대섭, 박재영, 채민영 세 사람의 집과 업소의 주소, 전화번호, 사진, 자주 가는 장소 정도를 정리해서 같이 보냈으니 참고하십쇼.]

"한 번 빚졌다. 고마워."

[별말씀을요. 형님한테 진 빚 갚으려면 아직 멀었습니다. 어쨌거나 몸부터 사리십쇼. 왜 그러시는지는 모르지만 박재영 사장 주변은 거물들이 많습니다. 특히 부친이 우일그룹 박일선 회

장인데 그 사람 진짜 거물입니다. 정, 재계의 연줄도 엄청납니다.]

"그렇겠지. 기억해 두마. 그리고 하나만 더 부탁하자."

[말씀하세요.]

"범법을 강요하는 거라 미안한데… 포털 해킹해서 방대섭이하고 박재영 사장 주변 인물들의 이메일 좀 뒤져 볼 수 있겠냐? 쓸 만한 거 나오면 알려주고."

[뒤져 보겠습니다.]

"노출 안 되게 조심해라. 여차하면 싹 정리해 버리고."

[염려 마십쇼. 그런 거 한두 번 했나요. 정리해서 형님 계정에 올려놓겠습니다. 자주 연락하세요.]

"그래. 끊는다."

전화를 끊은 김태훈이 공중전화 박스에서 빠져나오자 길 건너 휴대전화 점포 앞에서 기다리던 한선아가 자연스럽게 다가와 팔짱을 꼈다.

"가요."

두 사람은 곧장 강남역 뒷골목의 후미진 휴대전화 가게 몇 군데를 돌면서 선불 전화 4개를 사서 하나를 한선아에게 주고 나머지는 따로 챙겼다. 이어 잠실로 넘어가는 길목의 대형 렌트카 회사에서 안영욱이라는 이름의 미국 운전면허증으로 신형 소렌토 한 대를 빌렸다. 나머지 시간은 백화점에서 선글라스와 야구모자 몇 개, 당장 필요한 옷가지 등을 사면서 보내고 마지막으로 PC방에서 장석호가 보낸 파일을 훑어보았다. 그리고 저녁 무렵, 철거공사연합회 사무실이 직접 내려다보이는 깔끔한 가족식당 체인점에 자리를 잡았다.

"기분 참 좋다! 정말 오랜만에 한가한 시간을 보내는 거 같아요. 진짜 몰래 데이트하는 기분이에요. 호호."

쇼핑을 하면서 기분이 좀 풀렸는지 한선아는 식사하는 내내 창밖을 내다보며 부쩍 환해진 미소를 보였다. 처음엔 한선아를 알아보는 사람이 있을까 싶어 걱정이 앞섰지만 새로 산 야구모자와 선글라스가 예상보다 효과적으로 사람들의 시선을 차단해 주는 것 같았다. 하긴 한선아쯤 되는 대스타가 이런 평범한 식당에 나타나리라고 생각하는 사람은 별로 없을 터였다.

식사가 대충 끝나가자 한선아가 그의 얼굴을 빤히 건너다보며 물었다.

"그냥 기다리기만 하는 거예요?"

"아니. 기다리는 건 내 스타일이 아냐. 저쪽이 힘으로 나왔으니 장단은 맞춰줘야지. 시간도 없으니까 우선 전화 한 통하고 분위기를 좀 보자. 커피 한 잔하면서 잠깐 기다려. 5분 내로 돌아올게."

"네."

한선아를 남겨놓고 아주 자연스럽게 식당 밖으로 나와 대로변에 있는 공중전화 박스를 찾았다. 방대섭의 사무실에다 직접 전화를 걸려면 공중전화가 편했다.

[철거공사연합회 회장실입니다.]

비서인 듯한 젊은 여자의 목소리였다. 김태훈은 최대한 목소리를 깔았다.

"방대섭 회장님 부탁합니다."

[실례지만 어디시죠?]

"우일경제신문 비서실입니다."

[네. 잠시만 기다리십시오.]

잠시 철거공사연합회 안내방송이 흘러나오더니 굵직한 사내의 음성이 흘러나왔다.

[방대섭이올시다. 여보세요?]

"……."

[여보세요? 이거 뭐야?]

김태훈은 5초 넘게 침묵을 지키다가 방대섭이 신경질적인 목소리를 내고 나서야 껄렁하게 질문부터 던졌다.

"어이, 방 회장. 코카인 장사는 잘 되쇼?"

[뭐?]

"그 정도면 짭짤하더군. 혼자 먹지 말고 좀 나눠 먹읍시다."

[무슨 헛소리야? 당신 누구야?]

"지금 거 뭐냐. 샤이어인가? 거 업소 구경 좀 하고 있는데 여기 물 괜찮네. 여기 우리가 접수해야겠어. 영업 시작하면 들를 테니 시간 나면 아이들하고 잠깐 건너오던지. 흐흐."

[야! 이 자식이! 너 내가 누구인 줄…….]

방대섭이 고함을 지르려 했으나 그는 전화를 툭 내려놓고 전화박스를 나섰다. 시간이 흐르면 뭔가 반응이 보일 터, 식당에서 느긋하게 돌아가는 상황을 지켜보면서 다음 수순을 결정할 생각이었다.

✝

와장창!

값비싼 고급 재떨이 하나가 소파 건너편으로 처박혔다.

"씨팔! 실장들 다 튀어 들어오라고 해!"

"네!"

바짝 긴장한 비서가 급히 밖으로 뛰어나가자 방대섭은 격한 신음 소리를 내면서 등받이에 깊숙이 기댔다.

"끄응…….""

전화를 받는 순간부터 섬뜩한 느낌이 목 언저리를 훑고 지나갔다. 어떤 미친놈인지는 몰라도 느닷없이 전화를 해서는 클럽과 약을 거론하고 한술 더 떠서 우일경제신문 비서실까지 끌어다 댔다. 분명 자신에 대해 잘 아는 놈이었다. 안 그래도 최병만이가 경찰에 불려가는 바람에 신경이 날카로웠는데 이건 아예 불난 데다 기름을 들이부은 격이었다.

똑똑!

시간이 얼마 흐르지 않아 노크와 함께 이사들이 들어왔다. 전부 4명, 최병만은 보이지 않았다.

"병만이는 연락 없냐?"

"성남서에서 막 출발했다는 연락을 받았습니다."

"제기랄! 안 실장!"

96

두 개의 태양

날카로운 인상의 키 큰 사내가 재빨리 머리를 숙였다.

"예. 회장님."

"샤이어에 무슨 일 없냐?"

"아직 영업 준비 중이라 별다른 일이 있을 수가 없습니다. 어떤 망할 놈이 장난전화를 한 모양입니다."

"아니. 그렇게 치부할 일만은 아니다. 장난전화라고 하기에는 아는 게 너무 많은 놈이야. 아이들 모아서 가봐라. 박 부장도 같이 가서 상황을 좀 보고."

"예."

"오늘은 샤이어 영업 끝날 때까지 거기 남아서 상황을 살피도록."

"알겠습니다."

"나가들 봐. 최병만이 들어오면 곧장 나한테 오라고 하고."

"네. 회장님."

사내들이 우르르 밖으로 나가자 방대섭은 오만상을 찌푸린 채 창밖을 노려보았다. 최근 들어 되는 일이 없는 황당한 형국이었다. 처음엔 채민영이 아이들이 엉뚱한 곳에서 깨지고 오더니 다음날은 매번 흔쾌히 소속 여배우들을 보냈던 DG미디어 최정일 사장이 느닷없이 살해당했다. 어제는 단 한 번의 실패도 경험한 적 없는 그의 오른팔 최병만이 빈손으로 돌아왔다. 그리고는 경찰에게 불려가는 우습지도 않은 꼴까지 당하고 있었다. 어디선가부터 일이 꼬여도 단단히 꼬여가고 있었다.

사실 이 혼란의 시작은 전부 그 한선아라는 계집이었다. 한선

커져 가는 의혹

아가 달아나는 통에 간만에 차려놓은 파티가 엉망이 된 건 물론이고 양평 동산지구 철거 과정에서 일어난 대규모 폭력사태를 무마해 달라는 청탁도 고스란히 물 건너간 모양새였다. 그나마 다행인 건 박재영이 한선아라는 년에게 단단히 미쳐 있다는 점이었다. 어떻게든 그년만 끌어다 박재영이 앞에다 가랑이를 벌려놓으면 그런대로 일을 바로잡을 수 있을 것 같았다.

짜증스런 시간이 얼마나 흘렀을까. 창밖의 어둠이 깊어진다 싶어질 무렵, 노크 소리가 정적을 깨트렸다.

똑똑!

"들어와."

"늦었습니다, 회장님."

깔끔한 정장 차림의 최병만이었다.

"고생했다. 짭새들 뭐라더냐?"

"채 사장님 식구들 중에 배정수라는 녀석이 실종된 사건 때문에 부른 거랍니다. 실종 당일 제가 혹시나 싶어서 가능하면 직접 가서 한선아를 데려오라고 지시를 했었거든요. 통화 기록을 조사해 본 모양입니다. 그래도 DG미디어 최 사장이 살해당한 것까지는 아직 관련지어 생각하지 못하는 것 같습니다."

"그것도 골치야. 왜 요즘 갑자기 이런 일들이 한꺼번에 터지는 건지 모르겠어. 젠장."

"엉뚱하게 우리 쪽을 뒤지는 게 영 부담스럽습니다."

"갔다 왔으면 됐어. 최 사장 사건과 우릴 연결할 고리 같은 건 전혀 없으니까 쓸데없이 걱정할 필요 없다. 사실이 관련 없고 말

두 개의 태양

이야. 이제 그건 잊어버리고 넌 무슨 짓을 해서든 한선아 그년 찾아서 데려와라.”

“신경 쓰고 있습니다. 그런데 회장님.”

“뭐냐?”

“한선아하고 같이 잠적한 운짱 놈 말입니다. 영 심상치가 않습니다.”

“심상치 않아?”

“느낌상 배정수를 납치한 것도 그놈인 거 같은데… 어제 부딪혔을 때 지껄인 소리를 다시 생각해 보면 군 정보기관 소속이거나 특수부대원인 것 같았습니다. 아이들 제대로 동원해서 신중하게 움직여야겠습니다. 시간을 좀 주십시오.”

“군 정보기관이라…….”

“말하는 뻔새나 행동이 그렇게 보였습니다.”

방대섭은 미간을 잔뜩 좁힌 채 한동안 등받이에 머리를 툭툭 치다가 상체를 일으켰다.

“그건 아냐. 절대 그럴 리가 없다. 잘해야 전직요원이야. 놈이 최 사장 건에 관련됐을 리도 없다. 신경 쓰지 말고 밀어붙여라. 대신 이번엔 실수하지 마라. 요 며칠 실망이 크다.”

“죄송합니다, 회장님.”

최병만이 머리를 숙이는 순간, 책상 위에 던져 둔 휴대전화에서 벨이 울렸다. 슬쩍 전화번호를 확인한 방대섭이 최병만에게 나가라는 손짓을 하며 말했다.

“너도 알겠지만 한선아인가 뭔가 하는 빌어먹을 년 때문에 내가 입장이 아주 난처해졌어. 필요하면 약이라도 잔뜩 먹여서 별장에 데려다 놔라. 알아들어?"

"명심하겠습니다."

그는 최병만이 방을 완전히 나가고 나서야 전화기를 집어 들었다.

"방대섭입니다."

[방 회장, 나요.]

버터를 바른 듯한 번지르르한 목소리, 박재영이었다.

"사장님, 아무래도 시간이 좀 걸릴 것 같습니다."

[이거 날 실망시키는 겁니까?]

"곧 해결됩니다. 이 아가씨가 하필 그날 촬영 끝내고 여행을 떠나 버렸습니다. 백방으로 수소문하고 있으니 곧 연락이 될 겁니다."

[쯧쯧. 그렇게 신신당부했건만… 미팅은 예정대로 진행될 거요. 이번 금요일에 별장, 그때까지는 데려올 걸로 믿겠소. 미팅 끝내고 제대로 몸 좀 풀어봅시다.]

이 와중에 또 파티를 하자는 이야기, 이 인간은 정말 구제불능이었다. 하기야 죽은 DG미디어 사장이나 건달 실종 사건 따위를 대한민국 굴지의 일간지 사장과 감히 연결 지어 생각할 간 큰놈은 없을 터, 이 인간이 걱정할 일은 아니었다. 방대섭이 전화기에 대고 허리를 굽혔다.

"그때까지는 충분합니다. 목요일에 생방송이 있어서 분명히 나타날 겁니다. 그런데 그때 말씀드린 건 어떻게… 가능하겠습니까?”

[일단 말은 해놨소. 그렇지만 오래는 안 돼. 빨리 손을 쓰시오.]

“감사합니다. 서두르죠.”

[좋아요. 그럼 그때 보십시다. 수고하시오.]

“감사합니다. 그럼.”

방대섭은 상대가 전화를 끊을 때까지 기다린 다음, 신경질적으로 전화를 끊고 자리에서 일어섰다.

‘제니 년에게 마사지나 하라고 해야겠군.’

머리 아플 때는 그저 나긋나긋한 여자의 손끝이 최고였다. 방대섭은 사무실을 나서면서 비서에게 ‘청담동’이라는 말 한 마디만 남기고 휘적휘적 복도를 가로질렀다. 집에는 비서가 알아서 핑계를 댈 것이었다.

╪

김태훈은 방대섭이 사무실을 떠나고도 2시간이 더 흐른 뒤에서야 철거공사연합회 건물로 들어섰다. 밤 11시 10분, 현관 경비원이 자리를 뜬 사이를 절묘하게 이용해 엘리베이터에 탔다. 철거공사연합회는 15층짜리 건물의 12, 13층을 쓰는데 사무실의 불은 거의 다 꺼져 있었다. 그는 엘리베이터로 15층까지 곧장 올라간 다음, 평소에는 쓰지 않는 건물 뒤쪽의 비상계단을 통해 13층으로 내려왔다. 13층 비상계단 출입구는 굳게 닫혀 있

커져 가는 의혹

었다.

만능열쇠로 간단하게 손잡이 열쇠를 딴 다음 가볍게 던졌다가 받아 뒷주머니에 챙겼다. 현역 시절 일본 현지요원에게서 선물로 받은 물건인데 의외의 시점에 요긴하게 쓴 셈이었다. 문을 살짝 열고 안을 들여다보았다. 어두운 복도는 비상구 등의 연한 초록색만이 빛의 전부였다. 안으로 들어서기가 무섭게 신속하게 반대편 출입구로 이동했다. 예상대로 실내에 감시카메라 같은 건 전혀 보이지 않았다. 사무실 특성상 아무래도 범법의 증거자료가 될 감시카메라 같은 건 당연히 없애야 할 터였다. 철거공사연합회 팻말 앞에서 경비업체가 깔아놓은 배선 일부를 잘라내고 합선시켜 어렵지 않게 문을 땄다.

문제는 지금부터였다. 조심스럽게 철문을 조금 열고 내부의 상황부터 확인했다. 거창하게 꾸며진 리셉션에는 아무도 없었다. 그러나 사무실 안쪽 회의실에서는 빛이 흘러나오고 있었다. 누군가 있다는 뜻. 김태훈은 자연스럽게 모자를 벗으면서 사무실로 들어갔다. 마스크를 썼으니 누가 보더라도 일면식 없는 그를 분간해 내기는 어려울 터, 크게 신경 쓸 이유는 없었다. 회의실에서 왁자하게 웃음소리가 들려왔다.

"이거 오늘 끗발 죽이네. 다 덤비라고. 으흐흐."

놀음판이 벌어진 모양이었다. 유령처럼 사무실을 가로질러 빛이 흘러나오는 회의실 벽에 달라붙었다. 창문 안으로 보이는 원형 테이블에는 전부 5명이 앉아 있었다. 5만 원 권 지폐 뭉치가 테이블 위에 수북이 쌓일 정도로 판돈은 제법 커 보였고 짧은 치마에다 가슴을 반쯤 내놓은 여자가 막 판돈을 끌어당기는 놈에게 찰싹 달라붙어 있었다. 한창 불이 붙은 상황, 밖의 동정에 신경 쓰는 놈은 없었다. 그나마 한 놈은 씩씩거리면서 빨리 패를 돌리라고 언성을 높였다. 몇 분만 그대로 있어준다면 굳이 소란을 피울 필요는 없었다. 그는 창문 아래를 유령처럼 통과해 그대로 회장실 쪽으로 이동했다.

잠겨 있는 문을 신속하게 따고 안으로 들어가 다시 잠가 버렸다. 사무실과 회장실을 격리한 벽의 창문은 블라인드가 쳐져 있어서 안이 들여다보이지 않았다. 일이 편해진 셈, 우선 잠긴 책상 서랍들을 열어 수첩 종류는 닥치는 대로 배낭에다 쓸어 넣었다. 출근하면 기겁을 하라는 뜻, 서랍에서 더 챙길 것이 없어지자 회장실 한쪽에 놓인 거창한 금고에 눈이 갔다. 높이만 2미터에 가까운 투박하고 묵직한 놈이었다.

'이왕 겁을 주려면 확실하게 가는 편이 낫겠지.'

뻔히 보이는 금고에다 정말 중요한 물건을 넣어두지는 않았겠지만 최소한 쓸 만한 물건 몇 가지는 들어가 있을 것 같았다. 그는 재빨리 금고의 잠금장치 구조부터 살폈다. 오래된 덩치 큰 금고여서 전형적인 구형 비밀번호 다이얼과 열쇠로 구성되어 있었다. 첨단장비를 사용하는 전문적인 현대식 금고털이라면 고개를 설레설레 흔들 물건, 그러나 북한과 중국을 휘젓던 그에게는 가장 손쉬운 일거리 중 하나였다. 물론 문제는 있었다. 이런 종류의 금고는 잠금장치가 해지된 뒤에도 20분이 흘러야 실제로 문이 열리는 치명적인 단점을 가지고 있었다.

　　다이얼에 손을 댄 지 불과 3분여 만에 타이머가 돌기 시작했지만 그는 금고에 기대앉아 지루하게 외부의 상황에 귀를 기울여야 했다.

CHAPTER 4
또 다른 살인

　채민영은 거울에 비친 자신의 몸매를 흐뭇한 눈으로 훑어보았다. 아직도 20대를 방불케 하는 날렵한 몸매였다. 젊은 아이들을 선호하는 방대섭의 눈길을 끌기는 아무래도 어려워졌지만 여전히 그녀에게 목을 매는 사내들은 적지 않았다. 침대에서 그녀의 나신을 훔쳐보는 5살 연하의 사내는 당장 결혼하자고 끊임없이 들이대고 있었다. 담배를 빼물자 사내가 다가와 그녀의 엉덩이를 쓰다듬으며 말했다.

　"아무래도 누님은 나이를 거꾸로 먹는 것 같아. 아직도 탱탱하잖아. 나 또 흥분했어."

　채민영은 엉덩이를 쓰다듬는 사내의 손을 툭 쳐냈다.

　"오늘은 그만, 나 나가봐야 돼."

사내는 슬쩍 채민영의 손길을 피해 허리를 끌어안으면서 사타구니에 손을 밀어넣었다.

"새벽 1시에? 오늘은 그냥 쉬어요. 누님도 젖어 있구만 뭐."

채민영은 시간을 확인하면서 일순 갈등했다. 새벽 12시 45분, 아이들이 돌아올 때까지 시간 여유는 좀 있었다. 서울에서부터 먼 거리를 달려온 성의를 봐서 잠시 시간을 더 내주는 것도 나쁘지 않았다. 그녀가 부드럽게 돌아서며 말했다.

"하여간 밝히기는. 그럼 빨리 끝내."

"좋지."

사내는 그녀를 번쩍 들어 올려 침대에 던지고는 애무도 없이 곧장 몸속 깊숙이 파고들었다. 강렬한 난입, 그러나 사내는 정말 노련하고 강력하게 그녀를 공략했다. 그녀가 침대를 움켜쥔 채 몇 번이나 절정에 올라가고 나서야 사내는 뜨거운 숨을 토해내며 가슴 위로 무너졌다. 한참 호흡을 가눈 사내가 헐떡거리면서 입을 열었다.

"헉헉. 누님, 이제 가는 거 허락할게."

"우리 야옹이 오늘 유난히 멋지네. 나 가기 싫게 만들었어. 호호."

채민영은 사내의 등을 톡톡 쳐 밀어내면서 요염하게 웃었다. 사내는 아직도 아쉬운 표정이었다.

"모레 다시 보자. 그때는 밤새도록 받아줄게. 좋지?"

"그럼요, 누님. 모레는 누님 입에서 살려달라는 비명이 나올 때까지 달려봅시다. 흐흐."

"좋아. 기대하겠어."

채민영은 돌아누운 사내의 허벅지를 부드럽게 쓰다듬으며 침대를 빠져나왔다. 새벽 1시 25분, 곧 양평에 내려간 아이들이 돌아올 시간이었다. 오랜만에 치른 격렬한 섹스 때문인지 몸은 나른했지만 기분은 최고였다.

그녀의 S500은 모텔 주차장 출입구 앞에 조용히 대기했다. 날렵하게 뒷자리에 올라탄 채민영이 차갑게 말했다.

"창동으로 가자."

"네. 사장님."

차는 신속하게 주차장을 빠져나와 비좁은 진입로에 들어섰다. 그런데 대로로 나서기도 전에 느닷없이 쿵 하는 충격이 옆구리를 두들겼다. 정신을 차려보니 시커먼 소형 승용차가 조수석 문짝을 들이받고 멈춰 서 있었다.

"젠장! 어떤 미친 새끼야."

운전하던 막내가 욕설을 토해내며 급히 차에서 내렸다. 소형차 운전자는 차를 뒤로 빼면서 어정쩡하게 문을 열었다. 채민영은 운전자를 일별하고는 그냥 등받이에 기대 눈을 감았다. 새 차 문짝이 박살났으니 소형차 운전자는 막내에게 멱살깨나 잡혀야 조용해질 것이었다. 창문이 모두 닫혀 있는데도 막내가 퍼붓는 욕설이 그대로 들려왔다.

"야! 이 미친 새끼야! 운전 똑바로 해! 면허증 내놔!"

그리고 짧은 침묵, 저쪽이 꼬리를 내리는 모양이었다. 저쪽이 옆구리를 박았으니 어차피 수리비는 고스란히 물어야 할 터였다.

그런데 갑자기 문이 확 열렸다. 찬바람에 인상을 찌푸리며 실눈을 뜨는 순간, 어깻죽지에 뾰족한 통증이 밀려왔다. 그리고 무지막지한 충격이 머리끝까지 치솟아 올랐다. 기억은 거기까지였다.

채민영이 다시 눈을 뜬 건 온몸을 지독하게 휘젓는 한기 때문이었다. 덜덜 떨면서 눈을 떴다. 거의 완벽한 어둠, 쓰레기 더미에서 나는 악취가 진동을 했고 혀끝에 피 냄새가 걸렸다. 팔다리는 묶였는지 손끝 하나 움직일 수 없다. 조금씩 감각이 돌아오자 등에서부터 얼음장처럼 차가운 한기가 느껴졌다. 누군가에게 욕설을 퍼부으며 깨질 것처럼 아픈 머리를 필사적으로 들어 올렸다.

'시팔.'

옷가지는 온데간데없고 그녀는 콘크리트 바닥에 사지를 펼친 채 맨몸으로 누워 있었다. 기억의 마지막 순간이 떠올랐다. 말로만 듣던 테이저건에 당하고 누군가에게 납치당한 것 같았다. 순간, 사방이 흐릿하게 밝아졌다.

"정신이 드나?"

굵직한 남자의 목소리, 급히 좌우를 둘러봤지만 얼굴은 보이지 않았다.

"여기가 어디냐?"

대답은 없었다.

"……"

"당신 내가 누군지 알아?"

"채민영. 용마철거기획 사장, 이 바닥에서는 블랙위도우라고 불린다면서?"

무미건조한 대답, 고개를 들기 위해 기를 쓰던 채민영은 힘없이 머리를 떨어트렸다. 그녀가 누군지 안다면 말로 하는 협박은 소용없었다. 십중팔구 배정수를 납치했다는 그놈일 터였다.

"배정수는 어디 있지?"

"새끼 걱정할 때가 아닌 것 같은데? 아줌마?"

아래쪽에서 나이를 예측할 수 없는 투박한 얼굴이 유령처럼 나타났다. 사내가 그녀의 코앞에다 칼 한 자루를 휘휘 돌려 보이며 말했다.

"이거 누구 건지 알지? 배정수라는 놈이 나대면서 쓰던 칼이야. 별로 잘 들지는 않는데… 네년 껍데기 회 뜨는 데는 충분할 거 같더군."

"무슨 짓이야? 우리 아이들이 그냥 둘 것 같아? 넌 이제 죽었어!"

"뭐 그럴 수도 있겠지. 하지만 그건 네년이 죽고 난 다음이야."

사내는 칼끝을 불쑥 그녀의 코앞에다 들이댔다. 채민영은 순간적으로 질끈 눈을 감았다. 평소 같으면 눈도 깜짝하지 않았겠지만 사내의 눈동자를 가까이에서 보고 나서는 저절로 몸이 움츠러들었다. 사내의 눈동자에서는 생전 처음 보는 무시무시한 광기가 느껴졌다. 산전수전에 공중전까지 겪은 그녀지만 이건 차원이 달랐다. 절대 정상적인 사람의 것이 아니었다. 미친놈이 아니고서는 절대 나올 수 없는 그런 끔찍한 눈빛이었다. 자신도 모르게 목

또 다른 살인

소리가 다급해졌다.

"무슨 일인지 몰라도 내가 다 보상하겠다. 살려줘."

"늦었어. 보상할 방법 같은 건 아예 없어졌으니까. 그러니 넌 그냥 고통스럽게, 아주 고통스럽게 죽어주면 돼."

사내는 말을 끝내기가 무섭게 느닷없이 그녀의 한쪽 가슴을 쿡 찔렀다.

"으악!"

날카로운 통증, 그러나 찔린 깊이는 잘해야 1㎝였다. 통증이 어렴풋이 가라앉자 반대쪽 가슴에 다시 통증이 쏟아졌다.

"으아아아! 이 개새끼야! 무슨 짓이야!"

도리질을 치며 비명을 질렀지만 사내의 칼은 가차없이 온몸을 휘젓고 다녔다.

"으흐흐흐… 살려줘."

갑자기 고통이 사라지면서 머리가 들어 올려졌다. 놈은 머리채를 잡아끌어 온통 피투성이가 된 그녀의 몸을 보여주고 있었다. 사람의 몸에 이렇게 많은 피가 있을까 싶을 정도로 피는 끝없이 흘러나왔고 다리는 경련으로 부들부들 떨려왔다. 놈이 얼굴을 가까이 들이대며 음침하게 웃었다.

"내 동생은 2년에 걸친 길고도 지독한 고통과 좌절 속에서 죽었다. 넌 길어야 1시간이야. 조금만 참아라. 흐흐."

"야! 이 미친 새끼야! 니 동생 죽은 거하고 내가 무슨 상관이야! 으헉!"

악을 쓰다 말고 입을 다물었다. 놈의 칼이 뺨을 휘젓고 지나

두 개의 태양

갔다.

"크아… 아……."

놈은 머리채를 툭 놓아버리고 칼질을 아래로 훑어갔다. 다시 참을 수 없는 고통이 온몸을 휘감았다. 그리고 아랫배에서 치솟는 격렬한 통증을 마지막으로 차츰 정신이 흐려졌다.

✝

오후 2시, 평소보다 훨씬 늦게 사무실에 나온 방대섭의 입에서 새된 비명이 튀어나왔다.

"으허……."

처음엔 비서가 청소라도 했나 싶었으나 뭔가 이상이 생겼다는 걸 눈치 채는 데까지는 그리 오랜 시간이 걸리지 않았다. 당장 책상 위에 있던 다이어리가 사라졌고 서랍 속에 있던 USB부터 자잘한 명함철까지 모조리 사라져 버린 것이었다. 혹시나 하는 마음에 금고를 연 뒤에는 아예 망연자실 넋을 놓아버렸다.

"이… 이런 개 같은……."

귀신이 곡할 노릇이었다. 상당수 인원이 샤이어로 빠져나갔다고는 하지만 사무실에도 엄연히 24시간 사람이 상주했는데 침입자를 본 놈은 아무도 없었다. 더구나 사무실 가장 안쪽에 있는 회장실만 깨끗하게 털린 것, 바로 어제 현금화해 놓은 무려 15억 원의 현찰이 고스란히 날아갔고 달러화 폭등 시점을 전후해서 챙겨 놓은 외화 250만 달러까지 함께 사라져 버렸다. 놈은 영악하게도 1만 원 권이나 20달러짜리 소액권은 손도 대지 않고 5만 원 권과 100달러 지폐 뭉치만 골라 깔끔하게 털어갔다.

진짜 문제는 장부였다. 지난 5년간 경찰과 검찰, 신문사에 돌린 떡값장부, 100여 개의 가, 차명 계좌번호와 비밀번호가 정리된 장부가 한꺼번에 사라져 버린 것이었다. 이건 사고도 엄청난 대형사고였다. 이런 판국이면 돈은 문제가 아니었다. 결코 적지 않은 액수지만 돈은 몇 달만 고생하면 금방 회복할 수 있는 금액이고 가, 차명 계좌 역시 큰 건은 그런대로 수습이 가능했다. 그러나 장부와 USB는 이야기가 완전히 달랐다. 자칫 엉뚱한 사람 손에 들어가게 되면 시쳇말로 여럿 줄초상을 치르게 될 심각한 문제였다.

막 뛰어들어 온 안 실장이 기어들어 가는 목소리로 말했다.

"어제 숙직한 아이들을 불러들였습니다. 곧 상황 파악이 될 겁니다."

"미친놈! 숙직한 아이들 불러들이면 없어진 게 돌아와?! 장난치자는 거야!"

방대섭은 고래고래 악을 썼다. 악을 쓴다고 문제가 해결될 리도 없지만 그렇게라도 하지 않으면 당장 미쳐 버릴 것 같았다. 순간 최병만이 뛰어들면서 낮게 소리쳤다.

"회장님! 뉴스 잠깐만 보십쇼. 뉴스."

"무슨 일이야?"

최병만은 대답도 하지 않고 TV부터 켰다. 뉴스 채널, 남자 앵커의 건조한 목소리가 흘러나왔다.

『일단 경찰은 치정에 얽힌 살인 사건으로 판단하고 관련자 탐문에 들어갔습니다. 다음 뉴스는…….』

"이게 뭐야?"

방대섭이 재차 채근하자 최병만은 몇 초 주저하다가 조심스럽게 말을 꺼냈다.

"저… 그게… 용마 채 사장이 살해당했답니다."

"뭐라고?"

방대섭은 소스라치게 놀라 자리를 박차고 일어섰다.

"말씀드리기가 좀 그런데… 안면과 성기, 가슴 등이 잔혹하게 난자되어 있어서 경찰은 치정에 얽힌 복수라고 판단한답니다. 제 생각에는 배정수를 납치한 놈이 범인인 것 같은데… 그 운짱하던 놈과 동일인물일 가능성이 높습니다."

"무슨 놈의 사고가 이렇게 한꺼번에 터지나. 빌어먹을… 그래도 그 운짱 놈과 동일인물이라는 생각은 너무 비약이야. 그놈이 채 사장을 잔인하게 죽일 이유가 없어."

"하지만……."

"최근에 채 사장이 한 일 중에 크게 원한 살 만한 건이 있나?"

"양평 건을 좀 심하게 다루기는 했습니다만… 양평 건이 아니더라도 원한을 가진 사람은 여기저기 많을 겁니다."

방대섭은 털썩 의자에 주저앉았다.

"씨팔! 안 실장, 일단 아이들 비상령 내려라. 한 놈도 빠짐없이 대기하라고 해."

“알겠습니다.”

“나가봐. 그리고 최 이사, 너 한선아 그년 찾았나?”

“아직입니다. 느낌상 서울을 뜬 것 같습니다.”

“서울을 떠?”

“한선아의 집과 사무실, 자주 가는 음식점과 헬스까지 24시간 아이들을 풀었는데 종적이 없습니다. 운짱 놈이 보통이 아닌 것 같습니다.”

“부모나 친척을 족쳐서라도 찾아내. 어차피 목요일에는 방송국에 나타나겠지만 한가하게 기다릴 여유가 없다. 그리고 내가 직접 전화를 해놓을 테니 김준국 검사를 만나라. 만나서 그 운짱이라는 놈을 수배하도록 만들어봐. 혐의는 뭐든 좋다. 대신 채 사장 살인사건과 배정수 납치 건의 용의자로 엮지는 마라. 자칫 실수하면 저것들이 장부의 존재를 알게 된다. 좋을 거 하나도 없어.”

“한 장쯤 건넬까요?”

“그래야겠지. 지금 사무실 현금이 바닥이니 샤이어에서 챙겨가라. 전화해 놓겠다.”

“알겠습니다.”

“지금 나가라. 나가면서 박 부장 들어오라고 하고.”

“예.”

최병만이 방을 나선 지 얼마 되지 않아 거구의 사내가 열린 문에 노크를 했다.

“부르셨습니까, 회장님.”

“차 대기시켜라. 박재영 사장을 좀 만나야겠다.”

깊이 머리를 숙인 박 부장이 돌아가자 방대섭은 입술을 잘근잘
근 씹으며 방을 둘러보고는 짜증스러운 표정으로 자리에서 일어
섰다. 수습이 급했다.

☦

남도철은 연신 고개를 갸웃했다. 배정수가 납치되고 잇달아 그
사장이란 여자가 살해됐다. 그런데 단서는 정말 전무했다. 있는
거라고는 기껏해야 김태훈이라는 회사원이 전부였다. 그나마 범
인이 아닌 건 확실해 보였다. 잘나가는 대기업 직원이 미쳤다고
엉뚱한 깡패들을 죽이고 납치하겠는가 말이다. 하지만 행적이 영
애매했다. 어떤 방식으로든 관계가 있다는 점만은 숨길 수 없는
사실이었다.

"남 형사님, 3번 전화입니다."

건너편 강 형사가 전화기를 흔들었다. 그는 전화기를 집어 들
어 보이고는 전화기 끝으로 3번을 눌렀다.

"성남서 남 형삽니다."

[김태훈입니다.]

"여! 김 형! 전화했네? 반가워."

남도철은 반색을 했다. 채 뭐라는 여자의 주소지인 강남서에서
형사들이 쫓아내려 오고 악어는 합동수사반을 꾸린다면서 벌써
부터 난리를 쳤다. 실제 배정수 사건이 벌어진 가평경찰서는 쥐
죽은 듯이 조용한데 엉뚱한 곳에서 난리가 난 셈, 게다가 서장은

117

은근히 김태훈을 용의자로 지목했다. 비밀수사 지침이니 뭐니 하
면서 수배를 내리지는 않았지만 느낌상 김태훈을 용의자로 몰아
가고 있었다. 그런 판국에 전화가 왔으니 일단은 반가웠다.

[DG미디어 최정일 사장 건과 용마철거기획 채민영 사장 사건
은 철거공사연합회 방대섭 회장과 관련이 있을 겁니다. 잘 챙겨
보십시오. 우편으로 자료 복사한 거 몇 장 보냈습니다. 참고하십
시오.]

"자료? 복사?"

[방대섭과 채민영, 최정일 사이의 비자금 거래에 관련된 장부
복사본입니다. 알아보시기 힘들 것 같아서 제가 표시를 좀 해놨
습니다. 기본적으로 수억대의 돈이 오갔고 방대섭과 채민영은 과
거에 내연의 관계였습니다. 일단 검토해 보시고 자신 있으시면
다음에 전화할 때 말씀하십쇼. 자료 일체를 넘겨 드리죠.]

"자신이 있다니? 무슨 소리야?"

[경찰 고위층에도 거액의 돈이 흘러들어 갔습니다. 아마 남 형
사님 혼자 처리하기는 무리일 겁니다. 자신없으시면 조용히 덮으
십쇼.]

"웃기는 소리하는군. 나 그리 만만한 사람 아니야. 그리고 당
신 말이야. 채민영 사건의 용의자로 지목된 거 알아? 수배만 안
됐을 뿐이지 위에선 벌써 난리가 났어. 당장 서로 나와서 이야기
좀 하자고."

[제가 범인이 아니라는 건 남 형사님도 잘 아실 텐데요?]

"젠장. 당신 알리바이 있어?"

[증명해 줄 사람이 있습니다. 여자친구와 며칠째 같이 있으니까요.]

"그럼 같이 데리고 나와. 그럼 간단하잖아."

[천만에요. 앉아서 당할 생각 없습니다. 남 형사님도 몸조심하십쇼.]

"말 함부로 하지 말라고. 모든 경찰이 도매금으로 매도당하는 건 불쾌해."

[당연히 전부는 아니겠죠. 그러나 현실이 그렇습니다. 이만 끊겠습니다.]

"어이, 이봐!"

급히 소리를 질렀지만 전화는 이미 끊어진 뒤였다.

"염병! 이 자식 무슨 배짱이야?"

"누굽니까?"

강병서가 보던 서류를 책상 위에 던지며 물었다.

"그 자식이야. 김태훈."

"그 사람 어디 있답니까?"

남도철은 슬쩍 전화기에 남은 발신번호를 확인했다. 서울 지역 번호였다.

"그런 말 안 했어. 서울 번호네. 아직 서울에 있구만."

"지금이라도 수배 내리고 잡아들이죠?"

"위에서도 확신은 없어. 그러니 비밀수사네 어쩌네 하면서 수배를 못하지. 나도 괜한 사람 수배 용의자 만들 생각 없고."

"범인이 아니라는 말씀이십니까?"

"당연하지. 난 다른 건 몰라도 사람 보는 눈 하나만큼은 엄청 정확해. 특히 죄지은 놈, 안 지은 놈 구분은 기똥차게 한다. 솔직히 생각해 봐라. 죽은 채민영과 최정일의 사체에서는 범인을 유추할 수 있는 아무런 흔적도 남지 않았어. 채민영의 경우, 상당한 시간 동안 험한 고문을 당했는데 근처에는 하다못해 머리카락 한 올도 없더란 말이지. 프로의 솜씨인 반면에 미친놈 아니면 할 수 없는 짓이기도 해. 그런데 최정일의 경우에는 말이야. 죽기 전에 마지막으로 최정일을 본 사람이 모 연예인 코디인데 코디의 눈에서 벗어난 지 딱 3분 만에 시체로 발견된 거더라고. 물론 주변은 깨끗했지. 그러니 최정일 사건만이라면 김태훈이 유력한 용의자야. 범행 동기는 없지만 깔끔하고 신속했으니까. 목의 골절상도 군대식 기술에 의한 거고. 채민영의 경우와는 완전히 반대란 이야기이야. 채민영이 이년 사건은 복수에 미친 정신 나간 사이코가 한 짓이거든. 절대 김태훈이란 친구의 스타일은 아니지."

"그럼 어쩌시게요."

"김태훈이란 친구가 뭘 보냈다니까 그거 보고 나서 다시 생각하자. 지금은 점심이나 먹자고. 요 앞에 새로 생긴 순대국밥집 괜찮더라."

"아니, 남 형사님. 그냥 나가시면 어떻게 합니까. 또 깨진다고요. 네?"

강병서가 따라붙으며 잔소리를 했지만 남도철은 아무 생각 없는 사람처럼 앞장서서 휘적휘적 사무실을 벗어났다.

손수건으로 꼼꼼하게 전화기를 닦아 내려놓은 김태훈은 호텔로 돌아오면서 전체적으로 상황을 다시 점검했다. 잇달아 살인사건이 터졌다. 그것도 전부 직, 간접적으로 한선아와 방대섭을 둘러싼 주변 인물들이었다. DG미디어 최정일 사장의 경우는 조금 거리가 있지만 나머지 배정수와 채민영은 분명 두 사람과 관련이 있는 사람들이었다. 그리고 그가 살인범으로 몰리는 건 이제 기정사실이 되어버렸다. 사실 그가 방대섭의 사무실을 휘젓는 사이 채민영 사건이 터지는 통에 알리바이도 애매했고 이젠 방대섭의 반격까지 고려해 두어야 했다.

'너무 위험해졌어.'

혼자라면 몰라도 한선아와 함께 움직여서는 아무래도 운신이 쉽지 않았다. 더구나 한선아가 가요 생방송 프로그램을 펑크 낼 수 없다는 전제가 붙은 이상, 어떤 방식이든 전력 보강이 필요했다. 혼자 방송국에 들여보낼 수는 없는 노릇이었다.

김태훈은 걷다 말고 전역 당시 챙겨둔 비상연락망을 꺼내 뒤졌다. 중사 오정식이라는 이름을 찾아내는 데까지 걸린 시간은 불과 몇 초, 그가 전역하기 직전에 전역한 현장요원으로 근접 전투와 격투기에는 일가견이 있었다. 일반병으로 입대했는데 4년 만에 중사까지 초고속으로 진급했고 그와는 같은 팀에서 여러 번 호흡을 맞춘 유능한 친구였다. 위험한 전투에서 누군가에게 등을 맡겨야 한다면 주저없이 오정식을 선택할 것이었다.

전화를 받은 오정식은 의외의 연락이라는 듯 목소리가 컸다.

[이야! 소령님. 진짜 오랜만입니다!]

또 다른 살인

"오랜만이다. 잘 버티고 있냐?"

[사회생활이 다 그렇죠 뭐. 죽지 못해 살고 있습니다. 하하. 요즘 같아서는 괜히 전역했나 싶습니다. 후후.]

"왜. 일이 잘 안 돼?"

[그런 건 아닌데 이놈의 경비회사 긴급출동요원이라는 게 좀 지루하죠. 월급은 적고 자유 시간 많고… 뭐 그래도 그럭저럭 견딜 만합니다.]

"같이 있는 아이들이 좀 있지?"

[네. 저, 현주, 일성이 이렇게 셋이 같이 있습니다.]

"연락되는 애들은?"

[한 10명 됩니다. 믿을 만한 애들은 별로 없지만요. 무슨 일이라도 있습니까?]

"괜찮은 일거리 있으면 할래?"

[당연하죠. 지루해 죽겠습니다.]

"그럼 이참에 그만두고 나와서 경호회사 하나 차려라. 자금은 내가 댈 테니까 말이야."

[정말입니까?]

"내가 허튼소리 하는 사람이냐?"

[그거야 알지만 법인 만들고 장비 사려면 돈이 한두 푼 들어가는 일이 아니지 않습니까.]

"회사 설립할 때까지 필요한 자금은 내가 만들어주마. 작게 사무실 내고, 법인 만들고, 제대로 된 경호장비 일체 새로 구입한다고 쳐도… 초기 유지비까지 대략 7~8억 정도면 충분하지 않겠

두 개의 태양

냐? 앞으로 일거리야 너희들 능력이면 충분히 만들 거고 말이야."

방대섭의 사무실에서 챙긴 현금을 후배들에게 모조리 몰아주겠다는 생각, 상황이 상황이니만큼 양심의 가책 같은 건 전혀 없었다. 오정식의 목소리에 아연 활기가 묻어 나왔다.

[그럼요. 고가품들을 중고로 구입한다고 전제하면 그 정도로 충분합니다. 운영경비는 우리 셋이서 조금씩 갹출하면 됩니다.]

"모자라면 이야기해라. 더 만들어줄 테니까. 일단 아이들 모아서 회사 준비하면서 너랑 현주는 내가 시키는 일 좀 해라. 용돈은 넉넉히 챙겨주마."

[좋죠. 무슨 일입니까?]

"경호 좀 해야겠다."

[누군데요?]

"사연이 기니까 이야기는 만나서 하자. 어쨌든 요즘 상황이 좋지 않아서 너 정도는 돼야 내가 안심하고 맡길 수 있을 거 같다. 할래, 안 할래?"

[에이. 누구 명령이라고 버팁니까. 전 무조건 합니다. 현주도 반대 안 할 겁니다.]

"좋아. 그럼 당장 회사 사표 내라. 오늘 밤 10시에 삼성역 3번 출구에서 보자. 바로 일해야 되니까 가능하면 무장하도록."

[알겠습니다. 거기서 뵙죠.]

전화를 끊은 김태훈은 한결 가벼워진 마음으로 호텔로 향했다. 일단 한선아의 안전은 어느 정도 확보한 셈, 혼자 몸이라면 얼마든지 해볼 만한 싸움이었다.

　호텔로 돌아온 김태훈은 방대섭의 사무실에서 챙겨온 다이어리와 장부들을 하나하나 훑어보면서 모처럼 여유로운 오후 시간을 보냈다. 한선아가 직접 요리를 한다면서 주방을 엉망으로 만들지만 않았다면 좀 더 편안했겠지만 그것도 그런대로 재미있는 경험이었다.

　장부는 정계와 경찰, 신문사 고위직의 이름과 액수, 날짜가 빼곡히 적혀 있어서 처리가 상당히 부담스러웠다. 장부를 잃어버린 방대섭은 당연히 겁을 먹었겠지만 그로서도 함부로 내돌리기에는 무리가 있는 문건이었다. 고관들의 이름과 직급들이 줄줄이 기록되어 있는 다이어리는 더 애매했다. 연락처와 주소가 꼼꼼히 기록되어 있다고는 해도 이들의 유착을 증명할 방법은 사실상 없었다.

　건진 거라고는 겨우 다이어리 달력에 시간과 장소만 기록된 일정표가 전부, 그나마 정확한 장소도 없이 달랑 10월 25일 금요일에 '오후 6:00 양평 별장', 28일 월요일 '새벽 2:00 부산 송정, 방파제'라고 갈겨쓴 것이 전부였다. 9월은 특별한 일정이 보이지 않았고 11월에는 아예 아무것도 없었다. USB는 복잡한 패스워드가 걸려 있어서 손도 대보지 못하고 가방 속에 던져 둔 상태였다. 당장은 마땅한 대안이 생각나지 않았다.

　'겁주고 활동비 챙긴 것에 만족해야 하나?'

　어차피 방대섭을 견제하기 위해 시작한 일이니 당분간 그냥 묻

어두는 것도 나쁘지 않았다. 그가 다이어리를 덮어 탁자에 던져 놓자 한동안 조용하던 한선아가 컴퓨터를 올려놓은 책상에서 손짓을 했다.

"오빠, 어때요? 좋죠?"

호텔에서 비치한 컴퓨터를 치워 버린 책상 위에는 날렵하게 생긴 초박형 모니터 두 개가 올라와 있었다. 무려 2시간 가까이 컴퓨터와 씨름을 한 뒤에 만든 결과, 혼자 셋업한 것이 자랑스러운 모양이었다.

"그래. 수고했다. 그래도 여기선 네 아이디로 로그인하면 안 된다는 거 알지?"

"네. 알아요. 사실 해외로 몇 군데 IP만 돌리면 웬만해서는 어디서 접속했는지 확인하기 어려운데 그래도 참을게요. 솔직히 웬만한 사이트는 해킹도 얼마든지 가능해요. 1학년 때 친구들하고 미국 하와이 천문대 메인 방화벽 뚫기 내기도 한 적 있거든요. 호호."

"알았으니까 괜한 일 만들지 않았으면 좋겠다. 무슨 소리인지 알지? 일단 나 좀 나갔다 올게. 1시간 정도면 될 거야. 문은 아무도 열어주지 말고."

"넵! 그 USB 줘보세요. 암호해독 해볼게요."

"자. 여기!"

김태훈은 USB를 한선아게게 던지면서 자리를 털고 일어섰다. 공중에서 USB를 잡아챈 한선아는 김태훈이 등을 보이기도 전에 포트에 꽂고 암호해독 프로그램을 실행시켰다.

저녁 9시 40분이 조금 지났는데 오정식과 이현주는 벌써부터 약속 장소인 지하철 입구에 나와 그를 기다리고 있었다. 부대에서 생활할 때와 크게 다르지 않은 모습, 그가 골목 안쪽에서 모습을 드러내기가 무섭게 두 사람 모두 반갑게 주먹을 내밀었다.

"우와! 신수 좋아지셨습니다, 소령님."

"더 멋져지셨네요. 호호."

양쪽 주먹을 가볍게 부딪치고 두 사람과 한꺼번에 포옹을 했다.

"오래간만이다. 두 사람 결혼은 아직 안 했나?"

함께 일할 때부터 공공연한 커플이었던 만큼 지금쯤은 결혼하지 않았을까 하는 생각에 던진 질문, 사실 두 사람의 전역을 결정한 것도 둘의 사이가 너무 깊어졌다는 그의 판단에 따른 것이었다. 오정식이 머리를 긁으며 말했다.

"아직 동거 중입니다. 현주 이것이 원체 사납지 않습니까. 혼인신고라도 하는 날에는 완전히 잡혀 살 것 같아서 말이죠. 크흐."

오정식의 허튼소리에도 이현주는 평소나 다름없이 입꼬리만 비틀었다.

"짜식들. 여전하구나. 일단 가자."

김태훈은 간단하게 상황을 설명하면서 천천히 호텔로 이동했다. 경호 당사자가 한선아라는 이야기에 오정식이 잠깐 호들갑을 떨었지만 설명이 이어지면서 곧바로 분위기는 가라앉았다.

"그러니까 한선아 씨를 경호하되 공식적으로는 소령님과 관련 없이 한선아 씨와 별도로 계약한 것으로 하라는 말씀이시군요. 쉽게 한선아 씨하고 모르는 사람이다 이거죠?"

"정답이다. 지금 나하고 엮이면 너무 위험해져. 엉뚱하게 살인 종범으로 몰릴 수도 있다."

"소령님 판단대로 하십쇼. 단, 위험해지면 무조건 우리도 들어갑니다. 끝까지 나 몰라라 할 수는 없습니다."

"필요하면 부르지."

"좋습니다. 어디서부터 시작하죠?"

"올라가자. 일단 우리 공주님하고 인사부터 해야지. 인사 끝나고 나면 한선아 씨 코디네이터하고 어디서 어떻게 만날지부터 결정해야 될 거다. 청바지 입고 음악 프로에 나갈 수는 없을 테니까 말이야."

김태훈이 걸음을 멈추고 코업레지던스 호텔 입구를 가리키자 오정식이 재빨리 몇 걸음 앞으로 나가 그와 마주 보고 뒤로 걸으면서 싱글싱글 웃었다.

"오호라. 호텔이라… 이거 두 분 사이는 정확하게 뭡니까? 부대에 또 다른 전설을 하나 만드시는 거 아닙니까? 흐흐."

"그런 거 아니다, 인마. 친한 동생이야."

"에이… 동생은 무슨. 조사하면 다 나와요. 솔직히 부십쇼."

오정식이 다시 채근하자 이현주가 그의 얼굴을 빤히 올려다보

또 다른 살인

며 말을 덧붙였다.

"정말요? 소령님하고 한선아가… 애인?"

"이것들이 잠깐 안 본 사이에 완전히 겁대가리 상실했네. 당장 돌려보내기 전에 쓸데없는 소리 그만하고 올라가. 차 한 잔 하면서 이야기하자. 후후."

김태훈은 두 사람을 슬며시 노려보고는 먼저 호텔 로비로 들어섰다. 이 녀석들을 끌어들인 것이 갑자기 후회스러워지는 상황, 막상 한선아가 그를 대하는 행동을 보고 나면 무조건 기정사실로 몰아갈 것 같았다.

두 개의 태양

CHAPTER 5
납치

　오정식은 서너 대 앞에 가는 김태훈의 승용차를 따라잡으면서 시간을 확인했다. 오후 6시 25분, 생방송 시작은 8시 20분이지만 한선아가 무대에 서는 시간은 여유가 있었다. 오정식의 밴은 막 장항 IC를 빠져나와 지하차도 위로 들어섰다. 어제오늘 진입로와 퇴로, 상황에 따른 시나리오를 정리하면서 나름대로 많은 준비를 했지만 여전히 준비는 턱없이 부족했다. 사람도 둘로는 어림없고 장비 역시 무전기와 가스총이 전부여서 이래저래 불안할 수밖에 없었다. 더구나 김태훈이 직접 붙어 있지 못할 처지라는 것이 지독하게 신경이 쓰였다.

　사거리의 신호가 떨어졌다. 조금씩 앞으로 나간 차는 금방 신호에 걸려 멈춰 섰다. 앞선 김태훈의 차도 좌회전을 받지는 못했다. 기어를 중립으로 올리고 브레이크 페달에서 발을 떼는 순간, 한선아의 전화가 어디선가 들어본 듯한 벨소리를 토해냈다. 전화는 전부 선불 전화로 바꿨으니 아마 김태훈의 전화일 터였다. 한선아가 재빨리 전화를 받았다.

"네. 오빠."

[꼭 해야겠니? 아무리 생각해도 무리 같다. 들어갈 때는 몰라도 나올 때는 타깃이 될 가능성이 높아.]

"너무 걱정 마세요. 박 사장님 그렇게 나쁜 사람 아니에요. 그리고 제 노래가 1위인데 어떻게 빠져요. 이제 와서 빼달라고 할 수도 없어요. 아시잖아요. 생방송 펑크 내면 아야, 소리도 못하고 연예계 생활 접어야 돼요. 끝나는 대로 금방 나올게요."

[휴… 할 수 없지. 무대 밖에서는 무슨 일이 있어도 현주하고 떨어지면 안 된다. 노래 끝나면 지체하지 말고 바로 나와라.]

"네. 그러기로 했잖아요."

[그래. 난 건너편 호수공원에 있을 거다. 만일 일이 생겨서 정식이나 현주랑 헤어지게 되면 무조건 호수공원 쪽으로 길을 건너라. 알았지?]

"네. 이따 봐요."

전화를 끊을 무렵 신호가 떨어지고 김태훈의 차를 따라 좌회전을 받았다. 김태훈의 차는 곧장 다시 좌회전을 받아 호수공원 주차장으로 들어가 버렸다. 오정식은 한선아를 드림센터 정문에서 내려주지 않고 주차장으로 차를 집어넣은 다음, 주차장에서부터 함께 이동했다. 정문 앞에서 한선아의 코디를 만나 별도로 마련

두 개의 태양

된 개인 대기실로 들어가 유명 드레스 숍에서 협찬 받은 옷으로 갈아입고 거기서 코디가 사온 도시락으로 저녁을 때웠다. 민영태 대신에 나온 새 매니저라는 20대 후반의 사내가 얼굴을 내밀었지만 오정식이 제지하자 더 이상 다가서려고 하지 않았다.

"5분 전입니다! 5분 전!"

AD 하나가 대기실로 뛰어들어 소리를 질렀다. 한선아가 먼저 자리에서 일어섰다.

"가죠."

네 사람은 나란히 대기실을 빠져나와 무대 바로 뒤에서 대기했다. 쿵쿵거리는 소음에다 사람들까지 너무 많이 오가는 통에 정신은 없었지만 특별한 문제는 없어 보였다.

"2분 전! 2분 전!"

다시 AD의 목소리, 격렬한 랩이 무대 뒤까지 심하게 울려 퍼졌다. AD가 30초라고 소리를 지르고 음악이 끝나자 곧장 MC가 1위와 2위 후보곡을 소개했다.

"10초 전!"

MC가 다시 목소리를 높였다.

—10월 4주차 1위 곡입니다! 한선아의 키싱유!

"아자!"

낮게 소리친 한선아는 세 사람과 차례로 손바닥을 부딪치고는 밝은 얼굴로 계단을 뛰어올라 갔다. 전국으로 생방송되는 무대라 긴장할 만도 하건만 한선아는 자신만만한 표정이었다. 곧바로 전주곡이 흘러나오고 제법 빠른 템포의 노래가 이어졌다. 오정식은 코디 아가씨를 밴으로 먼저 보내 후문으로 차를 가져오게 하고 신중하게 주변을 다시 훑어보았다. 조금은 안정이 되어가는 느낌, 처음엔 위험 인물 구분이 쉽지 않아 어려움이 없지 않았으나 상대를 폭력 행사가 가능한 성인 남자로 한정시키자 그런대로 적응이 되고 있었다. 그래도 노래 한 곡이 이렇게 길게 느껴진 적이 없는 것 같았다.

길고 긴 4분이 흐르고 한선아의 노래가 끝나자 분위기가 갑자기 소란스러워지기 시작했다. 방청객들이 움직이는 것일 터였다. 그런데 한선아는 나타나지 않았다. 초조한 시간이 2분 정도 더 흐르고 불안해진 오정식이 계단을 오르려 할 때가 되어서야 한선아가 계단으로 내려섰다.

"수고하셨습니다!"

무대 쪽에다 손을 흔들면서 밝게 소리친 한선아는 한걸음에 계단을 내려왔다. 이현주가 들고 있던 외투를 드러난 어깨에 걸쳐 주었다.

"가시죠."

오정식은 지체없이 한선아를 데리고 비상계단을 통해 후문으로 빠져나왔다. 방송국처럼 기자나 카메라의 눈이 많은 곳에서 무작정 덤벼들지는 않겠지만 최대한 빨리 사라지는 것이 최선이었다. 코디에게 전화를 하자마자 코디의 목소리가 흘러나왔다.

[후문 쪽 출구에 있어요. 나오면 보일 거예요.]

밴은 후문 현관에서 멀리 떨어진 주차장 출구 바로 앞에 세워져 있었다. 손을 흔들었지만 밴은 움직이지 않았다. 세 사람은

50미터쯤 부지런히 뛰어서 밴에 올라탔다. 그런데 코디가 운전석에 없었다.

"젠장. 어디 간 거야?"

키는 꽂혀 있고 한선아의 옷 가방도 뒷자리에 보였는데 사람만 없었다. 재빨리 주변을 돌아보았지만 코디의 모습은 보이지 않았다. 그가 재빨리 시동을 걸면서 김태훈을 호출했다.

"독수리 하나, 코디가 차에 없다. 그냥 이동하겠다."

—알았다. 이동 시작.

막 차를 출발시키려는데 느닷없이 뒤쪽에서 비명이 들려왔다.

"어머!! 누구!"

오정식은 아차 싶어 다급하게 뒤를 확인했다. 시커먼 모자를 쓴 그림자가 뒷자리에 앉은 한선아의 턱을 틀어쥔 채 도신의 길이가 15㎝쯤 되는 시퍼런 칼을 목에 들이대고 있었다.

'씨팔!'

차에 코디가 타고 있다는 생각에 따로 확인을 하지 않은 것이 치명적인 문제를 만든 셈, 상황은 이미 걷잡을 수 없었다. 그림자가 차갑게 소리쳤다.

"내려! 아니면 여자가 다친다."

오정식은 반사적으로 허리춤을 더듬었다. 가진 무기는 달랑 가스총 하나, 그렇다고 한선아의 면전에 대고 가스총을 쏠 수는 없는 노릇이었다. 일단 물러서는 수밖에 도리가 없었다. 눈빛을 주고받은 오정식과 이현주가 천천히 차에서 내리자 깔끔한 정장 차림의 사내들이 두 사람을 거칠게 밀어내며 차에 올라탔다. 밴은

납치

문이 닫히기가 무섭게 곧장 출구를 빠져나갔다.

"코드레드! 코드레드! 목표를 놓쳤다. 목표와 차량이 이동한다!"

오정식은 밴의 뒤를 따라 뛰면서 김태훈에게 지원을 요청했다.

김태훈은 길 건너편에서 방송국 주차장을 빠져나오는 밴의 위치를 확인했다. 도로는 마지막 퇴근 차량으로 엄청나게 복잡했다. 정체까지는 아니지만 진행은 상당히 더딘 상황, 밴은 막히는 자유로를 버리고 반대쪽으로 방향을 잡고 있었다. 밴과 그의 차 사이에는 여섯 대 정도의 거리가 있었다. 오정식이 다급하게 상황 보고를 했다.

―코디가 저쪽에 연락을 넣고 달아난 것 같습니다. 죄송합니다.

"몇 명이냐?"

―한선아 씨 빼고 넷입니다. 그런데 이상합니다.

"뭐가?"

―상대가 다릅니다.

"달라?"

―예. 정장을 한 것도 그렇고 자로 잰 듯한 움직임도 그렇고 절대 그냥 건달들이 아닙니다. 조심하십쇼.

"알았다. 일단 대기해라."

김태훈은 차량의 흐름을 따라 진행하면서 자신의 무능함에 저주를 퍼부었다.

두 개의 태양

'멍청한!'

솔직히 주먹이나 쓰는 폭력배 나부랭이들이 스파이 영화 뺨치는 납치극을 벌일 줄은 꿈에도 생각지 못했던 것이 사실이었다. 더구나 장소가 카메라들이 난무하는 방송국 앞마당이었다. 아무리 급해도 방송국에서 함부로 주먹을 휘두르지는 못할 것이라고 판단한 것, 그런데 그런 안이한 생각이 일을 엉망으로 만들어 버리고 말았다.

따지고 보면 납치는 얼마든지 가능했다. 한선아가 며칠 납치되더라도 당장 소속사가 부인하면 공식적으로는 없는 일이었다. 지극히 상식적인 문제를 간과한 초보적인 실수였다. 한선아와 개인적인 친분이 있다고는 하지만 코디가 저쪽의 설득에 넘어가지 않으리라는 보장은 어디에도 없었다. 코디가 저쪽 사람이라는 전제가 되면 오정식과 이현주 둘만으로는 당연히 역부족이란 판단을 했어야 했다.

산전수전 다 겪은 노련한 전투원들이지만 오정식과 이현주는 전형적인 공격부대 출신이었다. 당연히 방어에는 익숙하지 못했고 더구나 복잡한 방송국 안에서의 요인경호는 베테랑 경호원 서너 명이 달라붙어도 결코 쉽지 않은 문제였다. 결국 오정식과 한선아를 무방비 상태로 적지에 들여보내 놓은 채 자신만 안전한 후방에서 노닥거린 꼴이었다.

'내가 노출되더라도 무조건 가까이 있어야 했어……'

자책하는 사이 정체가 풀리면서 밴과의 거리가 제법 가까워졌다. 밴과의 사이에는 승용차 네 대만 남아 있었다. 그러나 그의 차와 밴은 신호 하나를 사이에 두고 있었다. 밴은 다음 신호에 걸려 있었고 그의 차는 이전의 붉은 신호등에서 으르렁거리고 있었다. 눈은 쉴 새 없이 밴 앞의 신호등과 눈앞의 신호등을 오락가락했다. 초조한 시간이 몇 초 더 흐르고 마침내 신호가 바뀌었다. 저쪽도 마찬가지, 그의 차는 비명을 지를 것처럼 빠르게 튀어나갔다.

어떻게든 밴을 세워야 했는데 상황은 여의치가 못했다. 절묘하게 끼어들기를 계속해도 차들이 워낙 많아 추월은 어려웠다. 그가 다시 몇 번 차선을 바꾸는 사이, 4거리 몇 개를 지나면서 도로가 좁아졌다. 왕복 2차선, 차량의 숫자도 눈에 띄게 줄어들고 도로는 한적한 고갯길에 접어들고 있었다. 밴과 그의 차 사이에는 승용차 두 대와 트럭 한 대만 남아 있었다.

그런데 중간에 낀 트럭이 힘이 달리는지 고갯길 초입에서부터 점차 처지기 시작했다. 밴과의 거리는 벌써 50미터 이상 벌어지고 있었다. 자칫하면 놓칠 수도 있는 상황, 이러면 무리를 하는 수밖에 없었다. 그는 가속페달을 끝까지 밟았다.

몇 번의 시도 끝에 어렵게 두 대를 한꺼번에 추월해서 다시 앞서 가는 차에 따라붙었다. 밴은 벌써 다음 고개 너머에 있었다. 최대한 가속하면서 고개 하나를 넘었다. 거리는 이제 100여 미터, 잘하면 산길을 통과하기 전에 따라잡을 수도 있을 것 같았다. 그런데 백미러가 눈을 어지럽혔다. 분명한 상향등, 막 추월한 트럭이 상향등을 켠 채 거꾸로 따라붙고 있었다. 뭔가 이상하다는 생각을 떠올리는 순간, 강력한 충격이 등판을 때렸다.

쾅!

트럭이 그의 차를 강력하게 받아버린 것이었다. 휘청하는 핸들을 억지로 틀어쥐고 회전 반대쪽으로 꺾어 최대한 가속하면서 힘겹게 산기슭을 피했다. 때마침 코너를 돌 때 들이받히는 통에 순간적으로 차가 횡으로 돌아버릴 뻔한 위기였다. 그나마 극단적인 실험주행을 하면서 몸에 익은 주행스킬들이 목숨을 구한 셈이었다. 잠깐 멀어졌던 뒤차는 다시 접근하고 있었다.

'아마추어가 아니다!'

그냥 건달이 아니라는 오정식의 예상은 정확했다. 이건 프로들이나 할 수 있는 조직적인 움직임이었다. 그는 엔진이 비명을 지르도록 가속페달을 밟았다. 일단은 뒤차와 거리를 두면서 목표를 따라가겠다는 생각, 그러나 상황은 최악으로 치달았다. 밴 뒤에 붙어 있던 다른 한 대가 속도를 늦추면서 앞을 가로막은 것이었다. 굴곡이 계속되던 도로가 직선으로 변했지만 추월은 생각조차 하기 어려웠다.

쩌적!

다시 충격, 뭔가가 깨지는 소리와 함께 백미러에 떨어져 나간 범퍼가 보였다. 구르는 범퍼에 부딪힌 뒤차가 휘청하면서 속도를 늦췄다. 기회, 그는 순간적으로 가속하면서 반대편 차선으로 튀어나갔다. 앞차가 횡으로 부딪혀 왔지만 몇 번의 충돌 뒤에는 나란히 달릴 수 있었다. 그러나 덩치에서 확연히 밀렸다. 저쪽은 묵직한 트럭이었다. 다시 충돌이 일어나면서 차체가 건너편 가드레일에 부딪혔다. 철판이 긁히는 지독한 마찰음과 함께 사이

드미러가 통째로 떨어져 나갔다.

'젠장!'

그아아아앙!

엔진이 비명을 질렀으나 트럭과 가드레일 사이에 낀 차는 도무지 앞으로 나가질 않았다.

와장창!

운전석 유리가 터져 나가고 가드레일에서 연신 불꽃이 튀었다. 자칫 타이어라도 터지면 수습이 불가능한 상황, 전진이냐 후퇴냐를 갈등하는 사이, 신경을 긁어대던 끼긱거리는 소음이 일순 사라지면서 트럭이 50㎝쯤 떨어져 나갔다. 순간, 트럭 창문이 열리면서 뭔가 시커먼 것이 보였다.

'권총!!'

쾅!

총구화염과 동시에 조수석 유리창이 박살났다. 반사적으로 브레이크를 밟은 김태훈은 어렵게 가드레일과 트럭 사이를 빠져나와 꼬리를 잡았다. 목표를 놓친 트럭은 휘청하면서 중앙선 너머로 방향을 틀었다. 그는 기어를 2단으로 내리면서 가속페달을 끝까지 밟아버렸다.

끼이이익! 쾅!

소렌토는 휘청하는 트럭의 박스 코너 부분을 들이받고 그대로 밀어붙였다. 순간적으로 밀려난 트럭은 핑글 돌면서 옆구리를 드러냈다.

쾅! 콰쾅!

계속해서 트럭의 옆구리를 들이받으면서 꽁무니부터 횡으로 돌아버린 트럭을 뚫고 앞으로 튀어나갔다.

쾅! 쩌적!

뒤따르던 승용차는 횡으로 밀려나는 트럭을 피하지 못하고 비스듬히 충돌하면서 밤하늘에다 무시무시한 굉음을 토해냈다.

'좋았어!'

일단 탈출에는 성공한 모양새, 김태훈은 그대로 가속하면서 밴의 종적을 찾았다. 그러나 시속 100㎞ 이상으로 5분 가까이 달렸는데도 보이는 건 없었다. 신호를 무시한 채 4거리 두 개를 더 지나치고 나서야 속도를 늦췄다. 이대로 밴을 추격하는 건 불가능해 보였다. 순간, 도로변 텅 빈 공터에 세워진 낯익은 회색 밴이 눈에 들어왔다. 김태훈은 즉시 밴 뒤에다 차를 세웠다. 그런데 얼핏 보기에도 움직임은 없었다. 차에서 튀어내려 밴의 조수석 쪽으로 돌아가면서 안을 확인했다. 역시나 차는 텅 비어 있었다.

"제기랄!"

자동차 키는 운전석 시트 위에 던져져 있었고 한선아의 옷 가방은 보이지 않았다. 차를 바꿔 탔다는 뜻, 더 이상의 추격은 의미가 없었다. 김태훈은 덜덜거리는 소렌토를 그냥 버려두고 밴으로 온 길을 되짚어 사고가 난 자리로 직행했다. 단서라도 찾으려면 운전하던 놈들을 족치는 수밖에 없다는 판단, 그런데 사고가 난 자리에서도 아무것도 찾을 수 없었다. 차량들은 어느새 자리를 떴고 남은 건 여기저기 보이는 사고의 흔적뿐이었다.

'벌써?'

사고가 난 시점에서 불과 15분이 채 지나지 않았다. 그리고 두 대가 분명히 충돌했다. 최소한 한 대는 주행이 불가능했을 터였다. 그런데 흔적뿐이었다. 갈아탈 차량까지 미리 준비할 정도라면 상대는 절대 일개 조폭이 아니었다. 김태훈은 사고가 난 도로를 그냥 지나쳤다. 지금 내려봐야 시간 낭비였다. 그리고 목적은 뻔했다. 누가 됐든 당장 한선아에게 해를 끼치지는 못한다는 뜻, 일단 오정식과 합류해서 대책을 세워야 했다.

"죄송합니다."

호텔로 돌아온 오정식은 사과의 말 한 마디만 꺼내놓고는 굳게 입을 다물었다. 아무래도 자존심에 크게 상처를 입었을 터였다. 상대가 프로였다고는 하지만 명색이 대한민국 최고의 전술 TFT부대 출신요원 두 사람이 손 한 번 써보지 못하고 맥없이 당했으니 황당할 것이었다. 따지고 보면 그도 마찬가지였다. 호텔로 돌아오는 1시간 남짓한 시간 동안 내내 호흡이 가빠질 만큼 씩씩거렸고 지금도 부글부글 끓는 속을 필사적으로 다스리고 있었다. 화를 내는 건 상황을 타개하는 데 전혀 도움이 되지 않았다. 일단 수습이 급선무였다.

크게 심호흡을 한 김태훈은 두 사람의 어깨를 툭툭 친 다음 집에서 가져온 가방을 탁자 위에 올려놓았다. 사실 누가 한선아를 원했느냐 하는 부분에서 답은 이미 나와 있었다. 보나마나 방대섭이나 박재영과 관련된 자들일 터였다. 그런데 실패한 지난 두 번의 시도와는 달리 이번에 한선아를 납치한 자들은 허접한 폭력배 따위가 아니었다. 진짜 프로였다. 권총까지 확인한 마당이니 더 말할 필요도 없었다. 그렇다면 방대섭의 조직원은 아닐 가능성이 높았다. 박재영의 말도 안 되는 집착을 만족시켜야 할 필요가 있는 또 다른 세력이 있다는 뜻, 그리고 한선아를 되찾으려면 웬만한 각오로는 안 된다는 의미였다.

'어딜까?'

총기를 사용하고 훈련된 요원을 운용할 수 있는 조직은 국내에도 엄청나게 많았다. 국정원 예하조직부터 각 군 수사대와 경찰 특임대까지 한마디로 부지기수였다. 그러나 박재영은 그들에게 명령할 위치에 있지 못했다. 결국 박재영 혹은 방대섭과 결탁된 다른 조직이 움직였다는 뜻이었다. '누굴까?' 에서부터 '이유는 뭘까?' 까지 머릿속은 턱없이 복잡했다. 그러나 마땅히 떠오르는 답은 없었다. 그는 잡념을 털어버리기 위해 가방을 열었다.

"소령님?"

가방 안을 들여다본 오정식이 흠칫 놀라며 그의 얼굴을 올려다보았다. 그가 희미하게 미소를 머금었다.

"현역 때 비상용으로 챙겨둔 거다. 이걸 다시는 쓰지 않았으면 했는데 상대가 상대니만큼 어쩔 수 없어진 것 같다."

그는 깔끔한 은색 권총을 꺼내 익숙한 동작으로 탄창을 꽂고 슬라이드를 당겼다 놓았다. 소음기까지 딸린 글록19였다. 사이즈가 작고 비교적 명중률이 떨어지지만 실탄 크기가 작은 만큼 반발력도 크지 않아서 초보자도 효율적인 연사가 가능한 총기였다. 15발 탄창을 쓰고 초탄 발사에 시간이 걸리지 않아서 방아쇠만 당기면 3초에 10발도 나가는 괜찮은 물건이었다. 물론 그의 손에 익은 총기이기도 했다. 그가 5만 원 권 몇 뭉치를 꺼내 탁자에 올려놓으며 다시 말했다.

"두 사람은 지금 황학동에 좀 다녀와라. 미리 부탁해 뒀다. 어딘지 알지?"

통칭 황학동은 청계천8가의 오래된 노점상들이 밀집된 지역이었다. 비록 낡은 권총 한 자루에 200만 원이 넘는 거금을 지불해야 하지만 현금만 있으면 권총 몇 자루 정도는 그 자리에서 당장 구입할 수 있는 곳, 야시경이나 무전기 같은 일반 장비는 물건을 아예 내놓고 팔았다. 더구나 현역 시절 김태훈이 애용하던 가게가 있어서 웬만한 장비는 간단하게 구입할 수 있었다. 오정식이 현금 뭉치를 챙기면서 말했다.

"그 정도로 심각합니까?"

"그래. 분명히 총구화염을 봤다. 덕분에 내 차가 완전히 박살이 났고 말이야. 이제부터는 진짜 싸움이다. 물론 내 싸움이지. 빠지려면 지금 빠져라. 미안하다."

"농담 마십쇼."

두 사람은 단호하게 고개를 가로저었다. 아마 상처받은 자존심 때문에라도 그냥 물러서기는 어려울 터였다.

"좋아, 무장해라. 충분히."

김태훈은 '충분히'라는 단어에 힘을 주었다. 누가 됐든 진짜 필드요원과 총격전이 벌어졌고 그 총구는 분명히 그를 향하고 있었다. 그에게 총구를 겨눈 이상, 상대도 그만한 대가를 치러야 했다. 더구나 한선아가 그들 손에 있었다.

"다녀오겠습니다. 가자, 현주야."

잠시 눈싸움하는 것처럼 그와 시선을 마주친 오정식은 두말없이 이현주를 데리고 자리에서 일어섰다.

✝

한선아는 지독한 두통에 눈을 떴다. 생전 처음 보는 넓은 방과 침대, 두꺼운 커튼이 창을 가리고 있어서 방은 어두웠다. 힘겹게 몸을 일으키며 옷매무새부터 확인했다. 어제 생방송에 입었던 드레스 차림 그대로였다. 가지고 다니던 가방은 발치의 소파에 던져져 있었다. 그제야 납치를 당했다는 생각이 떠올랐다.

'여기가 어디지?'

한선아는 급히 침대에서 일어나 커튼부터 열어젖혔다. 창밖은 생전 처음 보는 멋진 풍경으로 채워져 있었다. 야산을 깎아 만든 초등학교 운동장만 한 정원은 눈이 휘둥그레질 정도로 아름다웠다. 아직도 녹색이 남은 잔디밭 건너편은 반듯하게 치솟은 아름드리나무들이었고 그 사이로 일본풍의 직선적 삼각형 지붕을 가진 깔끔한 초가집 두 채가 보였다. 초가집까지 이어진 포장도로 주변은 피처럼 붉게 물든 단풍이 담장처럼 들어섰고 초가집 너머로 깔린 야산의 노랑과 갈색의 아름다운 단풍은 그 자체로 한 장의 그림엽서였다.

그러나 그 아름다운 풍경도 눈에는 들어오지 않았다. 여기가 어디냐가 문제였다. 급히 문을 열어보려 했으나 밖으로 굳게 잠긴 문은 열리지 않았다.

"여보세요! 도와주세요! 누구 없어요!"

문을 두드리면서 있는 힘껏 소리를 질렀으나 반응은 전혀 없었다. 목소리에 조금씩 울음이 섞이기 시작했지만 우는 건 도움이 되지 않는다는 생각에 최대한 크게 심호흡을 하면서 이를 악물었다. 누가 봐도 답은 뻔했다.

'박재영 그 사람일 거야.'

그녀는 문에 기대 스르르 주저앉았다. 순간, 노크 소리가 들려왔다.

똑똑!

화들짝 놀라 침대 쪽으로 물러서자 굳게 닫혀 있던 문이 열리면서 검은 정장 차림의 사내가 들어섰다. 사내의 손에는 하늘하늘한 연두색 드레스가 들려 있었다. 사내가 드레스를 소파 위에 던지며 건조한 목소리로 말했다.

"오후 5시까지 깨끗하게 씻은 다음 이걸로 갈아입고 기다려라. 화장도 다시 하고."

"이게 뭐죠?"

당연히 퉁명스런 반문, 그러나 사내의 표정은 흔들림이 없었다.

"즐겁게 하루 놀다가 가는 게 좋아. 어른 마음에 들면 내일 아침에 하나엔터테인먼트 박 사장이 데리러 오게 될 거다."

"여기가 어디죠? 당신들 누구예요?"

"건방 떨지 마라. 너도 약 기운에 취해서 남자를 받아들이고

두 개의 태양

싶지는 않을 거다. 앞으로 연예계 생활에도 좋지 않아.”

“뭐라고요?”

“식사는 곧 가져다줄 거다.”

“저기요!”

말을 더하려 했지만 사내는 차갑게 등을 보이며 방을 나갔다. 한선아는 망연자실한 표정으로 침대에 털썩 주저앉았다. 기억은 지난밤에서 완전히 멈춰져 있었다. 밴에서 누군가가 역한 냄새가 나는 천을 입에 댔다는 것만 기억났다. 말로만 듣던 클로로포름 같은 마취제일 것 같았다. 지금은 낮 시간이니 최소 하루가 지나 간 시점, 전화기는 빼앗겨 버렸고 주변에는 아무도 없었다.

‘오빠는 내가 어디 있는지 알까?’

새삼 혼자라는 불안감이 온몸을 엄습했다. 서둘러 리모콘을 찾아 TV를 켰다. 밖의 소식이 궁금해 견딜 수가 없었다. 그런데 어디에도 그녀에 대한 이야기는 없었다. 뉴스 채널을 전부 돌려봤지만 마찬가지였다. 만일 납치가 알려졌다면 매스컴에서 난리가 났을 터, 이러면 아무도 모른다는 이야기였다. 여기저기 다른 뉴스 채널을 찾는 사이 누군가 노크를 하고 안으로 들어왔다.

“식사입니다.”

20대 중반쯤으로 보이는 메이드 복장의 젊은 여자, 식사 카트를 끌고 들어온 여자는 손에 익은 동작으로 음식 그릇을 테이블 위에 올려놓고 사라져 버렸다. 식욕이 있을 리가 없는 상황인데도 지난 저녁부터 굶어서인지 음식 냄새를 맡은 속은 비명을 질렀다. 대충 몇 숟가락 뜨고 음식을 덮어버렸다. 아무리 배가 고파도 더 먹는 건 자존심이 상했다. 식탁에 그대로 앉은 채 멍하니 뉴스에 귀를 기울였다. 새삼스러울 것 없는 정치인들의 밥그릇 싸움 소식이 한동안 계속되다가 평범한 사건사고가 이어졌다. 그리고 날씨로 넘어갈 무렵 여자가 다시 방으로 들어왔다.

"씻고 준비하세요. 사장님이 부르십니다."

"네?"

그녀의 반문에 여자가 식기를 챙기다 말고 안쓰러운 표정으로 대답했다.

"시키는 대로 하세요. 힘드시겠지만 그게 최선입니다. 화장도 다시 하세요. 2시간 후에 파티호스트가 데리러 올 겁니다. 그리고 이건 나중에 필요하면 드세요. 도움이 될 겁니다."

여자는 파란색 알약 두 개를 꺼내 식탁에 올려놓았다.

"뭐죠?"

"엑스터시예요. 맨정신에는 버티기 힘들 거 같아서 가져왔어요. 기분이 좋아질 겁니다."

빠르게 말을 마친 여자는 식기를 다 챙긴 다음 카트에서 새 속옷 세트를 꺼내놓았다.

"불편하겠지만 사이즈는 맞을 거예요."

한선아가 황당한 표정을 지었지만 여자는 그녀를 무시한 채 카트를 끌고 밖으로 나가 버렸다. 한선아는 반사적으로 속옷에 눈길을 던졌다가 길게 한숨을 내쉬었다. 거의 끈밖에 없는 손바닥만 한 팬티에 슬림한 가터벨트가 달린 검정 스타킹이었다. 물론 없는 것보다야 낫겠지만 평소라면 엄두도 내기 어려운, 영화 속에서나 보던 황당한 스타일이었다. 한선아는 속옷을 집어 던져 버리고 이를 악물며 자리에서 일어섰다.

'오빠가 찾으러 올 거야!'

왠지는 모르지만 김태훈이 찾아올 거라는 확신이 있었다. 그리고 최악의 상황을 맞더라도 마지막 순간까지 꼿꼿한 자세를 유지하고 싶었다.

‡

연못에 시선을 고정한 박재영은 전화기를 받아 들면서 만면에 미소를 머금었다.

"힘을 써주셨더군. 고맙소."

[별말씀을요. 다된 밥에 숟가락 하나만 올린 겁니다. 막무가내로 데려오는 거야 가장 쉬운 일이죠. 베드신 촬영이나 멋지게 해두십시오. 이번 일에서 가장 중요한 부분입니다.]

"물론이지요. 곧 도착하는 거겠죠?"

[6시 정도면 도착할 겁니다.]

"잘됐군. 괜찮은 아이들로 몇 불러서 미팅 끝나면 제대로 접대할 거요."

[신경 써주셔서 감사합니다.]

"별말씀을, 곧 한번 만나십시다. 대접하지요."

[감사합니다. 그럼. 이만.]

"수고하시오."

전화를 끊은 박재영은 전화기를 비서에게 넘겨주고 석등에 올려놓은 잉어 먹이를 한줌 집어 연못에다 던졌다. 비단잉어들이 우르르 몰려들어 한꺼번에 뒤엉켰다. 그는 희미하게 웃었다. 가끔씩 던져 주는 하찮은 먹잇감에 미쳐 날뛰는 어리석은 대중의 얼굴들이 뒤엉킨 잉어 떼와 오버랩되고 있었다.

'정보가 돈이고 돈이 곧 힘이야.'

새삼 양손을 힘주어 쥐었다가 폈다. 새삼스러운 이야기지만 대한민국은 이제 그의 손아귀 안에 있었다. 아직도 저항하는 세력이 없지 않고 인터넷 매체의 터무니없는 약진 때문에 인쇄 부수의 하락이 신경을 건드리는 상황이지만 정권이 바뀐 뒤에는 제법 안정을 되찾아가고 있었다. 지난 정권이 친일 카르텔이네 어쩌네 하며 악다구니를 쳤어도 끝내 살아남았고 재도약을 위한 입법도 차근차근 이루어지는 형편이었다. 물론 여권의 실정이 워낙 많다 보니 정권 재창출은 상당히 어려워 보였다. 그러나 상황이 어떻게 변하더라도 지금 움켜쥔 권력의 끈은 놓치지 않을 자신이 있었다. 비서가 다가서며 머리를 숙였다.

"한선아 씨가 내려왔습니다."

"데려와."

비서가 뒷걸음질을 치자 석등에 올려놓은 담배 한 개비를 꺼내 불을 붙였다. 모든 것이 그의 통제 안에 있었다. 물론 아버지의 든든한 배경을 등에 업어야 했지만 이대로도 세상은 충분히 아름다웠다.

또각또각. 하이힐 소리가 났다. 고개를 돌리자 연못 중앙의 섬

두 개의 태양

으로 연결된 아치형 목조 다리 중앙에 조각상처럼 올라선 한선아가 보였다. 영화의 한 장면 같은 멋진 그림, 늘씬한 다리와 풍만한 가슴을 최대한 강조한 화려한 드레스가 바람에 조금씩 흩날렸다. 벌써부터 아랫도리에 힘이 들어가는 기분이었다.

가까이 오라고 손짓을 하자 주저없이 다가온 한선아가 매섭게 물었다.

"당신이 절 납치하라고 했나요?"

예상치 못했던 당찬 반응이었다. 보통은 별장에 들어선 순간부터 기가 죽기 마련인데 이 아이는 전혀 그렇지 않았다. 입가에 미소가 감돌았다.

"정중히 모시라고 당부했건만 아이들이 실수를 한 모양이로군. 하하. 내가 아가씨 회사 사장에게 부탁을 한 건 사실이야. 하지만 납치라니? 굳이 그럴 필요가 있겠나? 내가 아가씨에게 줄 수 있는 것도 많은데 말이야. 그냥 유망한 연예인이라고 들어서 부른 거다. 내가 한 5년 스폰서를 해주면 어떨까 해서 말이야."

"전 스폰서 필요없어요."

"하하. 이거 가시가 잔뜩 돋친 장미로군. 박 사장이 전후사정을 제대로 설명하지 않은 모양이야. 그래도 곧 내 말을 이해하게 될 거다. 장 비서, 데려가라. 시간이 얼마 남지 않았으니 잘 준비시켜."

"네! 사장님."

함께 다리를 건너온 경호원이 깊숙이 머리를 숙인 다음 한선아를 잡아끌었다. 한선아는 마지막 순간까지 그를 노려본 다음 돌아섰다. 한선아가 다시 다리 위로 올라가자 박재영은 다시 잉어

먹이 한 움큼을 연못에 던지며 등 뒤의 비서에게 말했다.

"누군 가시가 돋쳐야 제맛이라고 하지만 난 아니야. 저래서는 즐길 수가 없겠지?"

"죄송합니다, 사장님. 조치하겠습니다. 주사 한 대면 충분할 겁니다."

"그래. 잔뜩 달아오르게 만들어둬. 참, 사진은 찍어뒀나?"

"물론입니다."

"저쪽에 넘겨주게."

"처리하겠습니다."

비서가 사라진 뒤에도 박재영은 연못에서 잠시 시간을 더 보낸 다음, 골프 연습장으로 발길을 돌렸다. 저녁 5시, 하늘은 차츰 어두워지고 있었다. 골프 연습장에서 50개쯤 티샷을 하고 가까이 마련된 테이블에 걸터앉아 음료수에 손을 가져가자 비서가 재빨리 다가섰다.

"손님이 곧 도착한답니다."

"그래? 얼굴은 보여야겠지. 내려가자."

흐뭇하게 웃은 그는 음료수 한 모금을 삼키고 자리에서 일어섰다. 그런데 바로 그 순간, 어디선가 불꽃놀이를 연상시키는 날카로운 소음이 귀청을 때렸다.

카가캉!

"뭐냐?"

"확인하겠습니다."

비서가 무전기로 누군가를 호출하자 경호원 두 사람이 허겁지

두 개의 태양

겁 잔디밭을 돌아 나왔다.

"침입자가 있습니다! 사장님!"

"침입자? 몇 명이나 되는데 총을 쏜 거냐?"

"네. 확인된 건 한 명인데 남서쪽 철책을 넘어서 이쪽으로 이동 중입니다. 자동소총으로 무장하고 있습니다. 위험하니 일단 들어가시죠."

"자동소총이라니! 무슨 헛소리야!"

"급합니다. 일단 들어가시죠."

"씨팔! 뭐야? 여기까지 들어오도록 뭘 했어! 당장 처리해!"

"네! 사장님!"

캉! 카캉!

"헉!"

다시 총성, 비명을 내지른 경호원 하나가 순식간에 쓰러지고 다른 하나는 그를 덮치면서 능선 아래로 굴렀다. 그는 3, 4미터 이상을 정신없이 굴러 아름드리 참나무 둥치 아래에서 어렵게 몸을 일으켰다.

파바박!

총탄에 부서져 나간 나무 조각이 무지막지하게 튀어 올랐다. 그래도 넘어진 자리가 큰 나무 뒤여서 직사 각도가 나오지 않았다. 경호원이 권총을 빼 들고 응사를 시작했지만 무차별로 날아오는 총탄은 수도 없이 나무둥치를 터트렸다.

사내는 산비탈을 뛰어내리면서 심하게 미간을 좁혔다.

‘골치 아프군.’

상황이 좋지 않다는 사실은 이미 감지하고 있었다. 그런데 이건 나빠도 너무 나빴다. 완전히 제 발로 호랑이 굴에 뛰어든 꼴이었다. 상황이 어제와 완전히 달랐다. 기본적으로 외곽 경비를 위해 요소요소에 배치된 경호원만 10명이 넘었고 별장 내부에도 최소한 5명은 무장 경호원이었다. 게다가 아직도 여기저기서 경호원들이 튀어나왔다. 골프 삼매경에 빠진 박재영이 코앞에 있다는 생각에 너무 서둘렀고, 때문에 너무 일찍 경호원들의 눈에 띄었다. 그리고 이제 물러서는 것도 불가능했다.

‘빌어먹을! 이판사판이다.’

그는 키 작은 단풍나무 울타리 아래에서 MP—5 탄창을 갈아 끼웠다. 30발짜리 긴 탄창이지만 이게 마지막이었다. 어차피 활로는 없고 오늘 아니면 기회도 다시 없었다. 화력의 우세를 생각하면 분명 해볼 만한 싸움, 가까이 보이는 경호원들은 기껏해야 5명이 전부였다. 그는 바닥을 한 바퀴 굴러 울타리 왼쪽에서 대각선으로 잔디밭을 가로질렀다.

쾅! 콰쾅!

강력한 총성, 바로 등 뒤였다. 또 다른 놈들이 나타난 모양이었다. 머리 위로 날카로운 소닉붐이 스쳤다. 그는 반사적으로 몸을 날리면서 총성이 들려온 곳에다 MP—5를 난사해 버렸다. 뒤따라 달려오던 두 놈 중 하나가 쓰러지고 하나는 은폐물을 찾아 엎어지듯 뒹굴었다. 그는 자연스럽게 무릎을 꿇었다가 튕겨져 일어나 곧장 내리막을 달렸다. 박재영이란 놈과의 거리는 기껏해야

두 개의 태양

70미터, 달아나는 놈들을 향해 무조건 방아쇠를 당겼다. 총탄이 무자비하게 쏟아지자 박재영의 갈색 점퍼가 풀썩 엎어졌다가 허겁지겁 뒤쪽으로 달아나기 시작했다. 놈을 목표로 죽어라 긁어댔다. 그러나 총탄은 그의 기대를 깨끗이 외면해 버렸다.

'네미럴!'

사실 낡은 MP—5의 엉성한 명중률로 70미터 거리의 빠르게 움직이는 목표를 잡는다는 건 거의 불가능한 이야기였다. 한 걸음이라도 더 가까이 가는 수밖에 없었다. 지그재그로 달리면서 마지막 남은 총탄을 쏟아부어 얼쩡거리는 경호원을 쓰러트렸다. 따라오는 총성은 여전했다. 그는 박재영이 티샷을 했던 자리에다 MP—5를 던져 버리고 권총으로 바꿔 잡았다. 박재영의 기름진 엉덩이는 벌써 골프장을 벗어나 언덕길을 내리뛰고 있었다. 그는 등 뒤에서 연신 총질을 하는 경호원들을 무시한 채 곧장 박재영을 따라 달렸다.

파박!

발밑에서 흙더미가 퍽퍽 튀어 올랐지만 신경은 쓰이지 않았다. 눈에 들어오는 건 오로지 달아나는 박재영의 뒤통수뿐이었다. 경호원 따위를 상대할 여유는 없었다. 경찰관에게 지급되는 구닥다리 리볼버는 예비클립 두 개까지 더해도 달랑 18발이 전부였다. 오늘만은 어떻게든 길고 외로웠던 석 달의 싸움을 끝내고 싶었다. 전력으로 언덕을 내리 달렸다. 거리는 순식간에 30미터 남짓으로 줄어들고 있었다. 뛰면서 연속해서 방아쇠를 당겼다.

카카캉!

박재영 바로 뒤에서 달리던 비서가 길바닥에 나뒹굴었다. 맞으리라 기대하고 쏜 것도 아닌데 놈의 허벅지에서 분수처럼 핏줄기가 솟구치고 있었다. 이제 남은 건 박재영 하나, 뛰면서 탄피를 털어내고 어렵게 재장전을 했다.

그런데 다시 총구를 들어 올리는 순간, 느닷없는 강풍과 함께 불붙은 꼬챙이로 쑤시는 듯한 지독한 통증이 옆구리를 헤집었다. 속도를 늦춘 게 화근이었다.

"큭!"

그는 쓰러져 뒹굴면서 총탄이 날아온 방향을 확인했다. 은색 헬리콥터가 먼저 눈에 들어왔다. 강력한 돌풍을 동반한 헬리콥터가 골프장 한가운데로 내려앉고 있었다. 시커먼 정장의 사내 3명이 헬기에서 뛰어내리고 있었다.

'제기랄!'

어차피 돌이킬 수는 없었다. 그는 정장의 사내들은 무시한 채 박재영을 향해 무조건 방아쇠를 당겼다.

탕! 탕! 타탕!

놈의 오른쪽 어깨에서 피가 튀는 것이 보였다. 놈은 탄력을 이기지 못한 채 한 바퀴 돌면서 메친 개구리처럼 철퍼덕 자빠졌다. 마지막 클립을 빼내기 위해 주머니를 뒤졌으나 쉽게 손에 잡히지를 않았다. 어렵게 몸을 굽혀 마지막 클립을 꺼냈다. 손이 덜덜 떨려왔다. 그래도 지독한 아드레날린 때문인지 옆구리의 통증은 크게 느껴지지 않았다. 박재영이 쓰러진 뒤쪽에서 경호원 두 놈이 더 뛰어나왔다.

두 개의 태양

'틀렸군!'

상황은 최악이었다. 주변에 보이는 무장 경호원만 10여 명, 이제는 몸을 빼는 수밖에 도리가 없었다. 권총 실린더를 뒤집어 탄피를 털어내면서 코스 남쪽으로 달렸다. 총성이 잇달아 터지고 나뭇가지와 흙이 사정없이 튀어 올랐다. 일직선으로 숲을 가로질러 별장처럼 생긴 초가집을 돌아 숲으로 달렸다. 초가집 뒤는 굵은 참나무들이 빽빽이 들어선 숲이었다. 숲으로만 들어가면 어떻게든 몸을 뺄 수 있을 것 같았다. 그리고 바로 몇 미터 앞이 숲 언저리였다. 그러나 그가 숲으로 뛰어드는 순간, 느닷없는 충격이 안면을 강타했다.

"컥!"

그는 달리는 속도를 주체하지 못한 채 허공으로 붕 떠올랐다가 머리부터 흙바닥에 처박혔다. 순간적으로 숨이 턱 막혔다. 의식은 고스란히 살아 있는데 손가락 하나도 마음대로 움직이질 않았다. 그는 한참이나 시간이 흐른 뒤, 고통스럽게 콜록거리며 눈을 뜰 수 있었다. 그러나 상체를 일으키려다 말고 몸에 힘을 빼버렸다.

'차성묵? 더럽게 꼬이는군.'

검은 전투복 차림의 누군가가 그의 오른팔을 지그시 밟고 서 있었다. 그도 아는 얼굴, 그는 낮게 욕설을 토해내며 손에 쥔 권총을 놓아버렸다.

CHAPTER 6
블러드 아이언

“크흐… 그 새끼 죽었나?”

비스듬히 몸을 일으킨 박재영이 끓는 목소리를 내자 경호팀장이 황급히 머리를 숙였다.

“아닙니다. 살아 있습니다.”

“이런 씨팔! 너희들은 도대체 뭘 하는 것들이야! 개망신 아닌가 말이야! 어떻게 번번이 손님들 손을 빌려! 더구나 내 별장에서? 이게 말이 돼!”

“죄송합니다.”

“병신 같은 것들! 그 새끼 데려와! 직접 봐야겠다.”

“네! 사장님!”

총상을 입은 경호원이 6명에, 손발이나 다름없는 수행비서가 중상이었다. 다행히 죽은 사람은 없지만 수습 자체가 문제였다. 하필 중요한 거래가 있는 날 터진 사건이어서 경찰이 개입되면 자칫 스캔들로 비화될 가능성이 높았다. 더구나 명색이 유명인인 여자 연예인들까지 잔뜩 불러다 놓은 판이라 수습이 쉽지 않았다. 그 아이들도 총성은 들었을 것이었다.

'씨팔!'

파티는 물 건너간 모양새, 그러나 바다 건너까지 찾아온 손님을 모른 척할 수는 없었다. 약속을 했으니 미팅 끝나면 놀잇감은 던져 줘야 했다.

"일으켜라."

"네."

소파 뒤에 있던 경호원 둘이 재빨리 다가와 박재영을 일으켰다. 고통스러웠지만 암살을 기도한 놈에게 누워 있는 모습을 보일 수는 없었다. 자세를 바로잡자 집무실 문이 열리면서 피투성이가 된 놈을 검은색 전투복을 입은 사내들이 끌고 들어와 무릎을 꿇렸다. 놈의 얼굴은 형체를 알아볼 수 없을 정도로 무참하게 망가져 있었다.

"뭐 하는 놈이냐?"

대답은 없었다. 대신 전투복을 입은 사내 하나가 재빨리 말을 받았다.

"신분을 확인할 만한 건 전혀 가지고 있지 않았습니다. 현금만 100만 원 정도 나왔습니다."

"씨팔! 야! 너 누구야? 누가 시켰어?"

"……."

그가 목소리를 높였지만 사내는 대답 대신 힘겹게 입술을 비틀었다. 아마 비웃는 것일 터였다.

"이 새끼가! 윽……."

지독한 통증 때문에 목소리가 다시 끊었다.

"이 개새끼 죽으려고 환장을 했구만. 어이, 박 팀장."

"예, 사장님."

"이 자식 뒷조사 철저히 해라. 손가락 발가락을 모조리 잘라내서라도 뭐든 알아내. 어떤 개새끼들인지 꼬리를 잡아서 확실히 박살을 내야 한다. 놈에게서 얻는 게 없으면 쌍판 사진 찍어서 국정원 이 차장한테 보내라. 신원 확인하고 누구랑 만나고 다녔는지 전화질은 누구랑 했는지 깡그리 뒤져서 보고해. 날 노렸으니 보나마나 정치 세력일 거다."

"알겠습니다."

"그리고, 차 중령."

검은 전투복을 입은 사내들의 가장 뒤에 서 있던 거구의 사내가 조용히 말을 받았다.

"예, 사장님."

"저 새끼는 일단 자네들이 묵는 제4별관 건물 어디다 처박아두게. 아! 일단 살려두긴 해야 할 게야. 그리고 다들 아이들 입단속 철저히 시켜라. 말 새면 골치 아파진다."

"예, 사장님."

합창하듯 대답한 경호원과 사내들이 놈을 끌고 나가자 박재영은 멀쩡한 왼팔로 상체를 추슬렀다. 출혈은 심하지 않았지만 통증은 여전히 지독했다.

"더럽게 아프군. 강 비서, 정리하고 손님들 데려와. 일 끝내야지."

"네, 사장님."

비서가 밖으로 나가고 얼마 지나지 않아 통통한 체격의 50대 사내가 걱정스런 표정으로 들어섰다.

"사고가 있었다고 들었습니다. 괜찮으십니까?"

사내의 한국어는 놀라울 정도로 완벽했다. 억양은 어딘가 어눌했지만 일본인의 발음이라고는 결코 믿을 수 없는 수준이었다. 사내가 건너편 소파에 자리를 잡자 박재영이 힘겹게 목례를 건넸다.

"괜찮습니다, 카메이 상. 앉으시지요. 이쪽… 윽!"

손을 내밀던 박재영이 움찔 인상을 찌푸리자 카메이가 말했다.

"아무래도 병원에 가시는 게 좋겠습니다. 얼른 일을 마무리하시지요."

"그래야죠, 강 비서!"

"네, 사장님."

강 비서가 들고 있던 가방을 재빨리 탁자 위에 올려놓고 밖으로 나가자 카메이가 가방 자물쇠를 만지작거리며 낮게 중얼거렸다.

"1억 5천만 달러짜리 물건치고는 약소하군요."

가방은 두께 40cm 정도의 은색 하드케이스였다. 박재영이 입술을 비틀며 말했다.

"가격을 따질 수 없는 물건이라고 들었습니다. 중국은 물론이고 러시아도 군침을 흘리는 물건이라더군요. 그분 아니면 불가능했을 겁니다."

"알고 있습니다. 그래서 우리도 지원프로세스를 단행하는 거니까요. 성사만 시키시라고 전하십시오."

"물건은 어디로 갑니까?"

박재영은 슬그머니 말을 돌렸다. 어차피 내용을 잘 알지도 못하지만 그의 몫은 일이 끝난 다음부터였다. 카메이는 고개만 끄덕여 보이고 말을 받았다.

"모릅니다. 건너가면 정리가 되겠지요."

"그런데… 듣기에 새 정부가 연구소에 일본인 연구원 몇 명이 합류하는 걸 허가해 준 것으로 알고 있는데… 셋이던가요?"

"그렇습니다."

"그래도 필요하십니까?"

"물론입니다. 합동연구가 이루어지는 시간이 아니면 우리 연구원들이 접근하기가 쉽지 않고 기존에 축적된 실험 데이터는 더더욱 손대기 어려우니까요. 아시다시피 전 세계에서 유일한 설비 아닙니까. 성능도 역대 최고라고 들었습니다. 사실 진짜 필요한 건 기존 실험 데이터들이지만 설계 스펙 자체로도 우리 연구진에게 유용하게 활용될 겁니다. 그 이상의 중요한 자료도 백업되어 있다고 들었지만 그게 뭔지는 저도 잘 모릅니다."

박재영도 그저 어렴풋이 알고 있는 이야기, 그리고 길게 이야

블러드 아이언

기해 봐야 득될 것이 전혀 없었다. 그는 얼굴을 찡그린 채 말을 돌렸다.

"대금은 어찌하시겠습니까?"

"상황이 좀 우습게 됐지만 계약대로 해야겠지요. 절반은 내 밴에 실렸습니다. 나머지 절반은 모레 부산에서 넘겨 드리죠. 깨끗한 FRB 미국연방은행 금괴로 가격은 지난 10월 말 종가로 환산했습니다. 오늘 물량은 800킬로그램에서 조금 빠지더군요."

"좋습니다. 패스워드 로직은 나머지 대금이 도착하는 대로 넘겨 드리죠. 그러면… 이제 금괴만 내리면 일이 끝나는 셈인데… 제가 꼴이 이래서 곤란하게 됐군요. 죄송합니다. 대신 강 비서가 편하게 모실 겁니다. 카메이 상도 잘 아는 얼굴들이 여독을 풀어 드릴 겁니다."

"아! 제 입장에서야 고마운 이야기인데… 솔직히 오늘은 별장 분위기가 어수선하군요. 다음에 제가 모시는 것으로 하면 어떨까 싶습니다."

"아아. 그건 제가 섭섭해서 안 됩니다."

카메이의 부정적인 반응에 박재영이 펄쩍 뛰며 손사래를 쳤다.

"총상이지만 상처가 깊지 않아서 응급실에서 간단하게 치료만 받고 돌아올 수 있습니다. 게다가 그분께서 잘 대접하라고 신신당부를 하셨습니다. 보세요. 여긴 정말 외딴 사유지입니다. 외부인의 출입은 불가능하고 인가에서 워낙 멀리 떨어져 있어서 외부에서 총성을 들었을 리도 없습니다. 잡힌 범인은 본관에서 멀리 격리했고 금괴를 내리는 데도 시간이 좀 필요합니다. 어차피 물

두 개의 태양

건은 정보실 요원들 편에 보내시기로 한 것 아닙니까?”

“그렇기는 합니다만…….”

“물건만 먼저 보내시지요. 카메이 상께서는 예정대로 하룻밤 즐기시고 내일 돌아가십시오. 내일 대사관에서 만나면 그만 아닙니까?”

카메이는 잠깐 고민하는 듯하다가 마음을 돌렸다. 한류네 어쩌네 하며 연일 일본까지 신문지상에 오르내리는 한국 여배우들의 잠자리 시중을 받는 건 누가 뭐래도 정말 회가 동하는 일이었다. 아직 최고의 자리에 서지는 못했지만 곧 그렇게 될 여자들이었다.

“좋습니다. 물건만 먼저 대사관으로 보내지요.”

“탁월한 선택이올시다, 카메이 상. 하하. 으…….”

박재영이 너털웃음을 터트리다 말고 다시 인상을 찌푸리자 카메이가 너털웃음을 터트리며 자리에서 일어섰다.

“하하. 박 사장께서는 어서 병원으로 가십시오. 전 박 사장의 호의를 즐기면서 느긋하게 기다리겠습니다.”

“미안합니다. 최대한 빨리 돌아오지요.”

어렵게 상체를 일으킨 박재영은 서둘러 인터폰을 눌렀다.

—예, 사장님.

“차 준비시켜라. 병원에 가야겠다.”

비서가 대답도 하기 전에 문이 열리면서 강 비서가 경호원 두 명을 데리고 안으로 들어왔다.

“차 준비됐습니다.”

박재영은 부축을 받으면서 어렵게 몸을 일으켰다. 그가 몇 걸음을 떼어놓자 강 비서가 귓전에 대고 나직하게 속삭였다.

"그 아가씨는 어떻게 할까요? 한 대 놔줬더니 기분은 좋아진 것 같습니다."

"제기랄. 한 대 더 놔라. 병원부터 갔다 와서 상황을 봐야겠다."

어깨를 부여잡은 채 씹어뱉듯 말을 토한 박재영은 있는 대로 인상을 그렸다. 통증이 점점 더 심해지고 있었다.

✝

김태훈은 박재영이 탄 리무진이 별장을 빠져나가는 즉시 철책을 잘라냈다. 이미 한바탕 난리를 치른 뒤끝이어서 철책으로 가로막힌 산기슭은 쥐 죽은 듯이 조용했다. 완전히 어두워진데다 진입 경로를 총격전이 벌어진 골프장 반대쪽 계곡을 선택한 탓에 침투는 예상보다 어렵지 않았다. 그래도 고용인들이 거주하는 별관 북쪽에서부터는 신경을 곤두세워야 했지만 경호원 상당수가 자리를 비운 상태여서 그런대로 신속하게 움직일 수 있었다.

그러나 느낌은 영 좋지 않았다. 무엇보다 경호의 강도가 이상했다. 겨우 신문사 사장의 별장에 총기를 휴대한 경호원 수십 명이 얼쩡거린다는 건 도대체 말이 되지 않았다. 박재영이 별장을 나가면서 차량 두 대에 대여섯 명이 따라나섰고 잠시 후에는 렌트카 번호판을 단 밴 두 대가 또다시 몇 명을 데리고 나갔는데도 별장에는 여전히 10여 명이 넘는 무장 경호원이 남아 있었다.

더구나 일부 전투복 차림을 한 경호원들의 절제된 움직임은 기억 속의 특전사를 방불케 하는 대단한 정예였다. 조금 전 벌어진 총격전에서도 그들은 이상하리만치 침착했다. 사실 자동화기까지 동원된 무지막지한 총격전에서 저렇게 깔끔한 움직임을 보일 수 있는 사람은 많지 않았다. 그건 노련한 현역 군인이라고 해도 마찬가지였다. 총격전 경험이 많지 않다면 절대 나올 수 없는 무섭도록 세련된 움직임이었다. 외부 감시카메라의 숫자도 무려 11개였다. 물론 별장의 규모에 비하면 그리 많지 않은 숫자지만 한적한 시골 별장에 감시카메라 11개는 어색해도 한참 어색했다.

반면 준비는 턱없이 부족했다. 불과 24시간 만에 준비를 끝내다 보니 가진 거라곤 권총 몇 정에 헤드셋 무전기, 구형 야시경 3개가 전부였다. 그나마 세 사람 모두 전문가라는 점이 유일한 위안거리였다.

'부딪혀 보는 수밖에 도리가 없겠지.'

워낙 삼엄한 경계가 펼쳐져 있어서 불과 300미터 남짓한 거리를 이동하는 데 10분 이상 공을 들여야 했다. 시간은 걸렸지만 그래도 무난하게 본관 북쪽 잡목 숲까지 진출할 수 있었다. 두 사람이 잡목 숲 기슭에 자리를 잡자 이현주의 목소리가 헤드셋에서 흘러나왔다.

─대사관 차량에서 박스를 내린다. 상당히 무거워 보이는데 무장 경호원은 주변에 거의 다 몰려 있다. 본관에는 현관에 배치된 둘뿐이다. 이동해도 좋다.

이현주는 별장과 진입로가 한눈에 내려다보이는 진입로 초입의 고지에 자리를 잡고 두 사람의 눈 역할을 하고 있었다.

"이동한다."

두 사람은 신속하게 숲을 벗어났다. 감시카메라의 사각에 있어서 발각될 염려는 없는 지역, 배후지의 잔디밭 울타리로 꾸며진 키 큰 사철나무를 따라 유령처럼 달려서 본관 외벽에 달라붙었다. 울퉁불퉁한 대형 석재로 지어진 건물이어서 창문들의 크기가 전부 작고 비좁았다.

—남쪽에서 4번째 여닫이 창문이 열려 있다. 진입 가능할 것으로 판단.

"알았다."

창문 안쪽은 짙은 어둠이었다. 조심스럽게 창을 밀어내자 좁지만 사람이 들어갈 만한 공간이 열렸다. 예상보다 일이 쉬워진 셈, 두 사람은 날렵하게 창을 통해 안으로 들어갔다. 창문 안쪽은 사무실을 겸한 숙직실 같은 용도의 방이었다. 숙직하는 고용인들이 대기하는 장소여서 그런지 크기도 작고 가구도 별것이 없었다. 그저 옷장과 책상 몇 개, 그리고 의자들이 전부였다. 그는 옷장부터 뒤졌다. 고용인들이 입고 다니는 유니폼 같은 것이 있으면 아무래도 운신이 쉬울 것 같다는 판단, 다행히도 옷장 안에는 막 입는 작업복 몇 벌과 모자가 걸려 있었다.

"일이 편해졌다."

그는 작업복 한 벌을 오정식에게 던지고 자신도 한 벌을 챙겨 입었다. 조금 끼는 느낌이지만 얼핏 보기에는 어색하지 않았다.

"가자."

연못에 잠시 모습을 보였던 한선아가 돌아간 곳이 본관 3층이었다. 정확한 위치를 확인하지 못했지만 계단실의 조명이 차례차례 켜졌다 꺼지는 것까지는 이현주를 통해 확인할 수 있었다. 위험부담은 확실히 줄어든 셈이었다. 관건은 얼마나 빨리 한선아가 있는 방을 찾아내느냐였다. 건물 내부에는 감시카메라가 많지 않았다. 1층 복도 천장에 매달린 카메라가 전부였는데 방향조차 중앙 현관에 고정되어 있었다. 보편적으로 출입이 통제된 건물은 실시간 감시보다 출입 통제를 우선시했다. 감시하는 사람들이 볼 수 없게 하는 것이 더 중요하기 때문, 아무래도 고위층에 대한 접대와 파티가 빈번하니 실시간 감시카메라는 절대 있어서는 안 되는 물건이었다.

'어쨌든 고맙군.'

모자를 푹 눌러쓴 김태훈은 최대한 자연스럽게 방을 나서서 건물 동쪽 비상계단을 통해 위층으로 올라갔다. 보편적으로 침입 루트로 가장 확실한 경로는 비상구 계단이었다. 어느 건물에나 비상구는 있고 문은 언제나 생각보다 간단히 열렸다. 더구나 경계가 삼엄한 건물의 비상구는 항상 열려 있다시피 했다.

2층 계단실에 도착하자마자 슬쩍 손잡이를 돌려보았다. 열려 있었다. 그는 조금만 문을 열고 조용히 내부를 확인했다. 짧은 복도 건너편이 바로 응접실인지 빠른 템포의 일본 유행가가 들려왔다. 메이드 복장의 여직원들이 반대편 문으로 분주하게 드나들고 있었다. 그러나 주빈이 누군지는 보이지 않았다. 일단 헬기가 동원됐고 생소한 일본 유행가까지 들렸으니 접대를 받으러 온 건

일본인, 따라서 방송국에서 납치를 강행할 만큼 한선아를 필요로
한 파티가 일본인을 접대하기 위한 자리라는 이야기였다. 불쾌하
다는 생각이 가장 먼저 떠올랐다. 하지만 그건 한선아를 돌려받
은 뒤에나 생각할 문제였다. 빚 청산은 그 이후에 생각해야 했다.

그는 문을 닫아버리고 곧장 3층으로 올라갔다. 그런데 2층과
는 달리 3층으로 들어가는 문은 이중으로 굳게 잠겨져 있었다.
그래도 문을 따는 데는 그리 긴 시간이 필요하지 않았다. 소음을
우려해서 시간이 좀 걸렸지만 여는 건 3분으로 충분했다. 조심스
럽게 잠금 장치를 해지하고 나서 시간부터 확인했다. 저녁 8시
18분, 시간이 조금씩 촉박해지고 있었다.

빛 한줄기가 겨우 새어 나올 만큼 살짝 문을 열었다. 눈앞에 나
타난 건 생각보다 어둡고 긴 복도, 복도를 따라 대여섯 개의 문이
마주 보며 이어졌고 중앙 계단 직전에 정장 경호원 하나가 보였
다. 아래층 손님들이 벌써 침실로 올라왔을 리는 만무하니 경호
원이 있는 근처의 방에 한선아가 있을 가능성이 높았다. 편하게
들어가기로 마음을 결정한 그는 수신호로 오정식에게 기다리라
고 지시한 다음 자연스럽게 문을 열었다. 굳이 소란을 피울 생각
은 없었다. 그가 느린 걸음으로 복도를 가로지르자 경호원이 고
개를 돌렸다. 그가 손을 들어 올리며 밝은 목소리로 물었다.

"별일 없으십니까? 선생."

"여긴 조용하니까 내려가쇼. 아무도 접근시키지 말라는 상부
의 지시를 받았소."

경호원은 고압적인 태도로 그를 제지했으나 그는 아랑곳하지

않고 편안하게 걸음을 옮겼다.

"아. 그래요? 그런데 저도 저대로 순찰 코스가 있어서 말입니다. 3층 한 바퀴 돌고 중앙 계단으로 내려가죠. 하하. 어쨌든 수고하십쇼."

그가 싱글싱글 웃으며 다가서자 경호원은 미간을 좁히면서 한 걸음 물러섰다.

"당신 누구야? 순찰을 돈다는 이야기는 없었어."

"아, 거참. 더럽게 깐깐하게 구네. 아까 총격전 때문에 순찰을 강화하라는 지침이 새로 내려왔시다. 나도 어쩔 수 없으니까 귀찮게 하지 마쇼. 한 바퀴 돌고 조용히 내려가면 될 거 아뇨. 참나."

성큼 다가선 그의 짜증스런 목소리에 경호원은 당혹스러운 표정을 지었다. 그러나 긴장한 기색은 역력했다. 놈의 손은 벌써 정장 재킷 안으로 들어가고 있었다. 정장 경호요원이니 총기 보관은 어깨 홀스터일 가능성이 99%였다. 홀스터 단추는 풀었겠지만 총을 꺼내 안전장치까지 풀려면 잘 훈련된 요원이라고 해도 최소한 2초 이상 시간이 걸렸다. 그런데 거리는 겨우 3미터 남짓, 이런 거리에서 총기를 걱정할 필요는 없었다.

그는 순간적으로 방향을 틀어 경호원 앞으로 다가섰다. 놈은 주춤 물러서면서 급히 총을 뽑으려 했으나 바로 뒤가 벽, 거리가 너무 가까웠다. 그는 총을 뽑는 손목을 잡아채 당기면서 무릎 아래 경골을 정통으로 걷어찼다.

"크악!"

바람 빠지는 소리를 내는 놈의 목을 역수도로 쳐올렸다. 순간적으로 허공에 뜬 놈은 벽에 뒤통수를 처박고는 무방비 상태로 튀어나왔다. 상황은 끝, 그래도 마무리는 필요했다. 그는 느릿하게 허리를 꺾는 놈의 관자놀이에다 팔꿈치를 꽂아버렸다. 놈은 풀썩 벽에 기댄 채 횡으로 스르르 미끄러졌다. 그가 놈의 몸을 받아 눕히며 나직이 말했다.

"상황 끝. 들어와라."

명령이 떨어지기가 무섭게 비상계단 문이 열리면서 오정식이 달려왔다. 그는 경호원의 총을 챙기고는 서둘러 문부터 열었다. 방의 불은 꺼져 있었다. 그러나 커튼이 열려 있어서 사물을 분간하는 데는 문제가 없었다. 방에는 아무도 없었다.

'여긴 아니군.'

다시 밖으로 나오는 사이, 오정식이 기절한 경호원의 팔다리를 묶고 재갈을 채워 방에다 집어 던져 버렸다. 복도 좌우를 다시 확인하고 대각선 쪽으로 마주 보고 있는 문을 열었다.

'제기랄!'

가장 먼저 오감을 자극한 건 지독한 향수 냄새였다. 죽음처럼 음울한 냄새, 짙은 장미향이지만 바닥에 깔린 냄새는 역한 대마초였다. 가구 곳곳에 스며든 대마초 냄새를 가리는 건 쉽지 않다. 독한 향기로 덮어야 하지만 그건 더 음울한 냄새를 만들어낼 뿐이었다. 호텔 VIP 룸처럼 꾸며진 어둑한 침실은 대마초와 독한 장미 향기가 엉망으로 뒤엉켜 있었다.

'심하군. 대마초까지 동원하는 거냐?'

문을 밀고 들어가자 검은색에 가까운 거창한 앤티크 가구들이 시야를 채웠다. 흐릿한 조명, 창문 쪽 침대에서 한선아가 반쯤 누워 손을 흔들었다.

"헤… 누구세요?"

목소리 톤이 이상하게 높고 어색했다. 그는 재빨리 모자를 벗고 다가갔다.

"나다. 괜찮은 거냐?"

"어? 오빠야?"

목소리는 여전히 이상했다. 그가 미간을 좁혔지만 한선아는 다시 헤프게 웃으면서 침대에 벌렁 누워 버렸다.

"헤헤, 오빠. 정말 왔구나. 호호. 고마워."

뭔가 이상하다고 판단한 그는 한선아의 눈동자부터 확인했다.

"괜찮은 거니?"

"응. 괜찮지 뭐. 헤헤."

"약 같은 거 먹은 거냐?"

"헤헤. 아니. 아까 아픈 주사 두 번이나 맞았어. 안 맞으려고 막 덤볐는데 맞고 나니까 기분 좋아지더라. 좀 어지럽긴 한데 막 흥분되고 기분 좋아. 어때, 나 괜찮지? 호호. 그럼 나 안아줄래?"

"젠장. 코카인이겠군."

그는 재빨리 화장실로 들어가 수건에 찬물을 적셔 한선아의 얼굴에 덮어씌워 버렸다. 조금이라도 정신이 돌아오길 바란 응급조치였다. 그러나 한선아는 막무가내로 엉겨 붙으며 칭얼댔다. 그는 일단 한선아를 밀어낸 다음, 하이힐 굽을 부러트려 버리고 작

블러드 아이언

업복을 벗어 입혔다. 데리고 나가려면 방법이 없었다. 대충 옷을 입히고 일으켜 세우려는데 이현주의 다급한 목소리가 무전기를 통해 건너왔다.

—독수리 하나! 진입로에서 총격전 발생. 총격전 발생. 즉시 철수요망! 이상!

"총격전?"

—마지막에 나온 외교관 번호판 단 검은 밴에 총격이 가해졌다. 확인된 자동화기만 최소 10정 이상이다. 위치는 진입로 중간쯤 굴곡이 많은 도로다. 다른 조직과 충돌한 것 같은데 무장병력 상당수가 도로를 따라 이동 중이다. 이상.

"빌어먹을! 여기 대한민국 맞아? 이게 무슨 전쟁터도 아니고… 환장하겠군. 일단 알았다. 퇴로 수정한다. 산악바이크로 포인트3까지 빠져나가겠다. 거기서 만나자. 이상."

—알았다. 아웃.

그는 흐느적거리는 한선아를 업다시피 하면서 방을 나섰다. 한선아는 다리에 힘이 들어가지 않는 듯 발을 제대로 떼어놓지도 못했다.

'개새끼들. 도대체 얼마나 많이 놓은 거야?'

자력으로 계단을 내려가는 건 어려울 것 같았다. 그는 한선아를 아예 어깨에 걸쳐 버리고 비상계단을 통해 1층으로 내려왔다. 그런대로 깔끔한 진행, 이제 빠져나가기만 하면 성공이었다. 중앙 현관 감시카메라를 피하기 위해 감시카메라가 없는 서쪽 쪽문을 열고 밖으로 나왔다. 어수선해야 할 본관 주변은 예상외로 조용했다. 외부의 총격전 때문에 경호원들 상당수가 정문으로 몰려 나가고 있을 것이었다. 벽에 기대 상황을 살피는 사이, 한선아가 그의 등을 툭툭 쳤다.

"내려줘요, 오빠. 걸을 수 있어."

찬바람을 쏘여서 조금이나마 정신이 돌아오는 모양이었다. 그가 한선아를 벽에 기대 내려놓으며 말했다.

"괜찮겠니?"

"네. 가요."

그런대로 중심은 잡는 모양새, 부축은 해야겠지만 잘하면 뛰는 것도 가능할 것 같았다.

차성묵은 욕설을 토해내며 권총을 고쳐 잡았다. 오늘만 벌써 2번째 총격전, 명색이 대한민국 최강을 자랑하는 육군첩보대가 엉뚱한 곳에서 추한 꼴을 보이고 있었다. 박재영의 별장에 한시적으로 파견된 인원은 그를 포함해서 모두 11명이었다. 2명이 박재영을 따라 시내로 내려갔고 2명은 암살을 기도했던 자를 감시하기 위해 숙소에 남았다. 남은 6명을 데리고 동원해 급히 내려왔는데 상황은 이미 끝나가고 있었다.

카카캉!

날카로운 총성이 다시 터져 나왔다.

'씨팔!'

그는 자세를 낮추며 굵은 나무에 기대섰다. 멀리 보이는 도로는 이미 전쟁터나 마찬가지였다. 도로 한가운데 주저앉은 일본인

블러드 아이언

들의 차량에서는 불길이 치솟았고 사방이 온통 훤해서 야시경은 있으나마나였다. 차에 탔던 일본인들은 모두 사망한 것 같은데도 총탄은 여전히 사방에서 난무했다. 아직도 최소한 2명 이상이 산기슭에 남아 자동소총을 난사하고 있었다. 보나마나 다른 놈들이 빠져나가는 시간을 벌기 위해 남았을 것이었다.

이래저래 깨끗이 당한 모양새, 놈들은 정말 정교하게 계획된 작전에 따라 움직였다. 먼저 나간 박재영 사장의 차량은 무시하고 정확하게 일본인들이 탄 차량을 노렸다. 뭔지는 몰라도 엄청난 거액의 자금이 오간 거래의 상품을 채간 것, 보나마나 어디선가 정보가 샜다는 이야기였다. 일이 점점 짜증스러워졌다. 그가 무전기에 차갑게 소리쳤다.

"네미럴. 한 놈이라도 잡는다. 2팀 전진!"

차성묵은 유령처럼 움직이는 팀원들을 따라 숲을 우회해서 달렸다. 놈들은 도로 근처의 경호원들을 견제하는 데 정신이 팔려 있고 거리는 겨우 200여 미터에 불과했다. 산길이지만 서두르면 충분히 잡을 수 있는 거리였다. 한참을 전력으로 달려 입에서 단내가 날 무렵, 선두에 있는 하사가 주먹을 쥐며 자세를 낮췄다. 그는 자세를 낮춘 채 하사 옆으로 달려갔다.

"어디냐?"

"움직입니다. 사살할까요?"

하사의 시선이 고정된 곳은 바위와 오래된 잡목으로 절묘하게 은폐된 곳이었다. 놈은 총기를 챙겨 산등성이 쪽으로 이동하고 있었다. 거리는 대략 50미터 안쪽, 잡으려면 지금이 최선이었다.

두 개의 태양

“아니. 가능하면 생포한다. 다리를 쏴라.”

하사는 고개만 까딱해 보인 다음, 단발에 놓고 차분하게 놈을 조준했다.

쾅!

익숙한 화약 냄새와 함께 귀청에 지독한 자극이 가해졌다. 놈은 풀썩 쓰러졌다가 일어나 비틀거리면서 다시 뛰기 시작했다.

쾅!

다시 한 발, 놈은 무어라 고함을 지르면서 야시경에서 사라졌다.

“생포해라!”

—로저!

그는 능선을 건너뛰어 단숨에 놈이 맨 처음 쓰러진 곳까지 달렸다. 놈은 10여 미터 아래로 굴러떨어져 무전기에다 알아들을 수 없는 억양으로 뭔가를 이야기하고 있었다. 놈의 오른손에는 아직도 권총이 들려져 있었다. 그가 놈을 조준하면서 고함을 질렀다.

“총 버려! 움직이면 쏜다!”

놈은 일그러진 웃음을 보였다. 다리 양쪽에 총상을 입고 산비탈을 굴렀는데도 놈은 이빨을 모두 내보이고 있었다. 놈의 총이 느릿하게 들어 올려졌다. 그는 미련없이 방아쇠를 당겼다.

쾅!

“헉!”

놈의 왼쪽 어깨에서 시커먼 핏줄기가 튀어 올랐다. 그러나 놈

블러드 아이언

은 권총을 놓지 않았다.

"씨팔!"

쾅!

다시 한 발, 마침내 놈의 손에서 권총이 떨어져 나갔다. 그는 비탈을 단숨에 뛰어내려 놈의 권총과 자동소총을 멀리 차냈다.

"뭐 하는 놈이냐? 누구와 일하지?"

권총을 코앞에 들이댔음에도 불구하고 놈은 그저 웃기만 했다. 그리고 갑자기 입에서 거품을 뿜어냈다.

"약이라도 처먹은 거냐? 씨팔!"

놈은 몇 초 지나지 않아 손발을 벌벌 떨며 눈을 허옇게 까뒤집었다. 차성묵은 목에 손을 한 번 대보고는 털썩 주저앉아 놈의 주머니를 뒤졌다. 신분을 증명할 만한 것은 전혀 없었다. 애당초 기대도 안 했지만 실망스럽기는 마찬가지였다. 마지막으로 무전기와 총기의 종류를 확인하는데 하사가 다가서며 말했다.

"이놈 아까 중국어를 사용했습니다."

"중국어? 확실해?"

"예. 북경어였습니다."

"제기랄!"

그는 재빨리 죽은 놈의 어깨에 꽂힌 무전기를 빼 채널을 1번으로 돌렸다. 채널 3개짜리 싸구려 무전기였는데 채널은 2번에 고정되어 있었다. 만일 이놈이 상황을 보고했다면 달아난 놈들은 다른 채널을 사용할 것 같았다. 그런데 그의 기대와는 달리 무전기는 쥐 죽은 듯 조용했다. 3번으로 돌려도 마찬가지, 무전기 사용을 아예 중단해 버린 모양이었다. 그는 이를 갈아붙이며 짜증 스럽게 야시경을 벗어 던졌다.

"씨팔! 되는 일이 없네."

계곡을 가득 채우던 총성은 어느새 사라지고 나뭇가지를 스치 는 바람 소리만이 어지럽게 귓전을 헤집었다.

✝

지독하게 어두웠다. 사내는 실눈을 뜨고 어둠 속을 노려보았 다. 거의 완벽한 어둠, 몸을 틀자 뒤로 묶인 수갑이 손목을 조였 다. 끈적한 물기가 손목을 따라 흘렀다. 아마 피일 것이었다. 머 리끝까지 덮인 담요를 밀어내면서 어렵게 고개를 들었다. 지독한 두통이 관자놀이를 짓눌렀다. 두통이 워낙 심해서인지 이상하게 도 총상은 견딜 만했다.

맑은 공기를 한껏 들이켜면서 기억을 더듬었다. 가장 먼저 차 성묵이라는 이름이 떠올랐다. 차성묵은 190이 훨씬 넘는 키에 체 중은 100킬로그램에 육박하는 거구였다. 이마부터 뺨까지 훑어 내린 흉터와 '블러드 아이언'이라는 별명에 제대로 걸맞은 냉혹 한 킬러였다. 부하들을 너무 심하게 다루고 임무에 대해서는 수 단과 방법을 가리지 않는다는 명백한 단점이 있음에도 불구하고 차성묵은 여전히 최고의 자리에 있었다.

'육본이 박재영의 뒤를 봐준다? 환장하겠군.'

차성묵의 존재를 인지하지 못한 건 정말 치명적인 실수였다.

지나친 자신감 때문에 상대를 파악하는 데 소홀했고 그 결과는 참혹했다.

　일단 뒤로 묶인 팔을 조금씩 움직여 보았다. 경찰관들이 흔히 사용하는 기본형 수갑, 특수부대가 흔히 사용하는 스트랩이라면 꼼짝도 못했겠지만 다행히도 수갑이어서 잘하면 팔을 앞으로 뺄 수도 있을 것 같았다. 숙소에 남은 요원 둘은 그에 대해서는 관심이 없는 것 같았다. 두 사람 모두 현관 밖에서 서성거리며 오로지 무전기에만 귀를 기울이고 있었다. 아마도 그가 한동안 정신을 잃어서일 터였다. 일단 상체를 총상 반대쪽으로 눕혀 어렵지 않게 팔을 빼냈다.

　'미친놈치고는 아직 쓸 만하네.'

　그는 미간을 일그러트리며 웃었다. 40대 초반의 낡은 몸인데도 그런대로 움직인다는 생각, 옆구리의 총상만 아니라면 한두 놈 정도는 간단히 해결할 수 있을 것 같았다. 그러나 생각뿐이었다. 현실은 상체를 일으키는 데에도 이를 악물어야 했다. 겨우 몸을 일으켜 주변을 돌아보았다. 수갑을 풀 수 있을 만한 뾰족한 물건은 없었다. 보이는 거라곤 소파 한쪽 구석에 끼어 있는 대검 한 자루뿐이었다.

　당장은 이대로 달아나는 것이 최선, 잽싸게 대검을 챙겨 들고 현관 반대쪽으로 난 베란다의 유리문을 확인했다. 보안창살 같은 장애물은 없었다. 일단 밖으로 나가는 건 어렵지 않을 것 같았다. 소리없이 유리문을 통과하는 데까지도 어렵지 않게 성공, 그런데 베란다 밖의 높지 않은 난간이 문제를 일으켰다. 부상만 아니라

두 개의 태양

면 간단하게 넘을 난간에 시간을 너무 잡아먹은 것이었다. 게다가 뛰어내리면서 나뭇가지 몇 개를 부러트리기까지 했다. 곧장 현관문이 열리는 소리가 건너왔다.

'젠장!'

그는 무조건 가까운 숲으로 달렸다. 급박한 발자국 소리가 따라왔으나 무시하는 수밖에 없었다.

한선아는 자꾸만 중심을 잃었다. 몸을 가누기 힘들 정도의 코카인 주사를 맞고 한밤중에 숲을 달려야 하는 상황, 김태훈이라고 해도 결코 쉽지 않은 일이었다.

"안 되겠다. 어깨에 손 올려."

"……."

대답은 없었지만 그는 한선아의 손을 잡아끌어 어깨에 올리고 그녀의 옆구리를 반쯤 들었다. 그나마 다행인 건 코앞에 있는 작은 능선 하나만 넘으면 이 악전고투가 끝난다는 점이었다. 능선 너머는 비교적 평탄한 계곡이었고 두 사람이 타고 온 산악바이크 두 대는 능선부터 대략 5㎞쯤 떨어진 곳에 숨겨져 있었다. 그런데 앞서 가던 오정식이 갑자기 무릎을 꿇으며 주먹을 쥐어 보였다. 그는 반사적으로 자세를 낮췄다.

팍! 파팍!

세상에서 가장 음울한 소리가 고막을 때렸다. 탁한 총성, 분명히 소음기를 단 K—5의 총성이었다. 그리고 누군가의 비명이 잇달았다. 그는 서둘러 한선아를 내려놓고 오정식의 옆으로 달렸

블러드 아이언

다. 오정식이 산비탈 아래를 가리키며 말했다.

"아까 MP—5 휘두르다 체포된 사람인 것 같은데… 매복했다가 검은 전투복을 입은 경호원 둘을 공격했습니다. 총상을 입은 것 같던데 대단하네요. 지금은 끝났습니다."

오정식이 가리킨 자리에는 세 사람이 한꺼번에 뒤엉켜 쓰러져 있었다. 불과 50미터도 떨어지지 않은 가까운 거리였다.

"사고 칠 뻔했군."

김태훈은 가슴을 쓸어내렸다. 만일 양쪽 다 이대로 이동했다면 부딪힐 가능성이 상당히 높았다. 문제는 두 사람이 사용하는 야시경의 성능이 전투복을 입은 경호원들이 사용하는 야시경에 비해 턱없이 떨어진다는 점이었다. 당연히 이쪽이 먼저 상대를 발견할 가능성은 지극히 낮았고 그 결과는 보나마나 치명적이었을 것이었다.

"죽었나?"

"셋 다 움직이지 않습니다."

"확인하겠다. 넌 선아 데리고 먼저 바이크로 가라."

"네, 소령님."

뒷걸음질을 친 오정식이 한선아에게 다가가자 그는 날렵하게 산비탈을 미끄러져 내려갔다. 무엇보다 박재영을 암살하려 한 사람의 진면목이 궁금했다. 앞뒤 정황상 조폭들을 상대할 때 배정수라는 자의 뒤통수를 박살낸 사람일 가능성이 높았다. 만일 살아 있다면 어떤 식으로든 도와주고 싶었다. 거리가 가까워지자 마른 신음 소리가 먼저 신경을 건드렸다. 이어 역한 피비린내가

두 개의 태양

훅 끼쳐 왔다. 그는 가까운 나무에 기대 고개만 내밀었다. 불과 몇 미터 앞에 피투성이가 된 사내들이 널브러져 있었다. 한 명은 목 왼쪽에 대검이 깊숙하게 꽂혀 있었고 목을 움켜쥔 채 쓰러진 다른 하나는 아직도 분수처럼 피를 뿜어내고 있었다. 얼핏 보기에 목 앞부분이 횡으로 잘려 나간 것 같았다. 다른 하나는 수갑을 찬 채 피투성이가 되어 있었다. 다리와 어깨에 또다시 총상을 입은 것 같았다. 그는 경호원들의 손에서 권총을 빼앗아 허리춤에 꽂은 다음, 사내에게 다가가 목에다 손을 댔다. 숨은 남아 있었다. 그가 나직하게 말했다.

"이보세요, 일어날 수 있겠습니까?"

그가 어깨를 두드리자 사내는 어렵게 눈을 떴다. 그러나 사내는 대답 대신 고통스럽게 킥킥대며 웃었다.

"크크. 이거 영광이로군. 대한민국 비정규전 부대의 명실상부한 최강자 두 사람이 모두 나타났으니 말이야. 크흐흐."

"무슨 소립니까?"

"아직도 날 기억하지 못하겠나? 김태훈 소위."

"예?"

그는 재빨리 머릿속을 더듬었다. 아직도 그를 소위라고 부르는 사람은 많지 않았다. 임관을 전후해서 알던 사람이라는 뜻, 얼마 지나지 않아 사내의 이름이 기억 속에서 튀어나왔다. 어두운데다 언제나 덥수룩하던 턱수염이 사라져서 알아보지 못한 모양이었다.

"안필성? 안필성 교관님?"

"크흐. 그래. 이제야 기억이 나시는 모양이로군. 섭섭할 뻔했
어."

안필성은 그가 처음 임관했을 때 훈련을 맡은 4863교육대 교
관 중 하나였다. 그가 기억하는 가장 냉혹한 교관, 그러나 그가
네 번이나 총에 맞고도 아직 거리를 활보하는 건 안필성이 지독
스럽게 강요한 생존훈련 덕분이었다.

"교관님이 여기 웬일이십니까? 어쩌다 이렇게 된 겁니까?"

"크흐. 사연이 길어."

"어쨌든 일어나십쇼. 여기서 빠져나갑시다."

그가 부축하려 했지만 안필성은 대답 대신 밭은 기침을 토해냈
다.

"큭! 콜록!"

기침할 때마다 피가 튀는 게 느껴졌다. 안필성이 다시 몇 번 기
침을 한 뒤 말했다.

"소위나 빠져나가. 곧 놈들이 올라올 거다. 난 이 정도면 최선
을 다했어. 이제 먼저 간 동생에게 부끄럽지 않아. 크크."

"무슨 소립니까? 생존은 교관님의 종교 아닙니까. 실망시키지
마십쇼. 일어나세요."

"어려워. 출혈이 너무 심해. 지금은 일어나기는커녕 소위 얼굴
도 제대로 보이지 않는다. 그리고 난 도망가다가 죽고 싶지는 않
다. 그냥 내버려 둬. 어차피 죽어야 할 사람이다."

"헛소리 그만하고 일어나세요."

다시 일으켜 세우려 잡아당겼으나 안필성은 손을 뿌리치며 입

안에 고인 핏물을 입 밖으로 밀어냈다.

"난 살인을 했어. 대여섯 명쯤 되려나? 복수라는 명분으로 해서는 안 될 짓을 했지. 더구나 난 경찰관이야."

"전역하셨습니까?"

"그래. 좀 됐지. 어쨌거나 경찰관이 살인마가 됐으면 이래저래 죽어주는 게 낫지 않겠어? 흐흐. 그러니 그냥 놔두고 가라. 대신 마무리는 소위가 좀 해줘야겠어. 나가는 즉시 휘경 파출소에 가게. 가서 내 로커를 열어봐. 숙직실 복도에 있는데 가장 안쪽에 있는 게 내 거야. 내가 소장이거든. 후후."

안필성은 연신 피를 토해내면서도 끈질기게 말을 이었다.

"로커… 제일 위에 랜드로버 박스가 하나 이… 있는데 그걸 챙겨라. 박재영 그 개자식과 방대섭이란 새끼가 한 짓들이 날짜별로 기록되어 있다. 나름 정식 수사도 생각해 봤는데 후미진 동네 파출소장 신분으로는 언감생심 어림도 없더군. 그래도 열심히 뒤를 파봤는데… 여기저기서 이상한 것들이 자꾸 안테나에 걸렸어. 고위층 상당수와 일본이 개입되어 있더군. 오늘도 쪽바리 몇 놈을 봤어. 그러니 소위가 마무리를 좀 해주게. 누가 뭐래도 소위라면 가… 능할 거야."

"직접 하십쇼."

"시간 없어. 저놈들이 보고를 했으니 곧 차성묵이가 올라올 거다. 가라."

"차성묵? 육군첩보대 차성묵 중령이요?"

김태훈은 미간을 잔뜩 좁혔다. 그도 잘 아는 이름이었다. 국정원의 해외 비공식 작전에 주로 투입되면서 신상 자료가 철저히 베일에 가려졌던 그와는 달리, 아프가니스탄 북부에서 반군을 상대로 활동한 차성묵의 이름은 특수전부대 전반에 비교적 잘 알려져 있었다. 용맹하지만 난폭한, 그리고 대한민국 특수전부대의 스타라고 할 수 있는 이름이었다. 검은색 전투복을 입은 자들의 민첩한 움직임에 대한 설명도 깔끔하게 된 셈이었다. 그 차성묵이 지휘하는 최정예 육군첩보대가 이 별장에 나와 있다면 이건 정말 심각한 문제였다. 안필성이 다시 기침을 몇 번 한 다음, 힘겹게 말을 받았다.

"그래. 데려온 첩보대 요원들만 무려 10명이 넘더군. 소위도 알겠지만 그 친구 대단한 프로야. 당연히 데려온 아이들도 최고겠지. 보다시피 내가 겨우 둘을 감당하지 못했으니까 말이야."

안필성은 힘겹게 웃으면서 이미 피투성이가 된 자신의 하체를 내려다보았다.

"솔직히 말해볼까? 자네를 과소평가하는 건 아니지만 내가 시간을 끌어주지 않으면 소위도 절대 못 나가. 그러니 저것들 쓰던 권총이나 하나 쥐어주고 가라. 흐흐."

"차성묵 아니라 차성묵 할애비가 와도 동료를 두고 가진 않습니다. 업히십시오."

김태훈은 안필성의 팔을 어깨 위로 올리고 허리부터 들어 올리려고 했다. 그러나 안필성은 어깨 너머로 그의 허리 뒤춤에 꽂혀 있던 권총을 뽑아 들면서 결사적으로 그를 밀어냈다.

"집어치워! 이미 틀렸다는 거 알면서 왜 이래. 나더러 제자 발

두 개의 태양

목을 잡으라는 건가? 내가 내 머리를 쏘면 되나? 그런 거야?"

안필성은 총구를 관자놀이에 가져다 대면서 오만상을 찌푸렸다.

"쓸데없이 지치게 만들지 말고 가라, 훈련병. 내 상태는 내가 더 잘 알아!"

순간, 죽은 경호원의 무전기가 기분 나쁜 목소리를 흘려보냈다.

—이 중사! 어디냐?

"당장 가! 퉤!"

안필성은 악을 쓰면서 입안에 고인 핏물을 뱉어냈다. 김태훈은 어쩔 수 없이 한 걸음 물러서서 안필성의 몸 상태를 살폈다. 부상은 심각했다. 고문을 당했는지 온몸이 성한 데가 별로 없었고 허벅지를 비롯해서 치명적인 총상만 세 군데였다. 그리고 무엇보다 출혈이 엄청나게 심했다. 특히 총알이 동맥을 건드린 허벅지에서는 피가 섬뜩할 정도로 울컥울컥 솟구쳤고 손발은 이미 쇼크로 심하게 떨리고 있었다. 아직 살아 있는 것이 요행일 정도였다. 안필성에게 허락된 시간이 별로 없다는 뜻, 기껏해야 십 분이 전부일 것 같았다.

'제기랄……'

어차피 데려간다 해도 생존 가능성은 희박했다. 걷지도 못하는 사람을 업고 5킬로미터 가까운 산길을 이동하는 것도 사실상 자살 행위나 마찬가지였다. 당장 마약에 취한 한선아 하나도 건사하기가 쉽지 않은 판국이고 시간도 너무 없었다. 이만한 총격전이 벌어졌으면 얼마 지나지 않아 인근 지역 전체가 차단될 터, 차라리 차성묵에게 신병을 넘겨주는 편이 살아남을 확률이 더 높았다.

김태훈은 물끄러미 안필성의 눈동자를 노려보다가 거수경례를 했다. 지난 몇 년간 까맣게 잊어버렸던 손가락 몇 개를 이마에 붙이는 동작, 의미없는 짓이지만 하고 싶었다.

"마무리는 하겠습니다."

"고맙군. 잘 가라. 지옥에서 보자."

그는 이를 악물며 등을 돌렸다. 생각할 수 있는 가장 이성적인 판단을 내렸지만 입안에서는 주체할 수 없을 만큼 욕설이 떠돌았다.

✝

김태훈의 시커먼 실루엣은 유령처럼 사라졌다. 안필성은 흐려지는 의식을 필사적으로 부여잡고 무전기를 끌어당겼다. 무전기에서는 죽은 이 중사를 찾는 목소리가 계속 흘러나왔다. 그가 무전기에 대고 끓는 목소리를 냈다.

"어이, 차성묵 중령. 내보기엔 그 친구 죽었어. 생각보다 실력이 부족하더군. 훈련을 좀 더 시켜야 하는 거 아닌가? 어쨌든 시체는 보관해 둘 테니 직접 와서 가져가게. 본관 동쪽 야산 중턱에서 기다리지. 흐흐흐."

시간을 끌어보겠다는 생각, 죽은 친구가 추격 방향을 이야기했을 테니 저 노련한 늑대가 엉뚱한 방향을 선택할 리는 없었다. 그러나 이렇게 하면 김태훈이 다만 몇 초라도 벌 수 있을 것 같았다. 아니나 다를까 차성묵의 차가운 목소리가 건너왔다.

—누구냐? 나를 어떻게 알지?

"나? 죽은 친구들의 상태를 보면 내가 누군지 알 것 같은데?"

—아까 총질하던 놈이냐?

"간만에 몸을 좀 풀었더니 피곤하군. 늦으면 자리 뜰 테니 서두르는 게 좋을 거야. 흐흐. 아웃."

할 말을 끝낸 그는 그냥 무전기를 떨어트렸다. 최대한 힘을 아껴야 방아쇠를 한 번이라도 더 당길 터였다.

10분 가까이 시간이 흐른 뒤에야 멀리서 발자국 소리가 들려왔다. 이만하면 시간은 제법 번 셈이었다. 발자국 소리가 조금 더 가까워지자 그는 권총에 꽂혀 있던 소음기를 빼내고 필사적으로 상체를 일으켜 나무에 기댔다. 눈앞에 시체들이 보였다. 애꿎은 목숨들, 잘못된 선택의 대가를 목숨으로 치른 셈이었다.

"미안하군. 원래 박재영이 같은 놈하고 어울리면 끝이 안 좋아. 후후."

비릿하게 웃은 그는 가까이 있는 시체의 가슴에 대고 가차없이 방아쇠를 당겼다.

쾅!

탄피가 튀면서 작은 여운을 만들었다. 이것으로 이목은 충분히 끈 셈, 3발을 쏜 총이니 탄창에는 9발이 남아 있을 것이었다. 마지막 한 발만 남겨두면 깨끗한 마무리는 가능했다. 이제 기다리기만 하면 그만이었다. 잠시 사라졌던 발자국 소리가 흐릿하게 바람을 타고 넘어왔다. 거리는 대략 50미터 남짓, 죽은 친구들의 무전기에서 칙칙 소리가 났다. 미끼는 확실했다. 최소한 하나둘쯤은 지옥행에 동반할 수 있을 것 같았다.

멀지 않은 곳에서 다시 바스락 소리가 났다. 이어 낙엽이 부서지는 소리가 들렸다. 그는 희미하게 웃었다. 이런 환경에서라면 야시경 없이도 얼마든지 상대해 줄 수 있을 것 같았다. 어렵게 숨을 들이켰다. 다시 바스락 소리, 이번엔 더 가까웠다. 그는 권총을 가슴에 올린 채 움직임을 멈췄다. 비탈 아래 잡목들 사이로 검은 그림자가 어른거렸다. 다시 무전기에서 치직거리는 소리가 들렸다. 죽은 동료들의 위치를 확인하려는 것일 터였다. 실눈을 뜬 채 그대로 기다렸다. 이마에 레이저 조준선 서너 개는 집중되어 있을 테지만 움직일 기력이 없으니 이게 최선이었다. 급기야 호흡 소리가 느껴졌다. 그리고 시커먼 그림자 하나가 조심스럽게 다가왔다.

쾅!

그는 순간적으로 권총을 쥔 손만 들어 올려 그림자의 이마 한 가운데를 조준해 방아쇠를 당겼다. 그림자는 어깨쯤에 총탄을 맞고 무너졌다. 7, 8미터도 안 되는 가까운 거리임에도 불구하고 조준이 마음 같지 않았다. 상관은 없었다. 곧장 총구를 돌려 발자국 소리가 나는 쪽에다 몇 발을 더 쐈다. 그리고 잡목 사이에서 반짝이는 섬광이 보였다. 그것이 기억의 끝이었다.

CHAPTER 7
이중 노출

"누군지는 알아냈느냐?"

"……."

다이아몬드가 박힌 롤렉스를 만지작거리며 창밖을 내다보는 박일선의 목소리는 예상외로 부드러웠다. 그러나 박재영은 선뜻 대답을 내놓지 못했다. 박일선의 목소리가 가라앉을 때는 분노가 극에 달했을 경우였다. 뻔한 대답을 꺼냈다가는 자칫 역효과를 낼 수 있었다. 소나기는 피해 가는 것이 상책, 그가 입을 다물자 박일선이 위스키 잔을 내려놓으며 돌아섰다.

"중국어를 쓰는 자들이 있었다면서?"

"일본 대사관 차량을 습격한 놈들은 중국인인 것으로 보입니다. 일단 중국 대사관과 안산, 인천 차이나타운에 사람을 풀었습니다. 따로 김준국 검사에게 최근 입국한 중국 외교관과 중국인들에 대한 조사도 의뢰했고요."

"네 별장에 들어와 총질을 한 놈과 한패더냐?"

"확실치 않습니다. 지문을 확인하고 있으니 곧 신원이 밝혀질 겁니다."

박재영의 풀 죽은 얼굴을 물끄러미 건너다본 박일선이 희미하게 웃으며 고개를 가로저었다.

"쯧쯧. 진짜 필요한 조치는 그게 아니야."

"예?"

"시간 여유는 있다. 어차피 파일을 열어보려면 하루 이틀로 안 돼. 별도 하드웨어도 필요하고 패스워드도 만만히 풀 수 있는 게 아니야. 최소한 닷새는 걸린다고 들었다. 그러니 물건이 해외로 빠져나가기 전에만 찾아내라. 가능한 모든 정보 조직의 지원을 얻어야 한다. 방법은 굳이 거론하지 않겠다."

"알겠습니다."

무겁게 대답한 박재영은 아랫입술을 잘근잘근 깨물며 소파에서 일어섰다. 지난 몇 년 자신만의 인맥이 빠르게 불어났고 사세 역시 기하급수적으로 급성장해서 전에 없이 자신감은 붙어 있었다. 그러나 여전히 아버지의 그늘은 컸다. 실제로 여기서 한 발만 잘못 디디면 재수없는 매제 놈이 차고 올라올 가능성이 상당히 높았다. 매제라는 간판을 달고 무혈입성한 이 시건방진 놈은 벌써 우일신문 편집국장 자리를 꿰차고 있었다. 물론 적통인 그가 출발부터 유리한 입장에 서 있다는 건 부동의 사실이지만 이런 상황에서는 무조건 조심해야 했다. 그는 깊숙이 고개를 숙인 다음 두말없이 방을 나섰다. 일단 수습이 급했다.

박재영은 본관부터 저택 정문까지 늘어선 오래된 소철나무 한 그루 한 그루를 꼼꼼히 기억 속에 새겨 넣으며 천천히 걸어서 내려갔다. 언젠가는 자신의 집이 되어야 할 곳, 위성사진으로도 쉽게 찾을 수 있는 동작동의 3,800평짜리 거대한 저택은 공시지가만으로도 간단히 200억을 넘어섰다. 물론 시가로 따지면 '0' 하나는 더 붙여야 했다. 다른 건 몰라도 그룹회장 자리와 이 저택만은 절대 양보할 수 없는 마지노선이었다. 저택 정문이 열리고 자신의 벤츠가 조용히 따라붙자 서너 발짝 처져 있던 수행비서가 재빨리 다가와 전화기를 내밀었다.

"차 중령입니다."

전화기를 받아 든 그는 약속이나 한 것처럼 멈춰 선 벤츠 뒷자리에 올라타며 기사에게 짧게 지시했다.

"육본으로 가자."

"예, 사장님."

수행비서가 재빨리 조수석으로 올라타고 벤츠가 움직이기 시작한 다음에야 박재영은 전화기에다 목소리를 냈다.

"진전이 있나?"

[하나가 아니더군요. 최소한 둘입니다. 혼란의 와중에 일어난 일이라 정황 자체가 확실치 않지만 사장님이 말씀하시던 그 친구일 가능성이 높습니다. 북동쪽 야산 너머에서 산악바이크의 흔적이 확인됐습니다. 준비해 둔 것으로 보이더군요.]

"확실히 그놈이겠군. 됐어. 중국 놈들을 찾아내는 건 내가 할 테니 일단 자네는 그놈하고 내 암살 기도 사건을 처리하게."

[누군지 알 것도 같습니다.]

"알아?"

[저녁에 MP—5를 휘두르다 체포된 놈은 분명히 제 이름을 알고 있었습니다. 제 이름을 알고 있다면 출신 자체가 특수부대일 가능성이 높습니다. 그런데 데려간 여자하고 같이 있던 친구 이름이 김태훈이라고 하더군요. 맞습니까?]

"그렇게 들었어."

[제가 아는 이름입니다.]

"알아? 도대체 뭐 하는 놈이야?"

[만일 제가 아는 김태훈이 맞다면 상황은 별로 좋지 않습니다. 만만한 상대가 아니니까요.]

"재수없군. 어쨌든 확실히 처리하게."

[다시 전화드리죠.]

차성묵은 무뚝뚝하게 전화를 끊었다. 박재영은 조수석에 탄 비서와 운전기사를 내리라고 명령한 다음 다시 전화를 걸었다. 이번엔 차분한 목소리가 건너왔다.

[여보세요.]

"이 차장, 박재영이올시다.

[아! 박 사장님. 지난번엔 감사했습니다.]

"별말씀을. 돕고 살아야지요. 그건 그렇고… 부탁이 있어서 전화를 했어요."

[말씀하십쇼.]

"전화로 자세한 이야기는 좀 그렇고… 오늘 중으로 사람을 보내겠소. 날 노리는 세력이 있는 것 같아서 말이오. 배경을 좀 알아봐 줘야겠어요."

[그래요? 일단 알겠습니다. 신경 쓰죠.]

"그리고… 국내에 들어와 있는 중국 정보요원들에 대한 감시를 강화해 주셔야겠어요. 중국 아이들이 또 국가안보에 관련된 물건을 빼돌린 것 같소. 이번엔 산업 비밀 정도가 아니에요. 신경을 많이 써야 할 겁니다."

[또 중국이라… 신경 쓰겠습니다.]

"고맙소. 이번 일 끝나고 나면 멋지게 술 한 잔 하십시다. 자리를 만들어보지요."

[감사합니다.]

"수고하시오."

그는 천천히 전화를 끊고 비서에게 손짓을 하고는 잔뜩 찌푸린 한강변의 새벽하늘에 눈길을 던졌다.

'수습은 어렵지 않아! 아무렴! 그래야지!'

다짐하듯 자신을 설득하는 사이 정문을 빠져나온 벤츠는 날렵하게 강변도로로 올라서서 동작대교를 향해 속도를 올리기 시작했다.

서울로 돌아온 김태훈은 코카인 후유증에 시달리는 한선아를 이현주에게 맡겨놓고 오정식과 함께 휘경동으로 직행했다. 수십 명이 죽어나간 총격전도 심각한 문제지만 대한민국 육군첩보대 최강의 공격부대가 그 자리에 있었다는 것이 더 큰 문제였다. 단순한 납치나 살인의 문제가 절대 아니라는 뜻, 무엇보다 전후사정을 파악하는 것이 급선무였다. 그리고 저쪽이 안필성의 신원을 파악하기 전에 다이어리를 빼오고 싶었다.

"숙직실에는 아무도 없는 것 같습니다. 2층은 방범창도 없고요."

오정식이 야시경에서 눈을 떼지 않은 채 말했다. 파출소는 적갈색 벽돌로 지어진 2층짜리 건물로 수배 전단 몇 장이 붙은 대민게시판이 건물 오른쪽의 키 작은 나무들 앞에 서 있었다. 게시판 바로 위에 보이는 창문 역시 방범창이 없었다. 24시간 근무자가 있다 보니 다른 파출소나 마찬가지로 보안 설비는 허술했다.

"대기해라. 별일은 없겠지만 주변 상황에서 눈을 떼지 말고."

오정식은 고개만 까딱해 보였다. 그는 로프를 오정식에게 넘겨주고 느린 걸음으로 좁은 왕복 4차선 도로를 건넜다. 만약에 대비해서 로프를 준비했지만 2층 창문까지의 높이가 겨우 3미터에 불과해서 그냥 진입을 시도하기로 결정했다. 게시판을 지지하는 구조물을 이용하면 얼마든지 가능했다.

그는 자연스럽게 파출소 앞을 지나가면서 유리문 안으로 파출소 내부를 살폈다. 내부는 상당히 시끄러웠다. 새벽 6시가 넘은 시각인데도 대여섯 명의 취객들이 길길이 목소리를 높이고 있었다. 당연히 밖의 상황에 신경 쓰는 사람은 아무도 없었다. 그는 자연스럽게 건물과 게시판 사이로 들어가 자세를 낮췄다. 아직

어두운데다 건물 사이로 완전히 들어선 자리여서 다른 사람의 눈은 걱정할 필요가 없었다.

몇 발짝 뒤로 물러섰다가 게시판 아래의 1미터 남짓한 벽돌담을 차고 점프해서 단숨에 2층 창문 난간으로 올라섰다. 창문은 허름한 미닫이, 그러나 안에서 잠겨져있어서 그냥 열기는 곤란했다. 그는 권총 손잡이로 유리창 한쪽 구석을 툭 쳐서 깨트려 버렸다. 크지 않은데다 바로 안쪽이 책꽂이여서 어수선한 아래층까지 들릴 만한 소음은 아니었다.

그는 어두운 실내로 들어서자마자 낮게 한숨을 내쉬었다. 완전히 좀도둑이 된 느낌, 요 며칠은 툭하면 불법침입이요, 손만 대면 도둑질이었다. 오늘은 급기야 경찰서까지 터는 판이었다. 거기다 모든 것이 즉흥적이고 주먹구구였다. 시간이 촉박해서 어쩔 수 없다고 자위할 수는 있겠지만 그럴 듯한 핑계는 절대 아니었다.

'휴… 꼴이 말이 아니로군.'

그는 방문을 열고 복도의 상황부터 확인했다. 대략 20미터쯤 되는 복도는 후줄근한 철제 로커들로 한쪽 벽을 채워놓고 있었다. 반대편은 활짝 열린 화장실과 샤워실, 다행히 안에는 아무도 없었다. 그런데 복도 반대쪽 계단에서 발자국 소리가 들려왔다. 그는 재빨리 문 뒤로 몸을 숨겼다.

"야, 최 순경. 소장님 어떻게 된 거야? 그 양반 요즘 무슨 일 있나? 바빠 돌아가시겠는데 종일 코빼기도 안 비치네. 씨팔."

"그러게 말이다. 오늘따라 온 동네 주정뱅이들이 모조리 들이닥쳐서 개지랄이네. 네미럴. 저것들 대충 훈방하고 끝내자. 피곤

이중 노출

해 죽겠다. 오늘 조서만 29개째다.”

“도와줄 거냐?”

“그래. 조서고 뭐고 대충 제끼자. 힘들어서 도저히 더 못 버티겠다. 방범들도 좀 쉬어야지.”

“좋아. 그럼 나 샤워 좀 하고 내려갈 테니까 10분만 버텨라.”

“오케이. 참! 좀 전에 수배 명단 하나 더 내려왔다. 공개수배는 아닌데 김태훈이라고 한국자동차 직원이라더라. 인천공항에 테러 위협을 했다는데 공금도 무려 50억인가 횡령했단다. 그런데 희한하게 사진은 없더라. 어쨌든 너도 좀 봐둬.”

“젠장. 그 자식 재주도 좋네. 일단 알았다. 이따 내려가서 함 보지 뭐. 수고.”

로커를 몇 번 여닫는 소리가 나더니 다시 조용해졌다. 이어 계단을 내려가는 발자국 소리와 물소리가 들려왔다.

‘수배라… 진짜 골치 아파지는군.’

잡생각을 털어버린 그는 지체없이 로커에 달라붙었다. 워낙 오래된 로커여서 여는데 삐꺽거리는 소리가 생각보다 커서 신경이 쓰였지만 문제는 없었다. 안필성의 로커를 찾는 것도, 랜드로버 박스를 찾는 것도 전혀 어렵지 않았다. 그는 박스를 재빨리 배낭에 집어넣고 곧장 창문을 통해 밖으로 나왔다.

가랑비가 뿌리기 시작하는 도로에는 여전히 사람이 없었다. 새벽 출근을 서두르는 몇 사람만 눈에 띄는 정도였다. 그가 길을 건너자 오정식도 어둠 속에서 벗어나 4거리 두 개가 겹친 대로를 건넜다. 대로 건너편에서 만난 두 사람은 곧장 어두운 골목으로

두 개의 태양

스며들었다.

✝

안성욱 중사와 눈길을 주고받은 오명철 중위는 권총에 소음기를 끼우면서 앞서가는 사내들을 따라 차분하게 움직였다. 헛걸음을 각오하고 나왔는데 오자마자 대박을 터트린 모양새, 이대로 7, 8분만 더 버티면 차성묵이 요원들을 데리고 나타날 터였다.

안필성이라는 자가 근무하던 파출소에서 무언가 훔쳐 가지고 나왔다면 보나마나 관련이 있는 놈들이었다. 저쪽도 둘이고 이쪽도 둘이니 충분히 제압할 자신이 있었지만 중령의 신신당부가 발목을 잡았다. 상대가 상대이니만큼 단독 행동을 하지 말라는 것, 넋 놓고 따라가야만 하는 상황이 불쾌했으나 명령은 명령이었다.

놈들은 출근하는 회사원처럼 전철역으로 올라갔다. 오명철은 사내들을 시야에서 넣은 상태로 권총을 허리춤에 끼워 넣고 지갑을 꺼냈다. 놈들은 일회용 카드를 사고 있었다.

'씨팔. 귀찮게 하는군. 저거 설치하면서 큰 돈 번 놈 하나 생겼겠지? 염병.'

미행의 와중이라 지독하게 짜증스러웠다. 사실 자주 전철을 이용하지 않는 사람이나 기계에 익숙하지 않은 노인들에게도 엄청나게 불편한 제도였다. 요금과 별도로 500원을 더 내고 카드를 샀다가 내릴 때 반납하고 돈을 돌려받는 건 절대 고객의 편의를 생각하는 제도가 아니었다. 흔적을 남기기 싫을 테니 자신이 놈

들의 입장이라도 신용카드를 사용하지는 않을 터, 일단은 기다리
는 수밖에 없었다.

　오명철은 투덜거리면서 계단 아래에서 담배를 빼물었다. 개찰
구 근처에서 어정거릴 수도 없고 목적지를 확인한답시고 놈들 바
로 뒤에 붙어서 카드를 살 수도 없는 노릇이었다. 놈들이 바보가
아니고서는 목적지까지 표를 끊지 않을 터였다. 놈들이 지폐를
기계에 넣기 시작하자 그는 불도 붙이지 않은 담배를 쓰레기통에
던지고 계단을 올라갔다.

　그가 역사에 발을 올려놓을 즈음, 카드를 받은 놈들이 개찰구
를 통과해 철로로 내려갔다. 그는 몇 초 간격을 두고 개찰구를 통
과했다. 아직은 미행에 대해 신경을 쓰는 것 같지 않았다. 빠른
걸음으로 계단 초입으로 다가가 계단 아래를 내려다보았다.

　'응?'

　놈들은 시야에 없었다. 회사원으로 보이는 몇 사람만 철로 근
처에서 서성대고 있었다. 그는 권총을 빼내 점퍼에 숨기면서 재
빨리 계단을 내려갔다. 아직 열차가 오지 않았으니 플랫폼을 벗
어나지는 못했을 것이었다.

　—성북행 열차가 들어오고 있습니다. 승객 여러분께서는 한 걸
음 뒤로 물러나 주십시오.

　시끄러운 소음이 쏟아졌다. 그는 수신호로 반대쪽을 가리켰다.
안성욱이 계단 반대쪽으로 이동하자 그는 바짝 긴장한 채 계단과
철로 사이를 걸었다.

　'젠장!'

좁은 통로에서 청소 용역회사 작업복에 대걸레를 든 아주머니와 마주쳤다. 최대한 자연스럽게 철제 펜스 바깥쪽으로 돌아 이동했다. 10미터 이상 전진했지만 놈들은 여전히 보이지 않았다. 굉음을 뿜어낸 열차가 플랫폼으로 들어와 속도를 줄이기 시작했다.

'어디냐?'

미행만 하라는 명령을 받았지만 이대로 마주치면 제압하는 수밖에 도리가 없었다. 열차 바로 옆에 우뚝 서서 내리고 타는 사람들을 주시했다. 내리는 사람은 없고 대여섯 명이 올라탔다. 놈들은 역사 안에 남아 있었다. 열차 문이 닫히는 데까지 걸리는 10여 초가 한없이 길게만 느껴졌다.

—출입문 닫습니다.

문이 닫혔다. 닫히는 순간까지도 놈들은 보이지 않았다. 텅 빈 플랫폼을 뚫고 열차가 움직이기 시작했다. 그런데 굉음 속에 나직한 신음 소리가 섞여 나왔다.

'응?'

사람의 목소리는 전쟁터의 무지막지한 소음 속에서도 들린다. 분명 사람의 소리였다. 그는 권총을 빼 들고 구조물 아래를 통해 반대쪽 철로로 번개같이 뛰었다. 순간 계단 구조물 사이에서 시커먼 그림자가 튀어나왔다. 그는 거의 반사적으로 그림자의 얼굴을 팔꿈치로 찍었다. 무언가 부딪히는 느낌, 그러나 놈은 유령처럼 자세를 낮추면서 그의 아랫배에 일격을 가해왔다.

"탓!"

이중 노출

허리를 꺾어 최대한 충격을 줄이면서 놈의 힘을 이용해 뒤로 몸을 날렸다. 공중에 뜬 채 놈을 쏴버릴 생각, 하지만 몸은 뜻대로 따라오지 않았다. 놈이 그의 총 든 팔을 잡아챈 것이었다. 순간적으로 중심을 잃어버리고 비틀거리는 사이 놈의 강력한 훅이 안면으로 날아왔다.

"크악!"

우드득!

반사적으로 훅은 피했지만 잡힌 팔 관절이 통째로 부러져 나갔다. 무서운 통증이 솟구치고 이어 사지가 허공으로 붕 떠올랐다. 다음은 뒷머리에 쏟아진 강력한 충격이었다. 순간적으로 정신을 잃은 느낌, 정신을 차리기는 했지만 목줄기가 지독하게 갑갑했다. 누군가에게 목이 눌린 것 같았다. 다리를 들어 놈의 상체를 노렸으나 역부족이었다. 밖으로 꺾여 버린 팔은 어차피 무용지물, 어느새 이마 한가운데로 얼음장처럼 차가운 총구의 아득한 서늘함이 몰려왔다. 무시무시하게 가라앉은 목소리.

"별장에서 너희들이 체포했다가 놓친 사람은 어떻게 됐지? 죽었나?"

그는 무의식적으로 고개를 끄덕였다. 놈의 입에서 끓는 소리가 났다.

"제기랄……."

잠깐의 불안한 침묵이 흐른 뒤 놈이 차분해진 목소리로 말했다.

"차성묵에게 전해라. 지저분한 일에 엮여서 경력을 망치지 말

두 개의 태양

라고."

"……."

그는 대답하지 못했다. 놈은 아주 자연스럽게 그의 귀에 꽂힌 무전기를 뽑아 들고 일어섰다. 가슴과 목에 가해지던 지독한 압박도 사라졌다. 그런데 손발은 전혀 움직여지질 않았다. 숨을 쉬는 것도 여전히 고통스러웠다. 힘겹게 고개를 돌렸지만 유령처럼 물러선 놈은 어느새 시야에서 사라지고 없었다.

김태훈은 곧장 철로로 뛰어내려 허름한 고시텔 건물 옆에 있는 낮은 담장을 간단하게 뛰어넘었다. 철로 옆에 붙은 관광버스 주차장은 차츰 굵어진 비로 아득하게 넓어 보였다. 신속하게 관광버스들 사이로 스며들어 숨겨둔 오토바이에 올라탔다.

그릉!

낮게 으르렁거린 오토바이는 빠르게 주차장을 빠져나왔다. 시간을 더 지체하면 차성묵의 본대와 맞닥트릴 가능성이 높다는 판단, 그러나 그 시간은 이미 지나가 있었다. 두 사람의 오토바이가 막 도로로 나서는 순간, 느닷없이 짙은 회색 밴 한 대가 골목에서 튀어나와 앞을 가로막았다. 옆문이 열리면서 시커먼 전투복 차림의 사내들이 우르르 튀어나왔다. 곧장 총구화염이 명멸했다.

끼아악!

먼저 가던 오정식이 쓰러지면서 오토바이로 사내들을 밀어붙였다. 멋진 임기응변, 횡으로 쓰러진 오토바이가 밴까지 쇄도하는 사이 바닥을 뒹군 오정식은 권총을 뽑아 들며 일어섰다. 놀란

이중 노출

사내들이 흩어지고 오토바이가 밴 밑바닥으로 처박혔다. 다만 몇 초라도 시간을 번 모양새, 그러나 거리는 20여 미터에 불과했다. 여유는 잘해야 몇 초였다. 반사적으로 브레이크를 잡는 사이, 총탄이 오토바이 앞 유리에 비스듬히 틀어박혔다. 놈들은 가차없이 총부터 쏘아대고 있었다.

'제기랄!'

김태훈은 스턴트하듯 제자리에서 180도 회전하면서 절묘하게 쓰러진 오정식 옆에다 오토바이를 세웠다.

"타!"

티딕! 틱!

오정식은 사내들을 향해 두세 발 번개같이 쏘아붙이면서 뒤로 올라탔다. 지체없는 가속, 오토바이는 무지막지한 굉음을 토해내며 버스 사이를 달렸다.

피핑!

날카로운 소닉붐을 토해낸 총탄이 잇달아 머리 위를 스쳤다. 줄줄이 터져 나간 버스 유리창들이 눈송이처럼 유리조각을 휘날렸다. 무차별 사격이라는 이야기, 상대는 인정사정 보지 않았다. 철길을 따라 난 복잡한 골목으로 오토바이를 밀어 넣고 스로틀을 최대로 당겼다. 삽시간에 시속 80㎞, 밴은 아직 백미러에 보이지 않았다. 골목 두 개를 지나서 철로 아래 지하차도로 방향을 틀었다.

크르릉!

오토바이는 지하도를 통과하면서 귀가 멍멍할 정도로 가속소음을 토해냈다. 일단 탈출에는 성공한 것 같았으나 상황은 기대와 달랐다. 지하도를 나오기가 무섭게 직진도로에서 검은색 밴이 나타난 것이었다. 고민할 이유는 없었다. 그대로 방향을 틀어 철로를 따라 북쪽으로 내달렸다.

와장창!

노변에 주차되어 있던 SUV의 유리창이 박살나면서 한꺼번에 헬멧 보안경으로 쏟아졌다.

—북쪽! 우체국 쪽이다! 추격해!

귀에 꽂아놓은 놈들의 무전기에서 다급한 고함 소리가 터져 나왔다.

김태훈은 회기동의 좁고 복잡한 골목길에서 차성묵의 추격을 뿌리치고 제기동으로 빠져나왔다. 제기동 일대에서도 한동안은 사이렌 소리가 악착같이 따라왔지만 계단 몇 군데를 내리달리고 왕십리 쪽으로 방향을 잡은 뒤에는 추격이 중단된 것 같았다. 그는 왕십리역 입구 기둥이 보이자 길가에 오토바이를 세웠다. 오정식의 상태를 확인하고 싶었다.

"괜찮냐?"

"두 발 맞았는데 한 발은 방탄복 위라 괜찮습니다. 나머지 한 발은 다리에 살짝 스친 것 같습니다."

"출혈은?"

"지혈했습니다. 심하진 않습니다."

와중에 혼자 지혈까지 한 듯 핏기는 별로 보이지 않았다. 그러

이중 노출

나 상처는 작지 않아 보였다.

"이만하길 다행이다. 오토바이는 버리고 돌아가자. 구매한 이름 정도는 금방 확인할 거고 바로 수배될 거야. 조만간 숙소도 바꿔야 할 것 같다."

"그렇겠죠."

"넌 병원 응급실부터 들렀다가 좀 쉬어라. 오늘 중으로 새 숙소를 몇 군데 마련하자. 복잡한 동네에 있는 개인 주택이나 인적 드문 창고 정도 몇 개 구해라. 저녁에 움직이자."

"알겠습니다."

"일단 뜨자."

두 사람은 헬멧은 물론 장갑까지 벗어서 길가 식당 건물의 틈새에다 던져 버리고 전철로 몇 정거장을 이동한 다음 따로 택시를 탔다. 조금씩 굵어지던 빗발은 차츰 폭우로 변해가고 있었다.

✝

"오빠!"

호텔로 들어서자마자 한선아가 붉게 상기된 얼굴로 뛰어나왔다. 옷은 평상복으로 갈아입었지만 얼핏 보기에도 아직 약 기운이 가시지 않은 것 같았다. 달려드는 한선아를 엉겁결에 안아 든 채 이현주에게 시선을 돌렸다. 이현주가 고개를 가로저었다.

"아직도 흥분한 상태예요."

"골치 아프군."

강력한 중추신경흥분제인 코카인은 보통 코로 분말을 흡입, 코의 점막을 통해 분말을 혈류에 흡수했다. 보다 강력하고 빠른 효과를 원하는 사람들의 경우에만 주사제를 사용했다. 그러나 주사제의 경우에는 약효의 지속 시간이 짧았다. 그런데 벌써 12시간이 지났는데도 한선아는 흥분 상태를 벗어나지 못했다. 결국 사용한 분량이 정말 많았거나 다른 약을 같이 썼다는 뜻이었다.

"샤워는 시켜봤어?"

"안 하겠답니다."

"젠장. 수고했다. 현주 넌 병원 가서 정식이하고 같이 움직여라. 폭우에 총상까지 입어서 많이 지쳤을 거다. 명색이 애인인데 가봐야지. 현금도 좀 가져가고."

"감사합니다, 소령님."

"존칭 치워라. 앞으론 그냥 팀장 정도로 부르자. 어서 나가봐."

"예."

이현주가 서둘러 호텔을 나서자 그는 한선아를 안은 채 그대로 샤워실로 들어갔다. 욕조에 물을 받으면서 한선아의 등을 툭툭 두드렸다.

"씻고 정신 차려라."

"다시는 혼자 두고 가지 마."

엉뚱한 대답, 한선아는 목을 감은 팔을 풀 생각이 없는 것 같았다.

"약속해요. 다시는 혼자 두지 않는다고."

"그래, 그래. 알았다. 일단 약 기운부터 없애. 오늘 숙소 옮겨야 할 것 같다.”

“복잡한 이야기하지 마요. 지금은 그냥 이렇게 있어줘요.”

그는 어깨 너머로 욕조를 힐끗 쳐다보았다. 욕조의 물이 반쯤 차오른 것 같았다. 그는 한선아의 팔을 억지로 목에서 떼어낸 다음 그냥 욕조 속에다 떨어트려 버렸다.

“앗!”

한선아가 뾰족하게 비명을 토해냈지만 깨끗이 무시하고 욕실을 나와 버렸다. 씻고 나면 조금이나마 정신을 차릴 것 같았다.

거실로 나오자마자 젖은 옷가지를 대충 벗어 던지고 털썩 소파에 걸터앉았다. 온몸이 아득하게 가라앉는 느낌, 48시간 넘는 강행군의 뒤끝이었다. 당연히 엄청나게 피곤했다. 새 담뱃갑을 뜯어 한 개비를 뽑은 다음, 불을 붙이면서 등받이에 몸을 기댔다.

‘제기랄!’

식은 커피를 마시다 목에 걸린 것 같은 더러운 기분이었다. 일이 터무니없이 커지고 있었다. 발끝에 차이는 배낭에서 랜드로버 박스를 꺼내 탁자 위에 놓고 뚜껑을 열었다. 박스 안에 들은 건 얄팍한 검은색 다이어리와 대봉투 하나가 전부였다. 그는 다이어리부터 펼쳤다. 다이어리의 기록은 지난 6월 21일이 시작이었다. 그런데 시작부터 황당한 기록이 눈길을 잡았다.

하나뿐인 동생 미연이를 위해서, 세상이 살인마라고 손가락질을 하더라도.

'환장하겠군. 안미연? 하나뿐인 동생?'

첫 페이지는 안미연이 자살하면서 남긴 유서를 그대로 옮겨놓았고 세간의 의혹이 집중되었던 권력자 6명의 이름을 비롯해 이들을 접대했던 시간과 장소가 비교적 상세하게 기록되어 있었다. 확증이라고 하기엔 많이 부족하지만 관련자들의 증언은 상당히 구체적이고 신빙성이 있었다. 6명 전부 정치인이나 검경 고위층으로 뒤에는 박재영과 방대섭의 이름도 보였다. 박상정, 배정수 등 다섯 사람을 납치, 살해한 기록도 날짜별로 신분과 나이까지 꼼꼼하게 정리되어 있었다. 그런데 사망자 명단의 가장 앞에 있는 이름이 엉뚱하게도 교육과학기술부에 근무하는 2급 공무원이었다.

'이영학? 교육과학기술부?'

얼핏 생각해도 앞서 거론된 거물들과는 전혀 어울리지 않는 신분, 더구나 2급이면 고급 공무원이라고 하기도 어려워서 박재영 같은 자들과 술자리를 같이했다면 분명 다른 이유가 있을 터였다. 이미 죽은 사람이지만 배경 조사는 꼭 필요할 것 같았다. 일단 이름 석 자만 기억해 두고 다음으로 넘어갔다.

이어진 기록은 안미연이 자살한 이유였다. 말 그대로 참혹한 기록, 소속사의 강요로 3년 이상 고위층의 술자리에 끌려 다녔는데 6개월 전쯤에 박재영과 몇 번 잠자리를 한 뒤에 덜컥 임신을 해버리고 말았다. 뒤늦게 임신 사실을 알게 된 박재영과 소속사 사장이 낙태를 강요했으나 안미연은 단호하게 거절했고 다급해진 박재영은 방대섭에게 상황을 설명하고 협조를 구했다. 애당초 방대섭을 통해 섭외를 했으니 수습도 방대섭의 몫이었다.

방대섭은 채민영 휘하조직의 폭력배들을 시켜 안미연을 집단으로 강간해 버렸고 그 과정에서 안미연은 유산하고 말았다. 이어 소속사가 은밀하게 찍어둔 그녀의 섹스 비디오를 무기로 함구를 강요했다. 무자비한 전방위 압박에 짓눌린 안미연은 결국 얼마 버티지 못하고 술과 마약에 절어 자살해 버린 것이었다.

한발 늦게 안미연의 자살 소식을 접한 안필성이 진실을 파헤치기 위해 동분서주했으나 검경과 언론을 동원한 조직적인 은폐는 그가 감당할 수 있는 수준이 아니었다. 결국 안필성은 직접 관련된 사람 전부를 살해하기로 하는 극단적인 선택을 하고 말았다. 아마도 마지막 부탁은 주범인 박재영의 처리와 일본인들이 관련된 모종의 거래를 말하는 것 같았다.

'갈수록 태산이네.'

완전히 진창에 빠져 버린 느낌, 해결된 것은 하나도 없는데 상황은 한도 끝도 없이 첩첩산중으로 치닫고 있었다. 꽁초밖에 남지 않은 담배를 재떨이에 대충 비벼 끈 그는 일단 다이어리를 모두 독파하기로 결정했다. 하나라도 도움이 되는 걸 건져야 다음 수순을 생각할 수 있었다.

그러나 기대와는 달리 이후에는 특별히 주목할 만한 기록이 보이지 않았다. 30분 이상 시간을 투자해서 얻은 건 박재영과 관련된 기록에서 찾아낸 두 가지 정보가 전부였다. 우선 지난 몇 달간 일본 대사관 직원을 비롯해 일본인들과 유난히 자주 만났다는 것, 박재영이 자신의 별장에서 일본인을 접대한 건 그의 눈으로도 직접 확인한 사실이었다. 일본 대사관 직원의 이름은 카메이, 대사관 무관 자격으로 9개월 전에 입국한 자였다. 보나마나 일본 정보기관 요원일 것이었다. 다른 하나는 카메이가 주로 사용한 렌터카 두 대의 번호와 빌린 사람의 이름, 그리고 여권 번호였다.

'일본 정보기관이라…….'

일본인들의 차에서 무언가 무거운 것을 내렸으니 구매든 판매든 모종의 거래가 있다는 뜻, 그런데 별장을 빠져나가던 일본인들의 차량을 습격한 자들이 있었다. 일단은 상당한 변수였다. 놈들은 들어오던 차는 그냥 보내고 나가는 차를 습격했다. 일단 나가는 물건이 거래의 대상이자 습격한 자들의 목표라는 이야기였다. 그리고 그들이 목표를 챙겼다면 거래는 심각한 타격을 입었을 것이었다. 뭔지는 모르지만 거래에 제동이 걸린 모양새, 마구잡이 총질이 나올 정도로 차성묵의 반응이 신경질적인 이유를 알 것도 같았다.

'박재영이 일본 정보기관과 모종의 거래를 했다. 그런데 다른 세력이 거래의 목표물을 강탈했다? 웃기는군.'

윤곽은 잡혔지만 거래가 뭔지 구체적으로 알아내야 다음 수순이 나왔다. 그런데 알아볼 수 있는 방법이 마땅치 않았다. 다시 별장에 가서 직접 확인하거나 장석호에게 또 어려운 부탁을 하는 것이 전부였다. 물론 장석호를 이용하는 편이 현실적으로 가장 쉽다. 그러나 장석호가 알아낸다는 보장도 없고 그에 따른 위험 부담 역시 너무 컸다. 만에 하나 이 거래에 정부 고위층이나 정보기관의 손이 닿아 있다면 장석호가 처할 위험은 심각한 수준이

이중 노출

될 것이었다. 물론 최소 한 번은 통화를 해야겠지만 다시 끌어들이는 것은 가급적 피해야 했다.

'마지막 옵션은 카메이라는 자와 박재영을 직접 두들기는 정도겠지.'

그는 생각을 정리하면서 대봉투에 든 것들을 테이블 위에 쏟았다. 나온 건 30장 남짓한 컬러 사진이었다. 주로 박재영과 일본인들이 만나는 장면의 사진으로 뒷면에는 사진에 나온 자들의 이름이 적혀 있었다. 카메이와 호리우치라는 이름의 대사관 무관의 사진이 가장 많았고 다른 학자풍의 남자 두 사람이 나온 사진들의 뒤에는 이름이 없었다. 상대가 상대다 보니 아무래도 깊이 있는 조사를 하지 못한 것 같았다.

'젠장.'

길게 심호흡을 한 그는 소파에 등을 기댄 채 눈을 감아버렸다. 어차피 당장 내놓을 수 있는 답은 없었다. 우선은 좀 쉬어야 생각을 할 수 있을 것 같았다. 현역 시절처럼 꾸준히 강도 높은 훈련을 소화했다면 그런대로 버틸 만하겠지만 현실은 전혀 그렇지 못했다. 도저히 견딜 수 없을 만큼 저절로 눈이 감겨왔다. 그는 저항을 포기하고 그대로 잠에 빠져 들어갔다.

김태훈이 눈을 뜬 건 먹구름을 뚫고 나온 엷은 햇빛이 소파까지 아득하게 번져 왔을 때였다. 소파에서 잤는데도 그런대로 편안한 느낌, 짧은 토막잠이지만 몸 상태가 훨씬 나아진 것 같았다. 어렵게 눈을 뜨는데 엉뚱하게도 촉촉하게 젖은 머리카락이 가장 먼저 눈에 들어왔다. 한선아였다. 아까와는 다른 큼직한 티셔츠 차림, 뺨은 아직도 불그레했지만 그래도 약 기운에서는 벗어난 모습이었다. 몸을 일으키려 하자 한선아가 어깨를 살짝 눌렀다.

"깼어요? 게으름뱅이 아저씨?"

그는 담요를 덮은 채 그녀의 맨 허벅지를 베고 누워 있었다. 그를 눕히고 담요를 덮어주었는데도 전혀 몰랐다는 이야기, 자신도 모르게 실소가 배어 나왔다.

"괜찮니?"

"좀 나아졌어요. 어지러운 건 많이 없어졌는데 머리가 좀 아파요. 피곤하기도 하고요."

"……."

그는 말을 받지 못했다. 왠지 기분이 묘했다. 무방비 상태로 잠이 들었다가 누군가의 다리를 벤 채 눈을 뜨는 건 철들고 처음 겪는 일 같았다. 우선은 편안했다. 커튼 사이로 스며드는 엷은 햇살과 아늑한 조명, 부드러운 손길, 모든 것이 익숙한 고향집 같았다. 한선아가 그의 머리카락을 쓸어 넘기며 입을 열었다.

"고마워요."

"응?"

"그냥 전부 다요."

새삼 눈동자가 예쁘다는 생각을 떠올렸다. 그런데 한선아의 얼굴이 불쑥 다가왔다. 갑작스런 키스, 그저 입술만 살짝 대는 뽀뽀 수준의 키스였지만 당황스럽긴 마찬가지였다. 밀어내지도 못하고 그렇다고 받아들일 수도 없는 어정쩡한 상태로 몇 초 시간이

이중 노출

흘렀다. 빨갛게 얼굴을 붉히며 몸을 일으킨 한선아가 겸연쩍게 웃으면서 그의 뺨을 쓰다듬었다. 그는 대답 대신 한선아의 손등을 톡톡 두드렸다. 한선아가 장난스럽게 코를 막으며 말했다.

"냄새나요. 당장 씻어요."

"어?"

언제 씻었는지 생각이 잘 나지 않았다. 바짝 긴장한 채 정신없이 돌아친 이틀, 산속에서 꼬박 하루를 보냈고 곧장 빗속을 뛰어다녔으니 썩는 냄새가 난다는 소리를 듣지 않으면 다행이었다. 한선아가 다시 채근했다.

"어서요. 욕조에다 집어 던지기 전에요. 호호."

그는 픽 웃으면서 몸을 일으켰다. 안 그래도 뜨거운 목욕이 절실했다.

"알았습니다, 마님. 씻으러 가지요. 후후."

엉성한 농담을 던진 다음 갈아입을 옷을 챙겨 들고 욕실로 들어갔다. 우선 권총과 담배를 수건 속에 넣어 욕조에서 잡기 좋은 자리에 놓았다. 접어두었던 과거의 습관들이 하나둘씩 자신도 모르게 돌아오는 셈이었다. 욕조에 뜨거운 물을 받으면서 옷을 벗어 변기 뚜껑 위에 던졌다. 옷은 전부 버리고 싶을 만큼 더러웠다.

'휴……'

뿌옇게 김이 서린 거울을 닦아내자 이상한 얼굴이 보였다. 나름 균형 잡힌 상체는 어디서 본 듯했지만 그 위에는 까치집을 지은 머리와 사흘은 씻지 않은 얼굴이 달라붙어 있었다. 사람의 형

두 개의 태양

상과는 상당히 거리가 있는 모양새, 게다가 격렬한 노가다에 시달린 팔다리까지 뜻대로 움직이지 않았다. 6개월 가까이 정상적인 몸 관리를 하지 않은 대가를 제대로 치르는 셈이었다. 짧게 한숨을 내쉬고 칫솔에 치약을 묻히려다가 멈칫했다.

'응?'

손과 팔 몇 군데에 반창고가 보였다. 싸우다 생긴 자잘한 상처에 한선아가 연고 같은 걸 바르고 붙인 모양이었다. 와중에 제법 애인 행세를 한 셈, 기특하다는 생각이 들었다. 대충 이를 닦고 뜨거운 욕조에 들어가 앉았다. 오래된 총상에서 아득하게 통증이 밀려왔지만 무시하고 담배에 불을 붙였다. 한 모금 길게 빨아들인 다음 욕조에 기대 눈을 감았다.

딸깍.

다시 한 모금을 빨아들이는데 갑자기 욕실 문이 열렸다. 반사적으로 권총에 손을 댔다. 그러나 문틈으로 고개를 내민 건 한선아였다. 한 발 안으로 들어온 그녀가 변기 위에 있는 옷가지를 집어 들며 말했다.

"이거 빨게요. 아휴, 담배 냄새."

그가 대답도 하기 전에 한선아는 얼른 문을 닫고 사라졌다. 속옷 때문에 신경이 쓰였지만 이미 엎질러진 물이었다. 포기하고 물의 온기를 즐기려는데 문이 다시 딸깍 소리를 내며 열렸다. 또 한선아, 이번에는 아예 욕실 문을 열고 문지방에 걸터앉았다. 티셔츠가 큰데다 짧은 반바지만 입고 있어서 마땅히 눈을 둘 곳이 없었다.

이중 노출

"문 좀 닫아주면 안 될까?"

그러나 한선아는 막무가내로 제가 하고 싶은 이야기를 꺼냈다.

"이제 어떻게 할 거예요? 박재영 그 못생긴 영감태기가 나 납치하라고 시킨 거 경찰에 알려야 되는 거 아니에요?"

한선아도 대한민국 최고의 유명인사 중 한 사람이니 못할 것도 없는 방법, 그러나 그럴 경우에는 엄청난 구설수에 시달려야 할 터였다. 보나마나 언론은 집중 포화를 쏟아낼 것이고 조직적인 음해까지 난무할 것이었다. 더구나 납치에 대한 객관적인 증거가 없으니 승부는 뻔했다. 그렇다고 가만히 있기도 애매했다. 어쩌면 가만히 있어도 저쪽이 먼저 선공으로 나올지도 몰랐다. 그가 고개를 가로저었다.

"그냥은 이길 수 없는 싸움이야. 일단 저쪽의 반응을 보자. 우리가 공개적으로 달려들지 못할 거라는 것 정도는 저쪽도 생각할 거야."

"왜요? 경찰 시켜서 별장을 수색하면 되잖아요. 어제 사람도 많이 죽었고 마약 같은 거도 잔뜩 있을 건데요?"

"소용없어. 박재영은 거물이다. 그 아버지 박일선은 더 거물이고. 경찰이든 검찰이든 감히 박재영의 별장을 수색할 만한 배짱을 가진 사람은 하나도 없다. 멍청하게 거기다 그런 증거물들을 놔둘 리도 없어. 다른 방법을 찾아야 돼."

"다른 방법이요?"

"느낌상 납치와 마약 정도의 작은 문제가 아닌 것 같다. 마구잡이 총질이 나오는 걸로 봐서는 몇 사람 정도는 쥐도 새도 모르게 파묻어 버릴 정도의 큰 건이야. 박재영이 그 중심에 서 있고 말이다. 아무리 조심해도 지나치지 않아. 거기다 이놈들 거래에 문제가 생겼다. 그래서 반응이 더 시니컬한 것 같거든. 진짜 조심스럽게 접근해야 돼.”

“그럼 어쩌죠?”

“당분간은 완전히 잠적해서 상황을 보자.”

“그럼 다음 주에 진짜 음방 나가지 말아요?”

“PD한테 이야기했지?”

“네. 부탁은 해놨는데 가능하면 나오라고 난리였어요.”

“할 수 없어. 난 이야기도 못하고 잠적이다. 젠장. 양 대리님 방방 뜨겠네.”

“미안해요, 오빠.”

한선아의 표정은 금방 어두워졌다. 이젠 확실히 약 기운이 떨어질 시간, 모르긴 몰라도 엄청나게 피곤할 것이었다.

“들어가서 좀 자라. 오후엔 움직일 거야.”

“네. 너무 피곤하네요. 대신 오빠도 침대에서 자야 돼요. 내 옆에서.”

“응?”

“무서워서 잠 안 와요. 오빠가 옆에 있어야 잘 수 있을 것 같아요.”

“거실에 있을 테니 걱정 말고 자라.”

“안 돼요. 여기서 기다릴 거예요.”

“큰일 날 아가씨일세. 외간 남자 누드를 공짜로 보겠다고? 참

이중 노출

아주셔."

"커튼 치고 샤워하면 되잖아요. 그냥 있을래요."

"뭐?"

그는 매섭게 한선아를 돌아보았다. 아무래도 못을 한 번 박아야겠다는 생각이었다. 그런데 목구멍까지 올라온 단어들은 한마디도 내뱉지 못했다. 눈에 들어온 한선아의 표정이 너무 절박했던 것이었다. 눈동자는 당장 눈물을 떨어트릴 것처럼 그렁그렁했고 어깨까지 가늘게 떨고 있었다.

'제기랄.'

그는 욕설을 삼킨 채 말없이 욕조 커튼을 쳐 버렸다.

한동안 온기에 몸을 맡긴 뒤, 대충 샤워를 끝낼 때까지도 한선아는 꼼짝 하지 않고 문 앞에 버티고 앉아 있었다. 속옷에 티 한 장만 걸치고 권총이 든 수건을 챙겨 커튼을 열었다. 여전히 한선아는 움직이지 않았다. 문에 기대 그대로 잠이 든 것 같았다.

'지독한 고집이로군.'

졌다는 생각에 고개를 가로저은 그는 가볍게 한선아를 안아 들고 침대로 데려갔다. 눕혀놓고 자신도 잠시 더 눈을 붙일 생각이었다. 그런데 눕혀놓고 이불을 덮어주려는 순간, 깊이 잠든 줄 알았던 한선아가 그의 목을 잡고 매달렸다.

"우웅… 옆에서 자기로 했잖아요. 오빠도 침대에서 편하게 자야 돼요."

상체를 숙인 상태에서 목을 잡힌 상황이라 몸을 일으키기가 쉽지 않았다. 그가 끙끙거리자 한선아가 쿡쿡대며 웃었다.

두 개의 태양

“호호. 그냥 들어와요. 오늘은 도망 못 가요.”

그는 한 번 더 몸을 일으키려다가 포기하고 베개에 얼굴을 묻었다.

“너 안 잤지?”

“오빠가 안을 때 깼어요.”

“참 나. 그래, 항복이다. 항복.”

김태훈은 그냥 한선아를 넘어 침대 반대쪽으로 들어갔다. 피곤하긴 그도 마찬가지였다. 괜히 투닥거리면서 실랑이를 벌일 기력은 애당초 없었다. 한선아는 그가 이불을 덮기가 무섭게 곧바로 가슴을 파고들더니 이내 새근새근 코를 골았다. 그는 손끝에 걸리는 긴 머리카락의 부드러운 감촉을 음미하면서 눈을 감았다.

쉬어야 할 시간이었다.

✝

차성묵은 모니터에 올라온 김태훈과 안필성 두 사람의 사진을 노려보며 치를 떨었다. 불과 이틀 만에 전력의 절반이 사라져 버렸다. 대한민국 최고라고 자부하는 요원 둘이 작전 중 전사했고 4명은 심각한 부상으로 후송되고 말았다. 그런데 여긴 국내였다. 적대 세력이 들끓는 해외작전이라면 몰라도 국내에서 전력의 절반을 잃고 추가 파견을 기다리는 상황을 맞게 되리라고는 꿈에도 생각하지 못했다.

‘빌어먹을! 김태훈? 안필성? 환장할 노릇이로군.’

상대가 누군지 모른 채 작전에 들어가면 만날 수 있는 최악의 조건들을 모조리 갖춘 작전이었다. 안필성은 20년 가까이 괴물들을 키운 특수전 교관이고 김태훈이라는 자식은 놈이 키운 가장 지독한 괴물 중 하나였다. 그러나 두 놈 다 은퇴한 퇴물들이었다. 비록 현역 시절에는 최고라고 불리던 자들이지만 이미 현장을 떠난 퇴물, 그런 두 사람에게 최고의 요원들이 6명이나 당했다는 건 지독한 망신이었다. 더구나 1대 6이면 말도 안 되는 계산서였다. 상부에선 벌써부터 경과보고를 닦달하고 있었다.

"중령님, 사령부입니다."

옆자리에서 부지런히 자판을 두들기던 부관 이민석이 전화기를 건넸다.

"누구냐? 이 중장님?"

이성우 중장, 육군첩보대를 비롯해 군 정보부대 전체를 총괄하면서 무소불위의 권력을 휘두르는 정보통이었다.

"그렇습니다."

"제기랄!"

그는 전화기를 받아 들고 심호흡을 한 번 한 다음 차분하게 입을 열었다.

"차성묵입니다."

[시작이 좋지 않았다면서?]

"죄송합니다."

[됐어. 덕분에 박 회장 치부책에 줄 하나 더 그은 셈이니까. 우선 1개 팀을 합류시키도록 조치했다.]

“파견보고 받았습니다.”

[빠르군. 좋아. 새로 지급된 K—11 4정을 같이 보냈다. 가능하면 유탄은 사용하지 않도록.]

“감사합니다.”

K—11은 쉽게 미군이 실전 배치를 검토하는 OICW와 동일한 개념으로 개발된 차세대 이중총열 복합화기였다. 일반제원은 기존의 총기와 비슷하지만 20㎜ 공중파열탄이 포함되었고 레이저거리측정기와 복합광학계산기가 장착된 최신형 소총이었다. 무게가 6kg 정도로 비교적 무겁지만 기존 소총에 유탄발사기가 결합된 살상무기로는 최상의 옵션이었다. 국내작전에 K—11을 내보냈다는 건 위에서도 그만큼 신경을 곤두세우고 있다는 뜻이기도 했다.

[깨끗이 정리하게.]

“알겠습니다.”

[합류팀을 지휘하는 양철민 대위도 뜻을 같이하는 친구다. 능력있고 소신도 있는 군인이더군. 잘 활용하도록. 참! 그 친구에게 ‘코드네임 유령’에 대한 국정원 자료도 함께 보냈다. 참고해라. 김태훈인가 하는 친구 대단한 놈인 모양이더군.]

“베테랑이라고 들었습니다.”

[중국 작전 중에 큰 사고를 치는 통에 전역했다고 들었는데 기록은 깨끗이 삭제돼서 확인된 게 별로 없어.]

“CIA 요원 둘을 죽도록 패서 중국 공안에 넘겼다고 들었습니다. 항명이라더군요.”

[그건 소문이야. 구체적인 건 알려진 게 없지. 알다시피 국정원

이중 노출

은 우리보다 훨씬 더 점조직이거든. 이 차장도 '유령'에 대해서는 아는 게 별로 없었어. 어쨌든 해외에 투입되는 비정규전 부대의 대명사였으니 신경을 쓰도록 해라. 다시 말하지만 다음은 없다는 걸 명심해라. 실수는 한 번이면 족하다. 국가의 미래가 달린 사안이라는 점을 명심하도록.]

"명심하겠습니다."

전화를 끊은 차성묵은 책상 위에다 신경질적으로 전화기를 던졌다. 하필이면 일생일대의 중대한 작전에서 귀신과 조우한 모양새, 그러나 치명적인 문제는 아니었다.

'유령 아니라 유령 할애비라도 상관없다. 걸리적거리는 건 모조리 쓸어버리면 그만이다.'

그는 다짐하듯 손가락을 꺾으면서 자리에서 일어났다. 첫 단추는 잘못 끼웠지만 그건 적이 누군지 몰랐을 때의 이야기였다. 이제 상대가 누구인지 분명히 알았다. 그리고 누군지 아는 이상 또 다른 실패란 있을 수 없었다. 설사 상대가 진짜 귀신이라도 마찬가지였다.

"양철민 대위 불러들여라. 부산으로 가겠다."

"네, 중령님."

이민석이 전화기를 집어 들자 차성묵은 곧장 탁자의 권총을 챙겨 발목에 채웠다. 청소를 시작할 시간이었다.

CHAPTER 8
음모의 전조

　한선아는 오후 1시가 조금 넘어서 눈을 떴다. 12시간 이상 식사를 거른 뱃속이 요동을 쳐서 더는 자기가 어려웠다. 그런데 생전 처음 보는 탄탄한 남자의 가슴이 눈앞에 있었다. 갑자기 가슴이 뛰기 시작했다. 너무 심하게 쿵쾅거리는 통에 그에게 들리지 않을까 걱정이 될 지경이었다. 그의 가슴에 올려놓았던 손으로 뺨을 살짝 쓰다듬었다. 까칠한 수염의 느낌이 좋았다. 어렸을 적 뽀뽀하려고 달려들던 아빠의 느낌, 볼이 화끈 달아올랐다. 온몸의 피가 모조리 미간에 몰리는 것 같았다.

　다행히 곤히 잠든 그는 전혀 움직이지 않았다. 몸을 반쯤 일으켜 선이 굵은 얼굴을 물끄러미 올려다보았다. 만난 지는 겨우 일주일, 어떤 사람인지 제대로 알지도 못하지만 그는 주체할 수 없이 강렬하게 그녀를 끌어당겼다. 납치와 폭력이 난무하는 이런 비현실적인 상황이 등을 떠민다는 생각을 안 해본 것도 아니었다. 그러나 그저 상황 때문이라고 치부하기엔 그의 말 한 마디, 손짓 하나하나가 너무나 강렬하게 그녀를 유혹하고 있었다.

'치… 멋대가리 없는 사람인데…….'

한선아는 입술을 오리처럼 삐죽 내밀며 인상을 찌푸려 보인 다음, 김태훈의 뺨에다 살짝 키스를 했다. 그런데 촉감이 이상했다. 입술에 손을 대자 오랜 가뭄에 시달린 논바닥처럼 쩍쩍 갈라져 너덜거리는 건조한 입술이 손끝에 잡혔다. 후회스러웠지만 어쩔 수 없었다. 아마도 흥분한 상태로 너무 긴 시간을 보내서 몸 상태가 좋지 않은 것 같았다. 입술을 적시고 다시 할까 하다 포기하고 그냥 침대를 빠져나와 주방으로 향했다.

잠은 충분히 잔 셈인데도 발을 떼기가 어려울 정도로 힘이 들었다. 그래도 식사는 어떻게든 직접 챙겨주겠다는 생각으로 일단 커피 기계에 물을 올렸다. 이어 간단하게 세면을 하고 컴퓨터 앞에 앉았다. 숙소를 옮긴다고 했으니 컴퓨터부터 챙길 생각이었다.

"아함!"

길게 하품을 하면서 아무 생각 없이 마우스를 잡았다. 그런데 모니터에 불쑥 암호해독 화면이 떠올랐다. 까맣게 잊어버렸던 방대섭의 USB였다.

'어머?'

암호는 풀려 있었다. USB 안에는 파일 폴더 두 개가 전부였다. 서둘러 파일 몇 개를 열었다. 하나는 무슨 계획서들이었고 다른 하나는 입출금 장부였다. 특별할 것도 없는 파일 이름들, 그런데 계획서의 내용이 황당했다. 대부분 지하자금 확보와 대대적인 금 매수를 통해 국내의 금 가격 상승을 유도하는 계획서였다. 의아했지만 인내심을 가지고 파일 20여 개를 간단간단하게 확인하면서 빠르게 내용을 훑어 내렸다. 자신을 납치한 자들의 서류이니 제대로 봐두고 싶었던 것이었다.

잠시 화면에 집중하는 사이 향긋한 커피 냄새가 코끝을 자극했다. 시간은 벌써 2시 40분이 넘어가고 있었다. 한선아는 화면을 그대로 띄워놓은 채 서둘러 주방으로 건너갔다. 김태훈에게 뜨거운 커피 한 잔에 샌드위치라도 가져다주고 돌아올 생각이었다. 그런데 김태훈이 먼저 주방에 나와 있었다.

"굿모닝. 아니, 굿애프터눈인가? 햄버거라도 시킬까 싶어서 말이야. 후후."

"안 돼요. 식빵하고 과일 있어요. 샌드위치 만들 테니까 거기 앉아서 기다리세요."

한선아는 얼른 주방으로 들어가 다짜고짜 김태훈을 주방 밖으로 밀어내면서 그의 뺨에다 키스를 했다. 김태훈이 얼결에 식탁에 앉자 서둘러 식빵을 꺼내놓고 냉장고에서 야채와 잼을 꺼냈다. 어눌하지만 비슷하게 샌드위치를 만들어 자른 다음, 커피까지 식탁에 올려놓고 마주 앉았다.

"햄버거보다 이게 훨씬 몸에 좋아요. 이거 먹고 나가요. 대신 저녁 잘 먹음 되잖아요. 좋죠?"

"후후. 그래 알았다."

피식 웃은 김태훈이 한 조각을 씹자 한선아가 커피를 입에 대며 재빨리 말했다.

"그 USB 말이에요."

"응. 암호 풀렸니?"

"네. 그런데 내용이 이상해요. 종로와 강남 보석 도매상, 사채 시장을 통한 거액의 자금 확보 계획하고 정부의 금 매입 계획이 주로 거론되어 있어요. 전체적으로 보면 대략 1,500억 원대의 비자금을 확보해서 3개월에 걸쳐 금 매수에 들어가고 금값이 폭등하는 시점에 정부가 금을 대량으로 매입한다는 계획인데… 이유는 잘 모르겠어요."

"금 시세 조작이라……."

김태훈은 샌드위치를 씹으면서 잔뜩 미간을 좁혔다. 만일 거래를 통해 입수한 무거운 물건이 금괴고 정부가 방대섭, 박재영 두 사람과 한통속으로 움직인다면 충분히 가능한 장난이었다. 당장은 국제 금 시세가 일시적으로 하락하는 추세지만 반등은 필연이었다. 반등하는 시점에 단기적으로 국내 금 시세를 극단적으로 끌어올리면서 수익을 챙긴다면 일은 어렵지 않았다. 문제는 확인할 방법도, 막을 방법도 없다는 점이었다. 한선아가 말을 받았다.

"금 시세가 많이 올라갔을 때 정부가 정책적으로 금을 매수하도록 유도하고 비싼 값에 금을 팔아서 비자금을 만든다는 식의 이야기 같아요. 일정까지 아주 상세하게 정리되어 있어요."

"글쎄다. 얼핏 들으면 그럴듯한 이야기이긴 한데 겨우 돈 몇

두 개의 태양

푼에 군 특수부대까지 동원해서 마구잡이로 총질을 할까? 말이 안 되는 이야기야."

김태훈은 부정적인 대답을 내놓았다. 사실 짧은 그녀의 생각에도 뭔가 빠진 것 같았다. 기본적으로 상당수 정부 고관들이 관련되고 언론과 검경 고위층까지 줄줄이 선이 닿아 있었다. 돈이라면 당연히 다른 안전한 방법으로도 얼마든지 챙길 수 있다는 뜻, 그렇다면 돈은 빙산의 일각이라는 이야기였다. 김태훈이 고개를 가로저으며 다시 말했다.

"어쨌거나 일이 걷잡을 수 없이 커지는 것 같다."

"어쩌죠?"

"당장은 방법 없다. 뭐가 어떻게 돌아가는지도 제대로 모르잖아."

"그래도 뭔가 해야죠. 저 사람들 납치에, 마약에, 검은 돈에, 시세 조작까지 온갖 못된 짓은 다 하는 거잖아요."

"일단 남 형사하고 통화부터 한 다음에 방대섭을 족쳐 보자. 아이들 패면 어른이 나오기 마련이니까 말이야."

"알았어요. 그런데 오늘 숙소 옮긴다면서요."

"그래. 여긴 한 달 정도 추가로 계약해 놓고 가자. 차도 반납해 버려서 쉽게 여기를 찾아내지는 못하겠지만 만사 불여튼튼이다. 자주 옮기는 게 좋아. 일단 웬만한 짐은 놔둬라. 나가서 바로 차 한 대 빌려서 정식이하고 합류하자. 입을 옷가지만 챙겨라."

"네, 오빠."

"참! 아침 잘 먹었다."

김태훈은 가볍게 엄지손가락을 세워 보이고는 마지막 남은 샌

음모의 전조

드위치를 한입에 털어 넣고 자리에서 일어섰다. USB의 파일 내용을 직접 확인하고 싶었다.

✝

"도대체 그게 무슨 소립니까? 살인 용의자라더니 이젠 횡령이요? 신입사원이 수십억을 횡령해서 달아나요? 그것도 연구소 말단 직원이? 젠장! 아이들 장난도 아니고 말이 되는 소리를 하십쇼!"

남도철은 바락바락 악을 썼다. 테이블 건너편에 앉은 서장의 표정이 사정없이 일그러졌지만 깡그리 무시했다. 도대체 상식이 없는 사람들이었다. 수사의 방향을 정해놓고 짜깁기하듯 맞추라는 이야기는 도저히 수긍할 수 없었다. 말도 안 되는 명령을 내려놓고 무조건 따라오라고 강요하는 건 지나간 군사독재 시절에도 흔치 않은 추태였다. 짜증스러웠다. 그러나 그의 언성이 높아짐에 따라 서장의 인상도 점점 더 구겨지고 있었다. 웬일인가 싶을 정도로 제법 장시간 인내심을 발휘하던 서장이 마침내는 폭발해 버리고 말았다.

"야! 남도철이! 이거 미친놈 아냐! 하기 싫으면 옷 벗어! 턱도 없는 종이 쪽 몇 장 가져와서 방대섭 같은 건실한 사업가 괴롭히지 말고 말이야! 당신들 봉급은 그 사람 같은 사업가들이 내는 세금에서 나오는 거야! 길바닥에 깔린 젊은 애새끼들이나 실업자들이 아니란 말이야! 알아들어?!"

234

남도철은 움찔했다. 김태훈이 보내준 방대섭의 비자금 장부는 결코 상부에 보고한 적이 없었다. 하다못해 최병만을 불러들일 때도 보고하지 않았고 기껏해야 강병서와 형사과장에게 운을 띄운 정도였다. 그런데 서장은 이미 그가 방대섭의 뒷조사를 하고 있다는 걸 눈치 채고 있었다. 강병서나 형사과장이 서장에게 보고했을 리도 없으니 어떤 식으로든 그를 감시하고 있다는 이야기였다. 그가 잠잠해지자 서장이 다소 누그러진 목소리로 말을 더했다.

"당신 목이 몇 개야? 당신이 검찰과 경찰 고위층에 비자금이 흘러들어 갔으니 수사하겠다고 하면 다들 조사받겠다고 쫓아올 것 같아? 누가 믿어줄 것 같기는 하고? 거기다 마약까지? 에라, 이 미친 자식아. 명예훼손으로 당장 모가지 날아가지 않으면 다행이야. 알아들어?"

"……."

"나도 김태훈이라는 놈이 수십억씩이나 횡령해서 잠적했다는 이야기 솔직히 믿지 않아. 하지만 놈에게 무려 4건의 살인 혐의가 있다는 건 사실이야. 그건 자네도 부인 못하지? 그러니까 쓸데없이 이 사람 저 사람 괴롭히지 말고 당장 그 김태훈이라는 놈이나 내 눈앞에다 데려다 놓으란 말이야. 그놈이 자네하고 연락이 닿는다는 건 알 만한 사람들은 다 알아. 그러니 모른다고 오리발 내밀지도 말고 말이야. 알았나?"

"실수하시는 겁니다. 그 친구는 범인이 아닙니다."

"죄가 있고 없고는 자네나 내가 판단하는 게 아니야. 우린 법이

음모의 전조

인정하는 범위 내에서 혐의가 있는 놈을 잡아서 검찰에 인도하면 그뿐이다. 죄가 있고 없고는 검찰과 법원이 결정하는 거야. 자네는 잡아오라는 놈이나 잡아서 검찰에 넘겨주면 돼. 알아들어?”

“…….”

다시 침묵, 서장은 귀찮다는 듯 나가라고 손짓을 했다. 서장실에 들어서는 순간부터 줄곧 기다리던 소리였다. 남도철은 대답도 하지 않고 곧장 등을 돌렸다. 가뜩이나 없는 시간을 서장실에서 허비하고 싶지는 않았다. 사무실로 돌아가 대충 결재판을 던져 놓고 되짚어 밖으로 나왔다. 이 판국에 형사과장과 마주치면 아무래도 싫은 소리가 나갈 것 같아서였다. 그런데 막 밖으로 나서려는 순간 강병서가 헐레벌떡 달려와 팔을 잡아끌었다.

“또 깨진 겁니까?”

“씨팔. 동네북이 따로 없다.”

“위에서는 김태훈 그 친구가 범인이라고 생각하는 것 같던데요?”

“놀고들 있네. 덮어씌우는게 지들 멋대로 될 것 같냐? 웃기지들 말라고 해. 그 친구 만만치 않아.”

“남 형사님, 그러지 말고 일단 잡아들이세요. 어쨌거나 그 사람도 관련이 있는 건 사실 아닙니까. 아는 게 있으면 불겠죠. 죄 없으면 풀어주면 그만이고요.”

“야, 헛소리 그만하고 들어가서 내 다이어리나 가져와라.”

“왜요?”

“김 과장하고 부딪혀서 좋을 거 없거든. 니미. 나가서 낮술이나 한잔할란다.”

“그러죠 뭐. 기다리세요.”

강병서가 건물 안으로 돌아가자 남도철은 기다리지 않고 곧장 서를 나섰다. 돌아가는 꼴이 점점 황당해져서 이젠 기절할 지경이었다.

무작정 경찰서 뒤편으로 이어진 이면도로를 건너 한참을 걷는데 주머니 속에서 전화가 부르르 떨었다. 전화기에 뜬 번호는 앞 번호가 대표적인 선불번호였다. 어떤 미친놈이 전화 사기를 노리나 싶어 목소리가 걸걸해졌다.

“여보쇼.”

[김태훈입니다.]

담담한 목소리, 그는 걸음을 멈추고 짜증부터 냈다.

“어이, 당신 수배된 거 알아?”

[압니다.]

“재주도 좋군. 이번엔 또 뭐야? 지금은 당신이 나타날 때가 아닌 거 같은데?”

[잠깐 뵙죠.]

“어이, 어이. 우리 얼굴 보지 말자고. 나 당신 때문에 입장 엄청 난처하거든? 나 이제부터 당신 모르는 거야.”

[절 체포하셔야 할 입장 아니십니까?]

“아닌 거 알면서 헛지랄하는 것도 꼴이 우스워. 당신도 영 만만치 않고 말이야. 귀신 쫓아다니는 거 같아서 취미 없어.”

[보내 드린 자료는 보셨습니까?]

“좆같더군. 경사 나부랭이 능력으론 택도 없겠어. 그래서 서울

지검에 보내볼 생각인데 당신 생각은 어때? 박호태라고 한 7년

전쯤에 같이 일한 적이 있는 베테랑 검사인데 그 양반 정도면 괜

찮을 거야. 운은 띄워놨어.”

　[아뇨. 그냥 덮으라는 말씀을 드리려고 나왔습니다. 상황이 좋

지 않습니다.]

　“그렇게는 못해. 천하의 불독 남도철이 그냥 넘어갈 수는 없지.”

　[너무 위험합니다.]

　“왜? 또 무슨 일이라도 있나?”

　[군 정보기관이 동원됐습니다.]

　“군 정보기관이 왜? 군이 왜 비자금 수사를 막겠다는 거야? 말

이 안 되잖아.”

　[저도 확실히는 모릅니다. 다만 외국 정보기관까지 개입되고

총탄이 날아다니는 위험한 상황이라는 것만은 확실히 말씀드릴

수 있습니다.]

　“네미럴. 여기 대한민국 맞냐? 어떻게 세상이 갈수록 험악해지

냐. 염병. 어쨌든 그거 원본은 가지고 있나?”

　[네.]

　“그럼 그거 내일 박 검사한테 보내줘. 가는 데까지는 가봐야지.”

　[전체를 사본으로 만들어서 보내겠습니다. 대신 남 형사님은

빠지십쇼.]

　“생각해 보지. 나도 눈치 하나는 빠삭한 사람이야. 아니다 싶

으면 발 빼겠어.”

　[웬만하면 지금 빠지십쇼. 다음에 또 통화하지요. 수고하십쇼.]

“수고해. 젠장.”

전화를 끊은 남도철은 잔뜩 찌푸린 하늘을 한 번 올려다보고는 먹자골목으로 방향을 잡았다. 열받을 때는 그저 술이 최고였다.

인도 구분이 없는 한적한 이면도로치고는 제법 넓어서 주차된 차들이 길 좌우를 꽉 채웠는데도 차량 두 대가 넉넉하게 교차할 수 있었다.

빵빵!

등 뒤에서 클랙슨 소리가 들렸다. 따라오는 승용차를 피해 주차된 차량 사이에 섰다가 다시 걸음을 옮겼다. 차는 금방 그를 지나쳐 골목길로 들어가 사라졌다. 아직은 이른 시간, 사람들이 거의 없어서 걷기에는 편안했다. 오가는 차량도 거의 없어서 이젠 건너편에서 서행하는 짙은 회색 SUV 한 대가 전부였다.

터무니없이 비싼 가격 때문에 사진으로만 보고 만족해야 했던 최신형이었다. 부모가 돈 많은 젊은 놈이겠거니 하면서 괜한 욕설을 토해냈다. 그런데 서행하던 SUV가 그의 욕설이라도 들었는지 갑자기 가속하기 시작했다.

부아앙!

‘미친 놈.’

번호판이라도 외워놓겠다는 생각에 잔뜩 째려보며 오른쪽에 주차된 승용차 쪽으로 달라붙어 걸었다. 순간 SUV가 괴성을 내뿜으며 방향을 틀었다.

끼아아악!

“으헉!”

음모의 전조

비명을 삼키며 반사적으로 뒤로 물러섰다. 그러나 시간적으로 피하기에는 역부족이었다. 순간적으로 허공으로 붕 떠올랐다가 뒤에 있던 밴의 옆구리에다 머리를 처박았다.

와장창!

등 뒤에서 안전유리가 박살나는 소리가 들렸다. 무지막지한 통증, 밴에서 튕겨져 나온 몸은 줄 끊어진 인형처럼 멋대로 움직이고 있었다. 짙은 회색 하늘이 보이고 이어 길바닥이 눈앞으로 다가왔다.

'씨팔!'

SUV의 대형 범퍼가 피범벅이 된 괴물의 이빨처럼 흉한 몰골로 달려들었다. 더 이상의 고통은 느껴지지 않았다.

김태훈은 SUV를 따라 정신없이 골목을 달렸다. 최소한 차량 번호라도 외워두고 싶었다. 그러나 차는 눈 깜짝할 사이에 시야에서 사라져 버리고 말았다. 앞 번호 3개는 겨우 기억했지만 이후는 아예 보지도 못했다.

'제기랄!'

남도철에게 돌아가려고 골목을 되짚어 내려왔으나 접근은 포기했다. 이미 지나가던 여학생들이 전화기에 대고 고래고래 소리를 지르고 있었다. 살아 있을 가능성은 정말 희박했다. SUV로 세 번이나 받아버리고 타 넘기까지 했으니 희망은 접어야 했다.

'선을 넘은 건가?'

사자는 하이에나들이 주변에서 어슬렁거려도 어느 정도 거리가 있으면 전혀 반응하지 않는다. 그러나 일정 거리 안으로 들어

두 개의 태양

오게 되면 느닷없이 치명적인 공격으로 하이에나들을 죽이거나 멀리 쫓아낸다. 남도철의 경우가 그랬다. 선을 넘었다는 이야기일 터, 김태훈 역시 선을 넘어선 지 오래됐으니 남은 건 오로지 '죽느냐 죽이느냐' 였다.

그는 서둘러 차로 돌아가면서 장석호에게 전화를 걸었다. 겨우 수박 겉핥기만 하고 있는 남도철을 암살할 정도라면 안필성이 살아 있을 확률은 조건 없이 제로, 장석호 또한 당연히 위험했다.

[사이버 3팀입니다.]

"나다."

그의 목소리를 확인한 장석호가 속삭이듯 말했다.

[괜찮으십니까?]

"왜? 좋지 않아야 할 상황이냐?"

[그걸 제가 어떻게 압니까. 남의 집 일은 바로 옆자리에 앉아 있어도 모르는 동네잖습니까. 그래도 비상이 걸렸다는 건 압니다. 우리 팀도 24시간 비상대기에 들어갔습니다.]

"재미없군. 우선 사람부터 하나 조사하자. 시스템에 교육과학기술부 이영학이라고 때려봐라. 나오는 거 있냐?"

[잠시만요.]

키보드 두드리는 소리가 넘어오고 곧 대답이 나왔다.

[교육과학기술부 원자력국 소속인데 신규 프로젝트 파견근무 중 실종됐답니다. 극비취급 인가가 있다는 정도밖에 나오는 게 없네요.]

"원자력국이라… 일단 됐다. 사이버국은 무제한 감청 들어간

음모의 전조

거냐?”

[예. 그렇긴 한데 좀 이상합니다. 주로 중국 대사관을 비롯한 중국 지역과의 통화에 집중되어 있습니다. 딸랑 2개 팀만 군 수사기관에 투입한 것 같거든요.]

“중국 정보기관이 개입됐다는 거냐?”

[저야 모르죠. 아마 그럴 겁니다. CIA 동아시아지부의 움직임도 부산해졌고, NSA 감청팀까지 신경을 곤두세우고 있는 것 같습니다. 내일 당장 대사관 정보팀 세미나가 소집됐거든요. 원래 한국에서 개최되는 정보팀 세미나는 6개월에 한 번씩이고 미리 한 달 전에 소집 통보를 하는데 이번 건 겨우 50일만인데다 오늘 소집령이 나왔습니다. 아무래도 이번 건하고 관계가 있는 것 같습니다.]

말이 좋아 대사관 정보팀 세미나지 사실상 CIA하고 NSA의 실무 미팅이나 마찬가지였다. 당연히 뭔가 관련이 있다는 뜻이었다.

“CIA에 NSA까지 발을 담근다? 젠장. 감당 안 될 정도로 황당해지는군. 장소는 어디냐?”

[가보시게요?]

“동원할 수 있는 인맥은 다 동원해 봐야지.”

은퇴 직전까지 정보를 주고받던 CIA 사람들을 찾아볼 생각, 이제는 단순하게 자신과 한선아의 안전 문제가 아니었다. 뭔지도 모르고 얼마나 높은 사람들까지 관련되어 있는지도 모르지만 분명 거대한 음모가 진행되고 있었다. 군첩보대와 언론사, 조직폭력배에 일본 정보부서까지 뒤엉킨 음모, 그것도 살인으로 뒤를

두 개의 태양

덮어버려야 할 만큼 상상을 초월하는 엄청난 규모였다. 사실 어제까지만 해도 그저 막연한 의심이 전부였는데 남도철의 암살을 직접 목격하면서 아예 확신으로 바뀌어 버렸다. 이러면 남은 방법은 하나였다. 장석호가 속삭이듯 말했다.

[조선호텔 비즈니스센터 보드룸, 오전 10시입니다.]

"좋아. 이제 넌 빠져라. 너무 위험해졌다. 흔적 모조리 다 지우고 깔끔하게 손 털어."

[아뇨. 형님이 더 급합니다. 육본에서 형님 이름이 거론됐고 경찰은 정식으로 비공개 수배를 했습니다.]

"알아. 당연하겠지. 어쨌거나 넌 빠져라. 하나여섯 상황이다. 마구잡이 총질에 경찰관까지 죽이는 판이야."

[엥?]

"대신 내가 보낸 자료만 각색해 놨다가 내가 신호를 보내면 곧바로 인터넷에 띄워라. 안 걸릴 자신 있지?"

[당연하죠. 어디로 보내셨습니까?]

"이메일이 아니라 택배로 보낼 거다. 오늘 저녁이나 내일 중앙우체국 사서함 217번으로 들어갈 거다. 팀이 쓰던 거야. 패스워드는 영문으로 '컨스피러시' 다."

[진짜 신경 쓰이시는 모양이군요.]

"벌써 경찰관 두 사람이 죽었다. 뒷조사하다가 말이야. 너까지 잃을 수는 없어."

[알겠습니다. 신경 쓰죠. 그래도 급한 일 있으면 연락 주십쇼.]

"그래. 조심해라. 끊는다."

전화를 끊은 김태훈은 골목길을 몇 번 꺾어 미행을 확인한 다음, 전화기를 버리고 차로 돌아갔다. 차는 두 블록 떨어진 공용주차장에 있었다. 주차비를 지불하고 차에 시동을 걸자 한선아가 걱정스런 목소리로 물었다.

"잘됐어요?"

"아니, 못 만났다."

김태훈은 더 이상의 말을 자제했다. 안 그래도 겁먹은 한선아를 패닉으로 몰아갈 필요는 없었다. 차가 대로로 들어서자 한선아가 다시 물었다.

"이제 어떻게 해요?"

"일단 정식이 만나서 숙소 옮긴 다음에 쇼핑 좀 하고 부산으로 뜰 거다. 넌 현주랑 숙소에서 기다려라."

저쪽이 막나오는 판이니 그냥 당하고만 있을 수는 없었다. 우선 당장 눈앞에 있는 방대섭의 거래가 무엇인지 확인하고 아예 망쳐 버리면서 본격적으로 개입할 생각이었다. 어차피 공금횡령에 테러범으로 몰리는 판이니 이제는 출근을 생각할 필요도 없었다. 그런데 한선아가 숙소에서 기다리라는 말에 펄쩍 뛰었다.

"싫어요. 나도 짐만 되진 않을 거예요. 현주 언니랑 서울에 남는다면 학교로 갈래요."

"학교?"

"생각해 봤는데 그냥 짐만 되는 거 싫어요. 동아리 선배하고 친구들 만나서 일본 대사관하고 우일신문 사내호스트 해킹할 거예요."

"해킹?"

흔적을 남기지 않고 정보만 빼낸다면 꽤 괜찮은 아이디어, 게다가 학교 인근의 하숙촌은 젊은이들이 숨어 지내기에 최적의 장소였다. 물론 한선아의 얼굴이 너무 많이 알려져 있다는 점이 부담이지만 이현주가 적절히 뒷감당을 해주면 하루 이틀 정도는 큰 문제가 없을 것 같았다.

"역추적당하지 않을까?"

그가 긍정적인 반응을 보이자 한선아가 자신감을 보이며 다가앉았다.

"예전에는 NASA하고 국정원도 해킹했어요. 잡힌 사람은 아무도 없었고요."

"해가 되지 않는 선이니까 놔둔 거겠지. 국정원이 그렇게 만만한 동네가 아니야."

"그럴 수도 있겠죠. 하지만 일본 대사관하고 우일신문은 국정원과는 사정이 달라요. 얼마든지 가능해요. 특히 우일신문은 그냥 안 둘 거예요. 하다못해 시스템 다운이라도 시킬 거야."

한선아는 말을 이어가면서 점점 더 흥분했다. 생각해 보면 그가 한선아의 입장이라도 어떻게든 복수를 하고 싶을 것 같았다. 그러나 과욕은 금물이었다. 총질이 난무하는 판에 자칫 흔적이라도 남기면 큰일을 당할 수 있었다. 일단 다짐을 받을 필요가 있었다.

"무리하지 않는다고 약속해라. 그리고 절대 현주랑 헤어지면 안 된다. 1분 1초도 안 돼. 화장실도 같이 가라. 알았지?"

"네. 약속해요. 외국에 있는 좀비 컴퓨터들을 베이스로 공격하

음모의 전조

는 거라 쉽게 찾아내지 못해요. NSA 아니라 NSA 할아버지라도 최소한 몇 달은 걸릴 걸요? 그때면 우린 이미 사라진 다음이고요.”

“좋아. 뭐가 됐든 안전이 최우선이다. 그것만 명심해.”

“네.”

“현금 충분히 가지고 다니고 전화는 24시간 가지고 다녀라.”

“넵.”

그가 몇 가지 주의사항을 전달하는 사이, 차는 꽉 막힌 차량의 홍수 속으로 휩쓸려 들어갔다.

†

오정식이 구해놓은 안가는 하남시 동쪽의 외딴 산기슭에 있는 허름한 창고 건물이었다. 산행하는 사람들을 위해 만들어놓은 샌드위치패널 가건물인데 난방이나 샤워장 같은 필수시설은 약식이나마 갖춰져 있었다. 당연히 방은 없는 통짜 건물이지만 오정식이 침구 몇 개를 들여놓아서 단기간은 베이스캠프로 써도 특별히 문제가 없어 보였다.

김태훈은 도착하자마자 이현주와 한선아는 신림동 하숙촌으로 보내고 자신은 오정식과 함께 황학동으로 직행했다. 목적지는 황학동 시장 뒷골목의 비탈길로 한참 올라간 작은 목조건물, 간판은 예나 지금이나 그냥 일동상사였다. 일견 허름하고 낡은 수입 잡화상이지만 내실은 군용장비 도매상으로 주인은 60대를 훌쩍 넘긴 조민수라는 노인이었다.

깡마른 체구에 도수 높은 안경까지 써서 총기와는 전혀 어울리지 않았지만 황학동 일대에서 판매되는 수입 총기의 거의 대부분을 공급하는 거물 브로커였다. 한때 처리 대상 리스트에 올라가기도 했지만 미군과 러시아 특수부대가 사용하는 최신형 장비를 귀신같이 빼내오는 통에 국정원에서도 모른 척 한쪽 눈을 감아버린 형편이었다. 특히 총기나 장비 개조에 있어서는 타의 추종을 불허하는 대단한 실력자로, 국정원이 군 수사기관보다 우수한 장비를 보유할 수 있게 한 동력이 조민수였다.

"물건은 준비됐습니까?"

"따라와."

조민수는 그가 가게로 들어서자마자 기다렸다는 듯 자리를 털고 일어났다. 가게 뒤편으로 나가 복잡한 골목을 몇 번 돌고 몇 블록을 터덜터덜 걷더니 허름하게 생긴 창고로 두 사람을 안내했다.

"여기 기억나나?"

"한 번 와본 기억이 있습니다."

"들어가세."

단단한 자물쇠 몇 개를 따고 들어가자 나란히 주차된 2.5톤짜리 탑차 두 대가 제일 먼저 눈에 들어왔다. 여차하면 싣고 뜨겠다는 심산인 듯 물건은 모두 차에 실린 것 같았다. 뒤쪽으로 돌아가자 큼직한 목조 테이블에 그가 부탁해 둔 장비들이 깔끔하게 정리되어 있었다. 조민수가 어깨 너머로 테이블을 가리키며 심드렁하게 말했다.

"C—4는 재고가 없어서 그냥 저걸로 만족해야겠어. 대신 자네 총 수리비는 안 받지."

"감사합니다."

그가 무표정하게 말을 받자 조민수는 날카롭게 그를 쩨려보더니 갑자기 언성을 높였다.

"이 자식아, 예술품 작살내 놓은 건 둘째 치고 맡겨놓고 안 찾아가? 날더러 어쩌라는 거야. 빌어먹을 놈. 쓸 수 있는 자식만 있으면 팔아버렸어."

"후후. 상황이 그렇게 됐네요."

조민수가 얼굴을 코앞까지 들이댔지만 김태훈은 입꼬리를 말아 올리며 실실 웃었다. 조민수의 입에서 다시 욕설이 흘러나왔다.

"에라이, 빌어먹을 놈아. 어쨌든 C—4는 100그램짜리 5개하고 기폭장치가 전부야. 트리거는 싸구려 휴대전화 부품 뜯어서 해결해."

"알겠습니다."

"자… 그럼 본론으로 가볼까? 급한 대로 신형글록 10정하고 소음기를 우선 구했다. 그리고 100발 들이 할로우포인트 탄 50박스, PSG—1 경찰특공대용 저격소총 2정, 소음기, 308 나토탄 10박스, AN/PVS—14 야시경 10개, 대테러부대 표준방탄복, 전투복 10벌하고, NT—23 네트웍통신기, 개인휴대신호처리기, 통합전원, EV—14 이어폰형 음성송수신기, 실시간 영상송수신기 각 10세트, TD—14 GPS추적장치 2세트, 던지기용 단검 10세트, 그리고 자네들 좋아하는 초소형 장비들 몇 가지 더 챙겼어. 전부 미군 특수부

두 개의 태양

대 장비에 최신형이야. 이 정도면 부탁한 건 대충 준비된 거 같은데?”

“급히 부탁했는데 역시 영감님 능력 있네요.”

“당연하지. 그런데 뭐야. 무슨 전쟁이라도 치르나?”

“이 친구하고 경호회사를 하나 차릴 생각입니다. 많이 도와주십쇼.”

오정식이 등 뒤에서 목례를 하자 조민수는 그럴 줄 알았다는 듯 심드렁하게 고개만 끄덕였다. 조민수 정도 되는 사람이 저격소총이나 C—4, 첨단 야시경 같은 고가의 물건이 경호회사와 전혀 관계없다는 점을 모를 리 없지만 굳이 캐묻지 않았다. 경호회사를 거론한 것으로 나름 성의는 표시했으니 그냥 넘어가겠다는 뜻일 터였다.

“은퇴했다는 이야기 들었지. 그런데 총기허가는 어떻게 받으려고 그러나? PSG야 숨겨 버린다 쳐도 글록은 휴대해야 할 텐데?”

“차후에 회사 허가가 나오면 영감님이 증명서만 만들어주십쇼. 자격은 충분한 친구들이니까 어렵지 않을 겁니다.”

“참 나. 이 친구 사람 잡겠군. 뭐 일단 알았다. 대금은? 나도 땅 파서 장사하는 거 아니야.”

김태훈은 씩 웃으면서 지고 온 배낭을 탁자 위에다 툭 던졌다.

“3장입니다.”

“어림도 없어. 원가만 해도 오바야.”

“이번엔 그냥 원가만 받으십쇼. 다음엔 제값 쳐드리죠. 후후.”

김태훈이 넉살 좋게 웃자 조민수는 질렸다는 표정으로 툴툴거렸다.

"젠장. 알았다. 갖고 꺼져. 너니까 봐주는 거다."

김태훈은 고개만 까딱해 보이고 가장 안쪽에 놓인 검은색 하드 케이스를 열어 무광택의 짙은 회색 총신을 부드럽게 쓰다듬었다.

'반갑군. 팬텀.'

미군이 새로 채용한 M—110의 배럴과 실린더를 보강하고 장약을 바꿔서 유효사거리를 1.5킬로미터까지 연장한 강력한 저격소총, 세상에 단 하나밖에 없는 정교한 수제총기였다. 별도 탄도 매뉴얼이 필요없을 정도로 몸에 익은 분신 같은 놈이었다. 그러나 다시 잡고 싶지는 않았다. 팬텀이 존재하는 세상은 언제나 어둡고 음습했다. 살인과 음모가 난무하는 험악한 곳, 다시는 돌아오지 않겠다고 맹세했던 지독하게 혐오스런 세계였다. 그런데 어처구니없는 상황에 계속 등을 떠밀려 결국은 팬텀을 다시 잡고 말았다.

'제기랄!'

그가 미간을 잔뜩 좁히자 조민수가 가까이 다가서며 나직하게 말했다.

"나라에 해가 되는 일은 아니겠지?"

"절 아시지 않습니까."

짧고 단호한 대답, 그럴 줄 알았다는 듯 희미하게 미소를 머금은 조민수는 그의 어깨에다 슬쩍 손을 올리고는 끌끌거리면서 돌아섰다.

"이래서 늙으면 죽어야 돼. 허허. 그냥 곧 무덤으로 들어갈 늙은이의 노파심이라고 생각하시게. 잘 가게."

장비 일부를 하남에 내려놓은 김태훈과 오정식이 송정에 도착한 것은 저녁 9시 10분이 조금 넘어서였다. 겨울이 가까운데도 해변에 늘어선 횟집과 포장마차에는 적지 않은 커플들이 들락거렸다. 자동차는 방파제에서 조금 떨어진 진입로에 바로 출발할 수 있도록 자리를 잡아놓고 방파제 주변을 세심하게 둘러본 뒤, 해수욕장과 방파제가 한눈에 내려다보이는 횟집 5층에 방을 하나 빌렸다.

"낚싯배 필요하면 이야기하슈. 싸게 소개해 주리다."

"감사합니다."

더도 덜도 아닌 바다 낚시꾼 차림이니 당연한 말, 필요한 이야기만 재빨리 주워 섬긴 민박집 아주머니가 요금을 챙겨 안채로 내려가자 김태훈은 곧장 망원경을 들고 창문에 달라붙었다. 목표는 방파제 주차장에 주차된 검은색 승용차, 돌아볼 때와 크게 다르지 않은 상황이었다. 승용차 앞자리에 4명의 건장한 사내들이 앉아 있었다. 선발대로 나온 자들이 분명했다. 특히 그중 한 놈은 하나엔터테인먼트 사무실에서 부딪혔던 최병만이라는 작자였다. 방파제 초입에 주차된 트럭에서도 다른 두 놈이 무료한 시간을 보내고 있었다.

'제대로 찾긴 한 거 같은데…….'

건달 여섯이 전부라면 사실 크게 신경 쓸 필요가 없었다. 그러

음모의 전조

나 큰 거래가 이루어지는데 동원된 인원이 겨우 여섯뿐일 리가 없었다. 거래가 이루어지는 순간에 누가, 얼마나 동원되느냐가 문제였다. 다시 한 번 주변을 확인하는 사이 오정식이 장비를 차례차례 방바닥에 내려놓으며 물었다.

"설치하시겠습니까?"

"그래야지. 만사 불여튼튼이다. 현장을 두들기는 게 최선이지만 안 되면 딴죽이라도 걸어야지. 넌 잠깐 눈 붙여라. 내가 나가보겠다."

"알겠습니다."

김태훈은 챙겨온 C—4 두 개를 점퍼 주머니에 찔러 넣고 방을 나섰다. 100그램짜리에 불과하지만 도로변에 설치하고 적절한 타이밍에 터트리면 트럭 한 대는 간단히 주저앉힐 수 있는 크기였다. 마무리는 부산 경찰의 몫이었다.

최병만은 차창 너머의 새카만 바다를 눈 하나 깜짝하지 않고 노려보았다. 새벽 12시 49분, 이제 몇 분 후면 물건이 들어올 것이고 그것으로 이 지긋지긋한 똘마니 노릇도 끝이었다. 방대섭에게 전달되는 물건 중에서 3%가 그의 몫, 3개월 후면 최소 30억 대의 거금이 그의 손에 떨어질 것이었다.

'늙은이 후장 긁어주는 뻘짓도 이젠 끝이겠지. 후후.'

자신도 모르게 입가에 웃음이 맺혔다.

"형님, 차가 들어옵니다."

"나가보자."

운전석에 앉은 녀석의 보고에 천천히 차에서 내렸다. 방파제 남쪽에서 검은색 밴 네 대가 빠른 속도로 접근하고 있었다. 그는 그냥 차에 기대섰다. 어차피 저들은 그와 눈조차 마주치지 않을 것이었다. 그의 앞을 통과한 밴들이 방파제 바로 앞에서 차를 돌려 후진으로 정지하고 정장의 사내 10여 명이 차에서 내렸다. 얼핏 보기에도 군인이나 정부요원들로 보이는 절제된 움직임이었다. 일부가 질서정연하게 방파제를 가로막자 수평선을 넘어온 빛 하나가 방파제 안쪽으로 방향을 틀었다.

"아이들 나오라고 해라."

"네, 형님."

녀석이 무전기에 몇 마디 떠들자 골목 안쪽 횟집에서 대기하던 아이들이 줄줄이 뛰어나왔다. 전부 20명을 동원했으니 손이 모자랄 일은 없을 터였다. 배는 빠르게 다가와 방파제 안쪽으로 접안했다. 그런데 배가 의외로 해안 경비정이었다. 선수에서 누군가 고함을 질렀다.

"여기다!"

'지랄스럽네. 씨팔!'

그는 서두르지 않고 배로 다가갔다. 경찰관을 마주하는 게 영 껄끄러웠지만 어쩔 수 없었다. 그가 선수에 가까이 다가가자 낚시 모자를 쓴 관광객 차림의 거구의 사내가 방파제로 가볍게 뛰어내렸다.

"깡패가 경비정에 타는 건 처음일 거다. 깡패 티 내지 말고 조용히 내려라. 물건은 선미 갑판에 있다."

지독하게 고압적인 목소리, 최병만은 뭐라고 대꾸하려다 말고 그냥 등 뒤에 선 아이들에게 손짓을 했다. 보나마나 국정원이나 군 소속 요원일 테니 시비를 붙여봐야 좋을 리가 없었다. 곧장 경비정으로 올라간 아이들은 납작한 나무 박스와 검은색 가방들을 어렵게 들고 내려왔다. 특히 나무 박스는 건장한 남자 두 사람이 하나를 드는 데도 어깨가 축축 처질 만큼 무게가 있었다. 그래도 트럭에 박스와 가방들을 모두 내리는 데는 시간이 얼마 걸리지 않았다. 그런데 마지막 박스를 내릴 때 문제가 생겼다. 한 놈이 느닷없이 박스를 떨어트린 것이었다. 그것도 하필 경비정 난간 위에서였다.

콰직!

난간에 튕겨 방파제 위로 떨어진 박스는 육중한 소리를 내면서 한쪽이 완전히 터져 나갔다. 다행히도 박스 안에 또 플라스틱 케이스가 있어서 내용물이 모조리 쏟아져 나오는 불상사는 면했지만 안쪽 케이스까지 일부 깨지는 통에 노란색 물체 두 개가 비죽 밖으로 머리를 내밀었다.

"니미!"

그는 황급히 떨어진 물건을 쑤셔 넣었다. 해양 경찰의 눈에 띄면 이래저래 골치 아파질 것 같았다. 박스를 떨어트린 놈은 정신없이 케이스를 닫으며 머리를 조아렸다.

"죄송합니다, 형님! 박스가 저절로 깨졌습니다. 정말입니다!"

"시끄러, 씨발놈아! 그냥 실어! 출발한다!"

"네! 큰형님!"

마지막 박스가 트럭에 올라가자 그는 직접 뒷문을 잠그고 트럭

앞자리에 올라탔다. 이대로 서울까지 갈 생각이었다.

"가자!"

트럭이 움직이기 시작하자 주차장에 대기하던 승용차가 앞서 진입로로 들어가고 요원들의 검은 밴들이 줄줄이 따라오기 시작했다.

─쩝… 곤란하네요.

오정식이 헤드셋 안에서 입맛을 다셨다.

'젠장!'

부산으로 내려오면서 내내 우려했던 일이 실제로 눈앞에서 벌어지고 있었다. 차성묵이 해안경비정을 타고 현장에 나타나고 방파제에는 군 특수부대가 즐비하게 깔렸다. 쉽게 군경의 에스코트를 받으면서 밀수를 하는 꼴, 물건을 확인하기 위해 원거리에서 박스를 쏴버리는 초강수를 두었지만 내용물은 확인할 수 없었다. 그저 막연히 대량의 금괴일 거라는 예측뿐이었다. 박스들과 같이 나온 검은색 가방 6개는 코카인쯤으로 보였다. 그런데 현실적으로 손을 댈 방법이 없었다. 물건이 실린 트럭을 가운데에다 두고 무려 8대의 차량이 한꺼번에 움직이고 있었다.

─결행할까요?

"좋아. 트럭이 통과하면 그때 결행하고 바로 이탈해라. 가능하면 내용물이 뭔지 확인해야겠지만 무리할 필요 없다. 못해도 그만이야. 포인트2에서 만나자. 난 지난번에 챙겨둔 무전기 써봐야겠다."

─차성묵 그 인간하고 통화하시게요? 긁어 부스럼 아닐까요?

"차성묵을 너무 우습게 생각하지 마라. 어차피 내 이름 정도는

음모의 전조

알고 있을 거다."

—로저. 대기합니다.

김태훈은 곧바로 이어폰 무전기를 꺼내 차성묵을 호출했다.

"차성묵 중령, 이야기 좀 할까?"

—누구냐?

조금은 앳된 목소리, 차성묵은 아니었다.

"차성묵 바꿔라. 1번 채널로 들어오라고 해."

—누구냐?

그는 대답하지 않았다. 저희들끼리 연락이 오갈 터, 더 이상의 대꾸는 필요 없었다. 아니나 다를까 잠시 침묵이 흐르더니 차량 두 대가 행렬에서 빠져나와 속도를 늦춰 도로변에 멈춰 섰다. 이어 차성묵의 차가운 목소리가 무전기에서 흘러나왔다.

—존칭이 빠졌군, 소령.

"사회에서는 존경을 받을 수 있는 사람에게만 존칭을 쓰더군."

—영관급 예비역 장교가 군의 작전을 방해하는 건 군법회의 감이야.

"막아야 할 군 수사기관이 밀수를 하는 쪽이 군법회의 감 아닌가?"

—작전 중이다. 사살해도 그만이야.

"웃기는군. 자국 민간인을 죽이는 군 작전도 있나? 지금까지 당신이 싸지른 일만 해도 사형 감이야."

—건방지다. 민간인을 죽인 적은 없어.

김태훈은 잠시 말을 끊었다. 멈춰 선 밴 두 대에서 대원 7명이 뛰어내려 산개하고 있었다. 무전기 감청 범위에 있으니 위치추적을 시작했을 터, 그가 소리없이 웃으며 말했다.

"안필성은 경찰관이야. 당연히 선량한 민간인이지. 왜 죽어야 했지? 군대는 국민의 목숨을 지키기 위해 존재하는 거야."

─선량한 민간인이 사유지에서 자동소총을 휘두르나? 그자는 범죄자다.

밑져야 본전이라는 생각으로 안필성의 이름을 꺼냈는데 반응이 격렬했다. 안필성의 죽음은 기정사실이 된 셈이었다.

"남도철 경사는 왜 죽였지? 박재영을 조사한 죄인가?"

─남도철? 그런 사람 모른다. 난 손댄 적 없어.

"후후. 그 말을 믿으라는 거냐? 범죄로 따지면 박재영이 신급이지, 남도철이나 안필성은 아니야. 도대체 왜 박재영을 싸고도는 거지? 육군첩보대가 쓰레기를 보호할 이유 같은 건 없을 텐데?"

─박재영 사장이 도덕적으로 문제가 있다는 점에 대해서는 인정하지. 그러나 국가의 미래를 위해서는 놈의 존재를 인정할 수밖에 없어. 필요악이라고 해야 하나? 내일의 대한민국을 위해서는 그 작자가 필요해.

"헛소리 집어치워라. 살인교사에 납치와 약취, 그리고… 오늘 밀수한 금괴하고 코카인까지 더하면… 완전히 범죄 백화점이다. 너무 많아서 일일이 거론하기조차 힘들어."

─까불지 마라. 군이 밀수를 돕지는 않는다.

"충고 하나 하지. 당신도 이 정도 선에서 발을 빼는 게 좋아. 그리고… 애꿎은 생목숨 날릴 생각 아니면 아이들 불러들여라."

─가까이 있군.

음모의 전조

"물론. 하지만 찾기는 어려울 거야. 찾는다고 해도 거기서 여기까지 오려면 최소한 20분은 걸린다. 오늘은 이만 하지. 내 충고 잘 생각해 봐. 아웃."

차성묵이 뭔가 말을 붙이려 했으나 그는 단호하게 말을 자르고 무전기를 꺼버렸다. 정확한 위치를 찾아낼 시간을 주는 건 사양이었다. 순간, 강력한 폭음이 밤하늘에 울려 퍼졌다.

콰쾅!

김태훈은 작은 버섯구름처럼 솟아오르는 시커먼 연기 기둥 아래로 망원경을 돌렸다. 삽시간에 주저앉은 트럭은 탑 칸 반쪽이 비스듬히 잘린 채 불길에 휩싸였고 트럭 뒷바퀴 두 개가 도로 반대편 자갈 해변까지 날아가 시뻘건 연기를 뿜어내며 굴러가다가 작은 원을 그리며 쓰러졌다. 바로 뒤를 따르던 승용차는 석재 가드레일을 올라탄 채 멈춰 서 있었다. 성한 유리창은 단 한 장도 남아 있지 않았다. 일단 도로가 난장판이 되어버렸으니 경찰을 끌어들이는 데까지는 성공한 모양새, 그러나 내용물을 확인하는 것까지는 역시 무리였다. 잇달아 멈춰 선 다른 차량의 상태를 확인하는 사이, 오정식의 목소리가 귓전을 때렸다.

—트럭 탑 부위 반파. 내용물 확인 불가. 철수합니다.

"포인트2에서 대기. 아웃."

그는 미련없이 자리를 털고 일어섰다. 실린 물건이 금괴라면 어차피 대세를 결정지을 변수가 아니었다. 오늘은 시간을 버는 것으로 만족이었다.

CHAPTER 9
거울 속으로

"어머나, 이게 누구야. 세상이 정말 시끄러워졌나 보네. 급기
야 유령이 나타나니 말이야."

화사하게 웃은 로이스는 은색에 가까운 금발을 여유롭게 걷어
올리며 칵테일 잔을 입으로 가져갔다. 김태훈이 간이탁자 건너편
에 걸터앉자 로이스의 입꼬리가 다시 말려 올라갔다.

"천하의 독불장군도 아쉬운 게 있나 보지?"

그는 시리도록 푸른 로이스의 눈동자를 뚫어져라 노려보며 씁
쓸하게 웃었다. 매사 맺고 끊는 것이 철저했던 그조차 잠시 한눈
을 팔았을 만큼 로이스는 확실히 매력적인 여자였다. 오늘도 어
깨를 모두 드러내고 가슴선이 푹 파인 아슬아슬한 미니 원피스를
입고 보란 듯이 다리를 꼬고 앉아 있었다. 눈을 둘 곳이 영 마땅

치 않은 상황, 애써 외면한 그가 무미건조한 목소리로 말을 받았다.

"궁금한 게 좀 있어서."

공식적인 신분은 국무부 소속 주한미국대사관 서기, 그러나 겉보기와는 달리 그녀는 김태훈조차도 뒷덜미가 서늘할 정도의 무시무시한 킬러였다. 주로 한국과 일본, 러시아를 오가며 정보 장사로 뒷돈을 챙기는 더블에이전트로, 서른하나라는 나이가 무색할 정도로 자기관리에 철저한 CIA 극동지부 소속 요원이었다. 한때 가깝게 지냈지만 동거하자는 제안을 그가 거절하면서 사이가 멀어진 뒤에는 현역 시절에도 다시 만난 적은 없었다. 마지막으로 그녀의 얼굴을 본 것이 아마 2년 전 블라디보스토크였던 것 같았다. 로이스가 손가락을 까딱까딱하고는 자연스럽게 비즈니스 센터 라운지를 벗어났다.

그가 느릿하게 계단실까지 따라 나오자 로이스가 약간 삐뚤어진 그의 나비넥타이를 똑바로 돌려놓으며 말했다.

"선글라스하고 재킷이 멋지게 어울리는데? 귀신같이 스며드는 솜씨도 여전하고… 겁은 아예 없어졌네? 허니?"

CIA 요원들이 잔뜩 깔린 장소에 나타난 것이 의외라는 뜻, 현역 시절에는 CIA 극동지부장 요한슨이 직접 암살을 지시할 정도로 관계가 불편했고 은퇴 후에도 상황은 크게 달라지지 않았다. 최근 요한슨이 러시아로 전보되면서 극단적인 위험은 사라졌지만 아직도 남아 있는 지부장 측근들이 그의 현역 복귀를 감지하게 되면 상황이 어떻게 변할지는 아무도 몰랐다. 당연히 위험한 장소였다. 그의 미소가 짙어졌다.

"글쎄. 죽는 게 겁나면 이 짓 못하지."

"호호. 당신 역시 마음에 들어. 그런데 허니, 당신 은퇴했잖아. 뭘 줄 수 있지?"

안면이 있건 없건 이 바닥의 생리는 '기브 앤 테이크'였다. 원하는 것이 있으면 뭔가 넘겨야 했다. 그가 차분하게 말했다.

"팔아먹을 수 있는 것."

"말수가 적은 건 여전하네. 호호. 교환하자는 뜻이야?"

로이스는 재미있다는 표정으로 치열을 모두 드러내 보였다.

"비슷해."

"좋아. 그럼 들어볼까?"

"내각정보조사실하고 MSS 중국국가안전부가 한국에서 서로 총질을 한 이유, 그리고 가져간 물건은 누가 가지고 있는지."

"당신이 줄 건?"

일본 내각정보실과 중국 국가안전부를 건너짚어 이야기했는데 당연하다는 듯 반문이 자연스럽게 나왔다. 일단 제대로 짚었다는 이야기, 뭐가 됐든 물건은 중국이 챙긴 모양이었다. 그가 심드렁한 목소리로 말을 받았다.

"한국 유력 정치인 두 명의 비리, 폭력조직과 정치인의 유착 정도면 괜찮은 조건일 거야. 사본이지만 자료도 충분해."

"내가 밑지는 장사 같은데? 정치인들 비리야 어느 나라나 즐비한 문제잖아? 더구나 한국 정치인들은 비리 문제가 터져도 별로 타격을 받는 것 같지 않아서 말이야. 호호."

"귀찮군. 어차피 로이스가 아는 것도 많지 않잖아. 쓸데없이 저울질하지 말고 그냥 아는 것만 털어놔."

고개를 가로저은 김태훈은 복사해 둔 장부 몇 장을 꺼내 들었다. 로이스가 다시 웃었다.

"성질 급한 것도 여전하네. 좋아. 옛정을 생각해서 그냥 줄게. 대신 다음에 술 한잔 사."

"그러지."

"MSS가 개입된 건 맞아. 실무진은 한국과 일본이 모종의 거래를 했고 중국이 그걸 가로챈 것으로 판단하더라고. 일본인들이 길길이 날뛰고 있어."

"물건이 뭔지는 알아?"

"아니. 알아도 이야기 못하고."

"어디 있지?"

"아직 정확히는 몰라. 한국 내 NSA 모니터링 요원 전체를 동원했는데도 인천 차이나타운 어디가 아니겠냐는 정도만 어렴풋이 감을 잡은 형편이야."

"그쪽도 별로 아는 게 없군."

김태훈이 복사본을 도로 주머니에 넣으려 하자 로이스가 재빨리 손을 내밀었다.

"주기로 한 건 줘야지?"

"이러면 내가 손해인 것 같은데? 그냥 준다고 하지 않았어?"

"말이 그렇다는 이야기지. 대신 충고를 하나 해줄게."

"충고?"

"물건은 아직 한국에 있어. 인천 차이나타운 잡화상 순회를 해 보면 좋을 거야. 특히 자유공원 올라가는 계단 근처에 있는 작은 잡화상들이 마음에 들걸?"

"충고 고맙군. 같은 이야기가 내각정보실이나 국정원에도 전달되겠지?"

"당연히. 하지만 잡화상 이야기는 빠질 거야. NSA 감청팀에서 나온 정보인데 첩보 수준이라 지부에도 공식적으로 보고되지 않았어. 아! 그리고 당신 작년에 내가 제안한 거 기억나? 솔직히 당신 이제 한국에서 살기는 틀린 것 같은데 말이야. 블랙의 문은 항상 열려 있어. 어떻게 생각해?"

로이스가 거론한 블랙은 사설 용병회사 '블랙워터 인터내셔널'의 약칭이었다. 세계 최대의 사설 용병부대로 이라크와 아프가니스탄에서 요인경호를 비롯한 각종 위험한 작전에 투입되는 기업형 용병이었다. 실제로 미국이 전쟁 지역에 투입한 병력의 65% 이상을 이들 블랙워터와 다인코프 등 미국의 거대 PMC들이 차지했고 당연히 이들은 지난 이라크와 아프가니스탄 전쟁에서 전투와 보급, 전후 복구 등의 초대형 이권사업에서 천문학적인 액수의 수익을 올렸다. 그리고 앞으로도 이들의 비중은 점점 더 커질 것이었다. 이번이 두 번째 영입 제안, 김태훈의 대답은 이전과 다르지 않았다.

"대답은 이미 한 것으로 알고 있는데?"

"상황이 바뀌었으니까."

"됐어. 목에 칼이 들어와도 유대인을 위해서 일을 하지는 않아."

거울 속으로

"유대인? 블랙워터는 철저히 미국을 위해 일해. 미국은 미국인의 나라고."

김태훈은 피식 웃으며 복사본을 그녀의 손에 올려놓았다.

"술은 로이스가 사야겠어. 오늘 우린 본 적 없는 거겠지?"

"물론이야."

고개를 까딱해 보인 로이스는 핸드백을 뒤지더니 엄지손가락만 한 전화기 하나를 건넸다.

"내가 쓰던 백업용 스크램블 필터야. 아무래도 또 봐야 할 것 같아서 말이야. 호호. '거울 속으로' 돌아온 걸 환영해. 고스트."

로이스는 기묘하게 웃으며 선글라스를 만지작거렸다. 기분 좋을 때 가끔 나오는 그녀의 습관, 이런 상황이 아주 마음에 드는 모양이었다. 그가 뚱한 표정으로 전화기를 받아 들자 그녀가 말을 더했다.

"NSA에 감청당하는 거 싫어서 우리 식구들은 이걸 쓰지. GPS 추적장치는 달려 있는데 그건 알아서 해결하라고."

대답을 삼켜 버린 그는 말없이 로이스의 뺨에 가볍게 키스하고 곧장 등을 돌렸다.

'후…….'

그는 계단에 발을 내려놓으면서 크게 심호흡부터 했다. 해외에서 활동하는 미국인들, 특히 CIA에 소속된 요원들은 스파이들의 세상을 'Mirror World'라고 표현하기를 좋아했다. 상상을 초월하는 음모와 속임수가 난무하다 보니 누가 친구인지, 누가 적인지 도통 알 수 없는 것은 물론이고 누가 누구를 공격하는 건지,

두 개의 태양

누가 주도권을 잡고 있는지조차 전혀 구분이 되지 않았다. 한마디로 요지경 속의 세상이라는 의미였다.

어차피 총을 다시 잡는 순간 각오했던 일, 후회도 미련도 없었다.

†

차성묵은 뒷수습에 골머리를 앓았다. 사고 현장에 나온 경찰관들은 군사작전이라는 명분으로 간단히 따돌렸지만 벌 떼처럼 달려드는 기자들을 완벽하게 떼어놓는 건 결코 쉽지 않은 일이었다. 새로 안전한 차량을 구해 물건을 옮겨 싣는 4시간 동안, 사진 기자와 견인차들을 통제하고 혹시 있을지도 모르는 위험을 제거하기 위해 인근 지역을 모조리 수색하느라 10년은 족히 늙어버린 것 같았다. 그만큼 김태훈의 존재는 신경이 쓰였다.

어렵게 서울로 올라와서도 문제는 이어졌다. 한 번 망친 작전을 다시 깡패들에게 맡기는 것이 못 미더워 직접 호송을 하다 보니 깡패 소굴까지 들어가 요원들의 얼굴을 공개해야 했고 이성우 중장과 박재영으로부터 어이없는 핀잔을 들어야 했다. 직속 상관인 이성우에게 깨지는 거야 어쩔 수 없는 일이지만 박재영에게서까지 싫은 소리를 듣는 건 이래저래 자존심 상하는 일이었다.

정작 필요한 일은 손도 대지 못하고 엉뚱한 잡일에 시간을 낭비하는 상황, 그나마 다행인 건 박재영이 매스컴의 입단속을 제

267

거울 속으로

대로 해주었다는 점이었다. 공공장소에서 일어난 제법 큰 사고에 부상자와 목격자도 많았는데 신문지상에는 단 한 줄도 기사화되지 않았고 인터넷에도 문제가 될 만한 영상은 올라오지 않았다. 최소한 개망신은 면한 셈이었다.

그런데 이 깡패 소굴이라는 곳이 황당했다. 우선 장소가 강남 일대에서 제법 유명한 나이트클럽 지하였다. 그리고 수십 년 군 생활을 겪으면서 단 한 번도 보지 못했던 화려한 실내장식과 가구들을 목격해야 했다. 고가의 가구는 물론이고 천장에 매달린 샹들리에 하나만으로도 억대는 간단히 넘어갈 것 같았다. 벽은 화려한 미술품들로 채워졌고 스탠드바와 고급 술병, 페치카 등 영화에서나 본 장면들이 줄줄이 이어졌다. 한마디로 완전히 다른 세상, 들어가는 통로가 후줄근한 보일러실 옆이고 바로 위층이 시끄러운 나이트클럽이라는 점만 빼면 상류층의 비밀스런 파티 장소로도 전혀 손색이 없었다.

'재수없는 것들.'

조직폭력배가 대한민국 상위 2% 안에 들어가는 이런 빌어먹을 세상을 뜯어고치기 위해 시작한 일인데 그 원대한 계획이 출발부터 삐꺽거리고 있었다. 캠프로 돌아간 대원들은 휴식을 취하면서 장비 점검에 들어간 상황, 밤을 꼬박 새운 그 역시 휴식이 필요했으나 잠은 오지 않았다. 그는 스탠드바 안으로 들어가 제법 고급으로 보이는 꼬냑 한 병을 꺼내 병을 뜯었다. 붙어선 똘마니 하나가 인상을 긁었지만 깨끗이 무시했다. 깡패 따위의 눈치를 볼 이유는 없었다. 글라스에 반 정도 차도록 술을 따르고 대충 걸터앉아 술잔을 입으로 가져가려는데 양철민이 열린 방문을 노크하며 머리를 숙였다.

"박 사장입니다, 중령님."

무슨 헛소리를 떠드나 싶어 미간을 잔뜩 좁힌 채 전화를 받아 들었는데 흘러나오는 박재영의 목소리는 의외로 차분했다.

[물건은 인천 차이나타운에 있다더군. 경찰이 일대 전체를 차단하고 검문검색을 강화하고 있으니 당장 빠져나가지는 못할 거다. 명예회복을 기대하지.]

"알겠습니다. 처리하죠."

차성묵은 전화를 끊자마자 단숨에 잔을 비우고 짧게 소리쳤다.

"이동한다. 팀 전체를 움직이겠다."

김태훈은 근처 체인점에서 산 햄버거를 열심히 씹으면서 자유 공원 북쪽에서부터 차이나타운을 향해 천천히 걸었다. 하루 종일 먹은 거라고는 아점으로 먹은 국수 한 그릇이어서 날이 어둑해진 지금은 가죽이라도 씹을 지경이었다. 팔에 매달린 한선아도 밝은 표정으로 음료수 빨대를 물고 있었다. 한동안 갇혀 있어서인지 꽤나 답답했던 모양, 비록 인천이지만 야외로 나와 맑은 공기를 마시는 것만으로도 기분 전환은 될 터였다.

"오빠, 그렇게 하니까 정말 못 알아보겠다. 신기해요."

한선아가 고개를 앞으로 빼면서 그의 얼굴을 빤히 올려다보았다. 가발에 검은 뿔테 안경만으로 간단하게 이목을 가렸는데 분위기가 완전히 달라졌다는 뜻, 물론 화장 스타일을 완전히 바꾼 한선아도 알아보기가 쉽지 않았다. 그는 흐릿하게 웃으면서 햄버거를 다시 한입 베어 물었다. 신림동에 잠시 들러 한선아의 안전을 확인하고 편한 복장으로 넘어온다는 것이 발목을 잡힌 셈, 그러나 따지고 보면 조건은 같았다. 한선아 혼자 숙소에 놔두는 건 당연히 논외였고 어차피 손이 부족해서 이현주도 동원해야 하는 형편이었다.

당연히 한선아가 긴장해서 실수를 하거나 위험한 상황에 노출될 경우가 신경이 쓰였다. 그런데 우려와는 달리 운신이 크게 어렵지 않았다. 평소에도 일반의 시선에 신경을 쓰는 연예인의 입장이어서 그런지 한선아는 스파이 영화 뺨치는 달인급의 연기력을 보여주고 있었다. 탁월한 미모나 가창력에 비해 연기는 다소 부족하다는 세평이 무색할 정도로 눈치도 빠르고 임기응변에도 능해서 경찰의 검문 정도는 아예 걱정할 필요가 없었다. 자신이 보기에도 그저 공원에 놀러 나온 평범한 연인의 데이트 장면을 깔끔하게 연출했다. 물론 두 사람 사이에 오가는 대화는 평범과는 거리가 멀었다. 한선아가 다시 말했다.

"오늘 밤 자정을 기해서 우일신문 사이트하고 호스트컴퓨터 한꺼번에 다운될 거예요. 복구는 최소 1주일은 걸릴 거고요."

"일본 대사관은 어때?"

"음어 문서들이 많은데 해독을 못했어요. 시간이 좀 걸릴 거래. 참, 복사해 왔어요."

한선아가 음료수를 건네며 주머니를 뒤적여 USB 하나를 꺼냈다.

"수고했다."

"그런데 중국 사람들이 가져간 거 말이에요. 우리가 찾을 수 있을까?"

"공원 반대쪽 입구부터 이 정도 검문검색이면 쉽지 않을 거야."

오후 시간을 자유공원 인근의 지형과 건물들을 확인하면서 보냈지만 변수는 여전히 많았다. 당장 차이나타운에서 멀리 떨어진 공원 초입에서부터 사복경찰들이 줄줄이 깔려 있었다. 자동차를 비롯해서 일정 크기 이상의 가방들은 모조리 뒤지는 판이니 가까이 가면 상황은 더 심각할 터였다. 그나마 다행인 건 중국인들도 당장 움직일 생각은 절대 하지 않을 것이라는 점이었다. 그가 남은 햄버거를 쓰레기통에 던져 넣으며 말했다.

"일단 기념품이나 좀 사자."

"좋아요."

두 사람은 구불구불한 산책로를 벗어나 100개쯤으로 보이는 계단을 장난치듯 내려갔다. 두 사람이 마지막 계단을 내려설 무렵, 로이스에게서 받은 전화가 반짝 빛을 냈다. 전화기를 귀에 꽂은 그가 차가운 목소리를 냈다.

"무슨 일이지?"

[새로운 정보가 있어서 말이야.]

"원하는 게 뭐야?"

[난 물건이 뭔지만 알려주면 돼.]

"수락하지. 나도 궁금하니까."

[좋아. 그럼 그 계단에서 왼쪽으로 돌아.]

"근처에 와 있는 모양이로군."

[노코멘트. 쓸데없이 묻고 그래. 하늘에서도 다 볼 수 있잖아?]

"건방 떨지 마, 로이스. NSA가 만능이 아니라는 건 다들 아는 사실이니까."

[물론이야. 하지만 일본과 한국에서라면 만능에 가깝지.]

"감청 시스템 정도는 언제든지 부숴줄 수 있어."

[아아. 흥분하지 말자고. 물론 당신이라면 가능할지도 모르지. 그래서 스카웃도 고려하는 거 아니겠어? 후후. 그만하고 본론으로 가자고. 거기서 100미터쯤 가서 다시 왼쪽으로 돌면 중국인들 다니는 화교학교가 있고 조금 더 가면 공자 동상이 나올 거야. 동상 못 미쳐서 골목으로 들어가면 왼쪽에 미닫이문이 달린 허름한 중국식 과자점이 있어. 거기서 관련 단어가 나오는 통화가 몇 차례 이루어졌다더군. 간판은 없고… 음식이 당신 입맛에 맞을지도 모르겠어. 아마 서둘러야 할 거야.]

"기분이 영 좋지 않군. 좌회전, 좌회전, 화교학교, 공자 동상. 기억해 두지."

[행운을 빌어, 솔저.]

"이 바닥에 행운 같은 건 없어. 아웃."

퉁명스럽게 대답한 그가 전화를 뽑아 주머니에 넣자 한선아가 가까운 전병 가게로 그를 잡아끌었다.

"전병 같은 거 사 먹자, 오빠."

"그래."

"근데 오빠 영어 잘하네?"

"남는 게 시간뿐이었으니까."

"응? 무슨 소리야?"

실제 비정규 특수전에 투입되는 요원들은 대기하거나 잠복하는 시간이 턱없이 길었다. 몇 주는 기본이고 재수없으면 몇 달씩도 안가에 처박혀 꼼짝하지 않는 경우가 태반이었다. 할리우드 영화에서 보여주는 화려한 액션 같은 건 아예 있지도 않았고 실제 총기를 사용하는 것조차 보통은 1년에 한 번 있을까 말까 한 연례행사였다. 당연히 남는 건 시간이고 그 시간은 모두 작전에 필수불가결한 장비를 점검하거나 언어 능력을 끌어올리는 데 쓸수밖에 없었다. 단어 하나를 알아듣고 못 알아듣는 데 따라 목숨이 왔다 갔다 하는 판이니 필사적일 수밖에 없어서 해외작전 투입이 유난히 많았던 김태훈의 경우, 영어는 당연히 수준급이었고 일본어와 중국어까지 그런대로 의사소통이 가능했다. 그가 어깨를 으쓱해 보였다.

"사연이 길다. 그냥 이것저것 조금씩 할 줄 아는 거야."

"피. 조금 하는 사람 발음이 그렇게 날아다녀? 아닌 거 같은데?"

한선아는 전병 몇 개 골라 값을 치르면서 입을 삐죽 내밀었다. 김태훈은 대답을 피해 버리고 한발 물러서서 헤드셋으로 오정식을 호출했다.

"올라와라. 포인트3 근처다."

—알겠습니다.

"가자."

그는 여전히 재잘거리는 한선아를 데리고 주변을 세심하게 살피며 천천히 경사로를 걸어 내려갔다. 평일인데도 사람은 제법 많았다. 젊은 커플이나 식사하러 나온 가족이 대부분인데 상당수의 사복경찰들까지 섞여 있어서 마음 놓고 움직이기는 어려운 형편이었다. 더구나 경찰 이외의 기관원들에다 외국인까지 심심치 않게 보였다. 그는 일단 로이스가 지목한 골목을 그대로 지나쳐 동상 근처에서 오정식과 자연스럽게 합류했다.

"저기 2층 정도면 내가 들어가는 가게가 보일 거다. 간단하게 식사하면서 헤드셋 오픈 상태로 대기해라."

"무리하지 마십쇼. 사복경찰이 새카맣게 깔렸습니다."

"알아. 내가 20분 이내에 나오지 않거나 시끄러워지면 즉시 현장을 이탈해라."

"알겠습니다."

그는 세 사람이 골목 건너편에 있는 비교적 깔끔해 보이는 식당으로 들어간 다음 혼자 골목으로 들어갔다. 상당히 비좁은 골목이어서 오가는 사람은 전혀 없었고 가게는 벽 일부를 터서 과자들을 진열한 초등학교 앞 분식집만 한 작은 규모였다. 가게를 유지한다는 것이 희한할 정도, 열린 문틈으로 보이는 실내에서는 20대 후반의 여자 두 사람이 전병처럼 생긴 빵을 열심히 포장하고 있었다. 그런데 느낌이 이상했다. 두 사람의 나이가 예상보다 젊은 건 패밀리 비즈니스의 특성상 자녀들이 가게에 나왔다고 치부한다 치더라도 손놀림만은 익숙해야 정상이었다. 그런데 포장

두 개의 태양

하는 손놀림이 어딘가 허술했다.

'새 식구로군.'

이번 작전을 위해 최근에 새로 투입된 요원이라는 뜻, 손님에 별 관심이 없는 것도 그의 확신을 뒷받침했다. 그는 천천히 걸으면서 야구모자를 꺼내 깊이 눌러썼다. 어딘가에서 국정원이나 CIA가 지켜본다는 전제로 일을 시작해야 했다. 마구잡이로 밀고 들어가 봐야 물건을 찾아낸다는 보장도 없고 어차피 삼엄한 검문을 빠져나갈 방법도 마땅치 않았다. 진입 여부를 놓고 갈등하는 사이, 오정식의 다급한 목소리가 들려왔다.

—정복 타격대가 지역을 장악하고 있습니다. 이탈하십시오! 진입할 것 같습니다! 반복합니다. 타격대 접근! 국정원으로 보입니다!

그는 알았다는 의미로 헤드셋을 몇 번 잘라서 두드렸다. 이러면 지켜보는 수밖에 도리가 없었다. NSA가 국정원이나 군첩보대에 정보를 흘렸을 수도 있고 CIA의 덫일 가능성도 없지 않았다. 이대로는 위험부담이 너무 크다는 판단, 그는 그냥 가게를 지나쳐 골목 안쪽으로 들어갔다. 그런데 골목 끝이 막혀 있었다.

'갈수록 태산이로군.'

그는 골목 가장 안쪽에 있는 눈높이의 낮은 담장을 단숨에 뛰어넘어 자세를 낮췄다. 일단 급한 불은 끈 상황, 그런데 빠져나갈 구멍이 마땅치 않았다. 더구나 담장 안은 지독하게 비좁았다. 건물과 담장 사이가 잘해야 50㎝에 불과했고 그나마 잡다한 고물들로 가득 차 있어서 서 있기조차 어려웠다. 그는 변화를 기다리기로 결정하고 부실한 담장에 뚫린 구멍으로 골목의 상황을 주시했다. 선택의 여지가 없었다.

그런데 정복 타격부대원보다 한발 먼저 사복 차림을 한 건장한 체격의 사내 둘이 골목 안으로 들어왔다. 손에는 소음기가 달린 권총이 쥐어져 있었다. 사내들은 다짜고짜 가게 안으로 밀고 들어갔다. 몇 초 지나지 않아 어지러운 발자국 소리가 골목에 울려 퍼졌다. 방탄복과 헬멧으로 완전무장한 진압부대, 보나마나 차성묵 예하의 육군첩보대일 것이다. 가게 앞으로 전개한 대원들은 즉시 가게 문을 박차고 안으로 진입했다. 워낙 조잡한 간판으로 도배가 된 좁은 골목이어서 저격수 배치에 시간을 허비하는 건 의미가 없다는 판단을 한 것 같았다.

파바박!

"아악!"

쾅! 콰쾅!

소음기를 통과하는 둔탁한 총성과 뾰족한 비명이 잇달아 터져 나오고 급기야 소음기 없는 총성이 굉음을 토해냈다. 진압부대 전원이 소음기를 장착한 총기였으니 소음기 없는 총성은 중국인들의 것일 터였다. 그런데 예상외로 강력한 저항에 부딪힌 듯 총성이 그치지를 않았다. 급기야 AK소총 특유의 날카로운 소음이 터져 나왔다.

카카캉!

'빠져나가자.'

얻은 것 없이 그냥 발을 빼는 건 성에 차지 않지만 무지막지한 총격전이 벌어진 현장에 남아서 해당 지역을 차단할 병력과 마주치는 건 누가 봐도 미친 짓이었다. 마음을 결정한 그는 즉시 건물과 담장 사이를 통해 건물 뒤로 이동했다. 잘하면 반대쪽으로 넘어갈 방법을 찾을 수도 있을 것 같았다. 그런데 건물과 담장 사이를 빠져나가려 하는 순간, 건물 앞마당 건너편 담장의 쪽문이 벌컥 열리면서 3명의 남녀가 튀어나왔다. 그는 반사적으로 자세를 낮췄다. 그리고 귀청을 찢을 듯한 총성이 귓전을 두들겼다.

쾅! 콰쾅!

"컥!"

가장 뒤에 오던 사내가 흙바닥에 나뒹굴고 나머지 둘은 번개같이 담장에 기대서 열린 문 너머에다 권총을 쏘아댔다. 사내가 여자에게 중국어로 고함을 질렀다.

"칭칭! 먼저 가라! 틀렸다!"

"당신은요!"

사내는 연신 문에다가 총을 쏴대며 고함을 질렀다.

"제3안가에서 기다려! 어서 가!"

이미 울상이 되어버린 여자는 곧장 마당을 가로질러 그가 있는 곳으로 달려왔다.

파바박!

다시 총성, 이번엔 둔탁한 MP—5였다. 사내가 옆구리를 움켜쥔 채 풀썩 무릎을 꿇었다.

"지앙!"

여자가 비명을 지르며 돌아서다가 갑자기 쓰러졌다. 다시 총성과 고함 소리가 비좁은 마당을 가득 채웠다. 사내는 쓰러진 채 담장에 달라붙어 필사적으로 총을 쏘기 시작했다. 5, 6미터 앞에 쓰러진 여자가 어렵게 상체를 일으키자 사내가 다시 악을 썼다.

"가! 빨리!!"

여자는 다리를 질질 끌면서 그가 있는 건물 뒤쪽을 향해 필사적으로 기었다. 종아리쯤에 총상을 입은 듯 출혈이 상당해 보였다.

'제기랄!'

그는 일단 한발 물러서서 버려진 낡은 냉장고 뒤로 몸을 숨겼다. 그런데 악착같이 건물 사이로 기어들어 온 여자가 벽에 기대 놓은 판자들을 걷어내고는 안으로 들어가 버렸다. 안에 공간이 있다는 뜻이었다.

'응?'

서둘러 냉장고 뒤를 빠져나온 그는 다시 한 번 사내의 상태를 확인한 다음, 판자 사이로 따라 들어갔다. 중국인들의 중요한 안가였으니 비상시 탈출로일 가능성이 높았고 무엇보다 뭐라도 하나 건지려면 어차피 여자를 따라가야 했다.

맨홀처럼 뚫어놓은 입구는 겨우 한 사람이 수직으로 내려갈 수 있을 정도로 비좁았다. 내려와서도 몸을 움직일 수 있는 공간은 겨우 폭 50㎝에 높이는 1.5m 남짓이 전부였다. 허리를 잔뜩 굽혀야 겨우 걸을 수 있다는 뜻, 그래도 빠져나갈 수 있다면 상관없었다. 그는 내려오자마자 즉시 뚜껑을 닫고 나무토막을 꽂아서 잠가 버렸다. 누가 뒤를 따라오는 건 사양이었다.

잠시 눈을 감고 어둠에 익숙해질 무렵, 걸음을 떼어놓기 시작했다. 역한 곰팡이 냄새가 코끝을 자극하고 미끄러운 바닥도 줄기차게 신경을 건드렸다. 철벅거릴 정도는 아니지만 발밑에서 흙이 밀려 나가는 느낌이었다. 멀리서 가쁜 숨소리가 벽을 타고 넘어왔다. 아직은 가까운 거리에서 여자가 뛰고 있다는 뜻, 다리에 부상을 입었고 동료를 둘이나 남겨놓고 왔으니 부비트랩을 걱정할 필요까지는 없을 것 같았다. 그래도 조심해야 하는 건 마찬가지, 그는 거리를 재기 위해 발걸음 숫자를 세면서 최대한 신중하게 움직였다.

'대단하군. 아예 터널을 만들었어.'

터널은 곧 다른 건물의 지하실로 연결되었다가 다시 좁고 구불구불한 터널로 이어졌다. 지하실 두 개를 지나고 나자 끝이 보이기 시작했다. 먼저 간 여자가 출구를 열었는지 통로가 잠시 밝아졌다가 다시 어두워졌다. 시간이 멈춘 것 같은 완벽한 어둠, 갑자기 너무 어두워져서 휴대전화를 꺼내 불빛으로 대략의 상황을 점검하면서 전진해야만 했다.

30미터쯤 더 가자 길이 완전히 막혔다. 지상으로 올라가는 통로, 들어올 때와 마찬가지로 수직으로 뚫린 맨홀 형태였다. 그래도 높이가 좀 낮아서 단숨에 올라갈 수 있을 것 같았다. 그는 계단처럼 쌓아놓은 흙더미 위에 올라서서 뚜껑을 아주 조금만 밀어 올렸다. 우수수 떨어지는 흙먼지 사이로 후줄근한 잡목이 눈에 들어왔다.

'절묘하네.'

거울 속으로

공원 외곽의 잡목들이 우거진 지역, 평소에 그냥 드나들어도 눈치 채는 사람은 전혀 없을 것 같았다. 그는 뚜껑을 던져 버리고 여자의 위치부터 확인했다. 그러나 여자의 모습은 어디에도 보이지 않았다. 일단 구멍을 빠져나와 핏자국부터 확인했다. 구멍 주변에 잠깐 몰려 있던 핏자국은 잡목 숲을 통해 띄엄띄엄 북쪽으로 이어져 있었다. 그는 옷에 묻은 흙먼지를 털어내면서 신속하게 핏자국을 따라 달렸다.

그런데 얼마 지나지 않아 핏자국이 보이지 않았다. 대신 어지러운 발자국만 남아 있었다. 굵은 소나무에 기대서서 혼자 지혈을 한 것 같았다. 남은 건 발자국뿐, 낙엽으로 뒤덮여 흔적을 찾는 것이 쉽지 않았지만 불가능은 아니었다. 발자국을 따라 몇 발자국 움직이지 않았는데 나뭇가지 부러지는 소리가 귀청을 때렸다.

빠지직.

동시에 낙엽이 한꺼번에 부서지는 소리가 들려왔다. 가까운 곳, 굵은 소나무 몇 그루를 지나치자 쓰러진 여자의 뒷모습이 보였다. 그가 다가갔는데도 여자는 움직일 생각을 하지 않았다. 지혈도 하지 않고 먼 거리를 뛰었으니 이유는 뻔했다. 출혈이 심해서 기절한 것 같았다.

'골고루 하네.'

고민할 이유는 없었다. 일단 뭐라도 건지려면 이 여자부터 챙겨놓아야 했다. 그는 주저없이 여자를 어깨에 둘러메고 오정식을 호출했다.

두 개의 태양

"4분 후에 포인트4에서 보자. 현장 이탈 완료."

—대기하겠습니다.

차성묵은 중국인의 시체를 발로 뒤집으며 안도의 한숨을 내쉬었다. 중국 국가안전부에 일본 내각정보실까지 무려 4개 조직이 한꺼번에 뒤엉킨 총격전에서 단 한 명의 부상자도 내지 않았다. 반면 받아 든 성적표는 중국요원 4명 체포에 5명 사살, 일단은 만족스러웠다. 지역 차단과 제압이 신속하게 이루어져 민간인의 피해가 나지 않은 것도 상당히 기분 좋았다. 남은 문제는 물건을 찾아내는 것뿐이었다.

"가방을 찾았습니다!"

양철민이 낯익은 가방 하나를 들고 지하실에서 뛰어나왔다.

"안전한가?"

"일부가 분실됐습니다. 여자 하나를 놓친 것 같은데 그 여자가 가져간 것으로 보입니다."

양철민은 재빨리 테이블 위에다 은색 하드케이스를 열어 보였다. 케이스 안은 3개의 홈이 파여진 검은 스펀지로 채워졌는데 그중 하나가 비어 있었다. 나머지 2개는 하드드라이브로 보이는 박스였다. 등 뒤에 있던 키 작은 안경잡이 사내가 재빨리 다가서며 어눌한 한국어로 말했다.

"하나가 없어졌군요."

"중요한 겁니까?"

"쉽게 메인보드가 없어진 셈입니다."

거울 속으로

“메인보드요?”

“전용 하드드라이브의 데이터를 다른 컴퓨터로 전송할 수 있도록 별도로 개발된 하드웨어라고 생각하시면 됩니다. 전용이라 새로 만드는 것도 어렵고 다시 빼오기도 쉽지 않을 겁니다. 의심할 테니까요.”

“다른 방법은 없습니까?”

“가능하긴 합니다. 시간이 좀 걸리겠죠.”

“젠장. 일단 뙤놈들 손에 넘겨주지 않은 것으로 만족해야겠군요. 철수합시다. 양 대위, 여자는?”

“옆 건물도 아지트로 썼던 것 같습니다. 핏자국을 따라가다가 그 건물 뒤에서 터널을 하나 찾아냈는데 상당히 깁니다. 1개 조가 추격에 들어갔으니 곧 보고가 있을 겁니다.”

“알았다. 추격조만 남겨놓고 나머지는 뜬다. 기자 자식들 눈에 띄어서 좋을 일 없다.”

“네.”

양철민이 가방을 닫자 차성묵은 부상당한 중국인들을 모아놓은 방으로 성큼 들어섰다. 방에는 피투성이가 된 남녀 4명이 손이 뒤로 묶인 채 엎드려 있었다.

“몸수색은 했나?”

“끝냈습니다.”

안쪽에 서 있던 이민석이 엎드린 40대 사내의 어깨를 툭 치면서 대답했다. 사내는 오만상을 찌푸리면서 이를 악물었다. 허리에 총상을 입었으니 당연할 터였다.

"그놈이 책임자인가?"

"그런 것 같은데 말을 안 합니다."

"그렇겠지. 일단 간단하게 응급조치만 하고 머리 뒤집어씌워서 캠프로 데려간다. 3분 주겠다."

차성묵은 대답도 듣지 않고 방을 나섰다. 달아난 여자를 찾아내는 건 추격팀과 지역을 장악한 국정원에 맡기는 수밖에 없었다.

교회 첨탑이 보이는 공원 북쪽 경사로에서 일행과 합류한 김태훈은 이현주만 불러올려 숲 안쪽의 비교적 은폐된 곳에 자리를 잡았다. 가장 먼저 한 건 당연히 여자의 손가방과 옷가지를 뒤져 물건들을 확인하는 일이었다. 그런데 내용이 별거 없었다. 각기 다른 이름으로 된 중국 여권 하나와 일본 여권 하나, 나머지는 잡다한 소지품들이 전부였다. 일회용 대포폰에서 전화번호 몇 개를 건졌지만 소득은 없을 것 같았다. 이미 비선이 노출된 조직이 반응을 보이리라 기대하는 건 멍청한 짓이었다.

마지막으로 손가방에서 넷북 크기의 컴퓨터도 나왔는데 상표나 내용물을 유추할 수 있는 표기 같은 것이 전혀 없었다. 이현주가 컴퓨터 아래위를 훑어보며 고개를 갸웃했다.

"저도 처음 보는 거예요. 포트가 3개뿐인데 핀이 너무 많습니다. 액정 화면이 있기는 하지만 두께도 그렇고 일반 넷북은 분명히 아닌데……."

"저 여자는 알겠지."

김태훈은 나무에 기대 눕혀놓은 여자를 다시 돌아보았다. 여자는 가끔씩 신음을 토해내며 몸을 떨고 있었다. 아무리 봐도 정보요원은 아니었다. 잘해야 30대 중반쯤 되는 평범한 여자인데 특별히 매력있는 얼굴도 아니고 훈련의 흔적도 전혀 없었다. 이현주가 여자의 상태를 확인하며 말했다.

"어렵겠어요."

그는 여자의 얼굴에 눈길을 던지며 고개만 끄덕였다. 출혈이 심해서인지 여자의 안색은 이미 백지장 같았다. 당장 병원으로 간다고 해도 목숨을 건진다는 보장이 없는 상황, 더구나 총상을 입은 여자를 데리고 경찰의 삼엄한 경계를 뚫는다는 건 턱도 없는 소리였다. 그렇다고 마냥 기다릴 수는 없는 노릇, 어떤 식으로든 결정이 필요했다.

"일단 살려야겠지."

마음을 굳힌 그가 자리를 털고 일어서려는데 오정식에게서 전화가 걸려왔다.

"무슨 일이냐?"

[타격대 일부가 철수합니다. 사상자가 몇 명 있고 체포된 사람도 몇 있는데… 이쪽에서 카메이가 빌렸다던 렌터카가 보입니다. 따라갈까요?]

"차량 번호 확인했나?"

[예. 확실합니다.]

"좋아. 그럼 렌터카를 따라가라. 무리하지 말고 멀리서 가는 곳만 확인해라."

[알겠습니다. 형수님은 팀장님 내려올 때까지 차에서 대기하라고 하겠습니다.]

"농담할 때 아니다. 형수님 소리 치워."

[넵! 어쨌든 따라가겠습니다.]

"알았다."

그는 내심 한숨을 내쉬면서 전화를 끊었다. 처음엔 장난 삼아 부르던 형수라는 호칭이 아예 굳어져 버린 셈, 더구나 한선아까지 싫지 않은 눈치를 보이는 통에 점점 더 수렁에 빠지는 기분이었다.

그가 귀에서 전화기를 떼어 주머니에 넣는 순간, 여자가 신음을 토해내며 실눈을 떴다.

"여… 여기가 어디죠."

발음은 불분명하지만 확실히 중국어, 김태훈은 재빨리 돌아섰다.

"칭칭이라고 했지?"

"다… 당신은 누구죠?"

"질문은 내가 해, 칭칭. 우선 잘 들어. 당신 조직은 완전히 와해됐고 오로지 당신만 살아남았어. 그리고 당신은 심각한 총상을 입은 상태지. 출혈이 심해서 빨리 병원에 가지 않으면 죽을 수밖에 없어. 내 질문에 제대로 답을 하면 최대한 빨리 병원에 데려다주겠어."

금방 상황을 이해했는지 여자는 힘없이 고개를 아래위로 움직였다.

"소속."

"구… 국방부 제5연구원이에요."

"연구원? 연구소 직원이 왜 스파이를 하고 있지?"

"테라바이트급 데이터 전송이 필요하다고 해서 베이징에서 급 파됐어요. 다른 건 몰라요."

여자는 예상외로 아는 것을 술술 털어놓기 시작했다. 잔뜩 겁을 집어먹은 모습, 필드에서 활동하는 정보요원이 아닌 것은 분명해진 셈이었다.

"어떤 데이터지?"

"몰… 라요. 최소 100테라… 바이트라고 했어요."

"성공했나?"

"아… 니에요. 시… 시간이 없어서 데이터를 읽어 들이지도 못했어요."

"이건 뭐지?"

그는 여자의 손가방에서 나온 컴퓨터를 들어 보였다.

"별… 도로 개발된 데이터 리더 같은데 중요한 부품이 하나 빠져서 연결 못했어요. 패스워드도 있어야… 하는데 없고요."

"뭔지 모른다?"

"가방… 에 대형 하드디스크 두 개하고 같이 들어 있었어요. 아… 아는 건 그게 다……."

"가방?"

"은… 색 가방인데 같이 있……."

여자의 목소리는 급격히 잦아들다가 급기야는 끊어져 버렸다.

다시 정신을 잃어버린 것, 그가 뺨을 툭툭 쳐봤지만 여자는 깨어나지 않았다. 이현주가 재빨리 목에다 손가락을 가져다 대더니 살짝 입술을 깨물었다.

"쇼크 같아요. 위험합니다."

"젠장. 일단 병원으로 가야겠다."

"어려울 것 같습니다. 출혈이 너무 많았어요."

"그래도 가기는 해봐야지. 업혀라."

"네."

축 늘어진 여자를 어렵게 업으려 하자 이현주가 다시 여자의 호흡을 확인하고는 김태훈을 향해 고개를 가로저었다.

"사망했나?"

"네."

김태훈은 씁쓸한 표정으로 여자를 다시 눕히고 일어섰다. 곧장 구급차를 불렀다면 목숨은 건질 수 있었을까도 싶었지만 이내 생각을 접었다. 부질없는 생각이었다. 따지고 보면 와중에 생존한다고 해도 이후에 그녀를 기다리는 건 죽음보다 더한 고통스런 나날일 터였다. 스파이 행위를 하다가 체포된 마당이니 정상적인 대우를 바라기는 애당초 틀렸고 양국 정부는 사실을 은폐하기 위해 필사적으로 손을 쓸 것이었다. 차라리 여기서 죽는 게 나을 수도 있었다.

"잠깐만요."

이현주가 갑자기 손가락을 입에 가져다 댔다. 움직임을 멈추자 멀리서 낙엽 부서지는 소리가 어수선하게 들려왔다.

거울 속으로

"뜨자."

두 사람은 지문이나 타액이 묻었을 만한 여자의 옷가지를 벗겨 들고 곧바로 자리를 떴다. 가능한 멀리 있는 쓰레기통에 버릴 생각이었다.

CHAPTER 10
KSTAR

　이른바 '리틀도쿄'라고도 불리는 동부이촌동은 서울에서 가장 오래되고 규모가 큰 외국인 집단 거주지였다. 특히 부유한 일본인이 많이 거주하는 지역으로 동부이촌동 인근에만 5,000명 이상이 집단으로 모여 살았다. 따라서 일본인 전용 창구를 갖춘 은행은 물론이고 병원이나 미용실, 부동산, 세탁소 등 대부분의 점포에서 일본어 사용이 가능했다. 얼핏 보기엔 평범한 주택가지만 여기저기 꼼꼼히 살펴보면 일본의 느낌을 많이 찾아볼 수 있었다.

　김태훈은 이촌역 북쪽의 외딴 산기슭에 있는 깔끔한 2층 건물에 시선을 고정하고 있었다.

　"저기냐?"

"예. 카메이란 놈의 얼굴은 보이지 않습니다."

김태훈은 고개만 까딱해 보였다. 타격대 차량들과 헤어진 일본인들이 탄 렌터카는 곧장 대사관으로 넘어갔다가 동부이촌동의 조용한 주택가로 들어와서는 움직이지 않았다.

그는 뻑뻑한 눈을 슬쩍 비볐다. 새벽 1시가 조금 넘은 시각, 주택가답게 인적은 거의 없었다. 오정식이 야시경을 내려놓으며 말했다.

"정말 들어가실 생각입니까?"

"유일하게 내 편이 될 수 있었던 경찰관이 암살됐다. 내게도 총알이 날아왔고 말이야. 상대가 일본 정보기관인 이상 인정사정 볼 생각 없다."

오정식이 그럴 줄 알았다는 듯 가볍게 고개를 끄덕였다.

"듣던 중 반가운 소리이긴 합니다만 외교관 신분인 놈들이 있을 텐데 외교 문제로 비화되지 않을까요?"

충분히 가능한 이야기, 그러나 김태훈은 고개를 가로저었다.

"아니. 너도 대충 눈치 챘겠지만 누군가 필사적으로 덮고 있다. 우리 정부는 물론이고 일본도, 중국도 마찬가지야. 진실이 알려지는 게 달갑지 않은 거다."

"그래도……."

"생각해 봐. 일주일 넘게 그 난리를 치렀는데 매스컴에는 기사 한 줄도 없었다. 이러면 정보요원들 정도는 마구잡이로 처리해도 시끄러워지지는 않는다는 이야기야. 선아하고 우리가 더 위험해지는 건 문제지만 말이다."

“위험이야 지금도 마찬가지 아닙니까? 어차피 각오한 거고요.”

“너희들한테 미안하구나.”

“별말씀을요. 솔직히 요즘 형님하고 다니면서 살아 있다는 걸 실감하고 있습니다. 근질거려서 죽는 것보다는 이쪽이 훨씬 모양이 낫죠? 흐흐.”

오정식은 치열을 내보이면서 주먹을 들어 보였다. 그도 마주 웃으며 주먹을 맞부딪쳤다.

“짜식.”

“그나저나 박재영인지 방 뭐시기인지 이 영감탱이들 도대체 무슨 속셈인지 모르겠습니다.”

“당사자들에게 직접 물어보는 수밖에 없겠지. 카메이든 박재영이든, 방대섭이든 말이야.”

“방대섭은 몰라도 박재영은 만만치 않을 텐데요?”

“알아. 우선은 방대섭을 족쳐야지. 오늘 별 소득이 없으면 바로 그놈부터 두들길 생각이다.”

“간만에 몸 좀 풀겠군요. 흐흐.”

“인마, 그것들도 만만치 않아. 후후.”

씩 웃은 김태훈은 권총을 뽑아 소음기를 끼우고 탄창을 빼서 확인한 뒤, 다시 꽂았다. 지금 들어가겠다는 뜻이었다.

“확인된 인원은?”

“별로 없습니다. 감시카메라 두 개가 담을 따라 설치되어 있고 건물 오른쪽 방의 조명이 꺼지지 않은 것으로 보아 거기서 감시

조가 대기하는 것 같습니다. 지난 7시간 동안 드나든 인원은 2명이 전부입니다.”

“저격 위치 잡았지?”

“뒤에 있는 야산입니다. 거리가 좀 멀지만 400미터 안쪽이어서 큰 문제는 없습니다. 미리 은신용 모포까지 깔아놓고 내려왔습니다.”

“현주는?”

“형수님하고 대로 건너편 차에 있습니다.”

“좋아. 현주 올라오라고 해라. 가자.”

김태훈은 권총을 허리춤에 꽂으면서 느릿하게 차에서 내렸다.

호리우치는 응접실로 나와 위스키를 한 잔 따랐다. 이것저것 핑곗거리를 만들고 물건이 현지에 도착했을 때 필요한 사안도 정리하다 보니 터무니없이 시간이 늘어져서, 달랑 30분이면 끝낼 보고서를 무려 6시간이나 붙잡고 시간을 허비해야 했다. 시간은 벌써 새벽 2시를 향해 달려가고 있었다.

“멍청한 작자들.”

나직하게 욕설을 뱉으며 위스키를 단숨에 들이켰다. 무려 80명이 넘는 서울지부 인력이 총동원돼서 호들갑을 떨었으나 아직도 일부는 남의 손에 남아 있었다. 그나마 데이터와는 상관없는 하드웨어 분실이어서 한시름 던 셈, 그래도 손이 더 가는 건 짜증스런 일이었다. 다시 술을 따르려는데 휴대전화기가 반짝 빛을 냈다. 아는 전화번호, 카메이의 보안회선이었다. 그는 술병을 든 채

두 개의 태양

전화를 받았다.

"호리우치입니다."

[대충 보고 받았다. 수고했어.]

"죄송합니다."

[죄송? 그렇지도 않아.]

"네?"

[조용히 끝났으면 더 좋았겠지만 크게 나쁠 것도 없어.]

"하지만……."

[어차피 저들이 목표로 하는 건 기본적으로 이런 혼란스런 상태다. 잊어버려. 지금부터가 진짜니까 말이야.]

호리우치는 소리없이 한숨을 내쉬면서 잔에 술을 따랐다. 목이 날아갈 만큼 엄청난 실수가 그런대로 무마되는 분위기였다. 저절로 한숨이 나왔다.

"중국 쪽 반응은 어떻습니까?"

[조용해. 대충 예상은 했지만 너무 조용해서 이상할 정도더군. 인터넷에도 이번 일을 문제 삼는 사람은 아직 없어.]

"다행이군요."

[전체주의 국가의 단점이지. 중국인들은 사람이 피투성이로 대로에 쓰러져 있어도 아무도 신경 쓰지 않아. 괜한 일에 말려들고 싶지 않은 거지. 우리로서는 감사할 일이지만 말이야.]

"물건은 언제 보내실 겁니까?"

[당장.]

"네?"

[어쩔 수 없다. 조금 전부터 대사관 호스트 다운이야. 우일신문 호스트도 심각한 타격을 입었다더군. 누군가 조직적으로 방해공작을 시작했다는 뜻이다.]

"국정원일까요?"

[모르지. MSS로 정보가 샜으니 국정원도 당연히 안다고 봐야 할 거다. 하지만 국정원이 우리 대사관을 공격했다고 보는 건 무리야. 차라리 MSS라고 보는 편이 타당하겠지. 어쨌건 지금으로서는 지체없이 내보내는 것이 최선이다. 니시무라가 신경 쓰이지만 어쩔 수 없다. 대사관 외교행랑편으로 밀어붙이자.]

"자칫하면 지부장님이 알게 될 텐데… 괜찮을까요?"

[니시무라는 어차피 핫바지야. 내가 처리할 테니 자네는 신경 쓰지 말고 직접 들고 대사관에 들어갔다가 곧장 한국을 뜨도록.]

"알겠습니다. 내일 아침 일찍 제1안가로 들어가겠습니다."

[좋아. 내일 보지.]

"편히 주무십시오."

전화를 끊은 호리우치는 술병과 잔을 그대로 들고 책상으로 돌아가 자리에 앉았다. 한두 잔만 더 하고 잠을 청해볼 생각이었다. 그런데 문밖에서 무언가 부딪히는 소리가 들려왔다. 그는 들어 올리던 술잔을 우뚝 멈췄다. 이번엔 나직한 비명, 뭔가 문제가 터졌다는 뜻이었다.

'제기랄!'

호리우치는 반사적으로 스탠드를 끄고 서랍에서 권총을 꺼내 들었다. 일단 창문 옆에 붙어 두꺼운 커튼을 살짝 들고 밖을 내다

두 개의 태양

보았다. 아무도 없는 캄캄한 잔디밭, 외등의 창백한 푸른색만 건물과 대문 사이를 비추고 있었다.

"헉!"

다시 비명, 그는 재빨리 책상 아래로 자세를 낮췄다. 상대는 뻔했다.

'제기랄! 또 뭐냐?'

느닷없이 심장이 터질 것처럼 뛰기 시작했다. 기초훈련을 무려 40주나 받았지만 근본은 그저 연구원, 당연히 현장 경험도 일천해서 이런 극단적인 스트레스는 견디기 힘들었다.

'뭐가 먼저지?'

그는 필사적으로 필드 매뉴얼을 떠올렸다. 최우선은 기밀문서 인멸, 물건은 제1안가로 들어갔으니 상관없고 서류도 변변한 건 없었다. 조금이라도 신분 노출의 여지가 남은 건 오로지 컴퓨터였다. 그는 즉시 몸을 일으켜 노트북 하드드라이브가 있는 자리에다 권총 두 발을 쏘아붙였다. 타다닥, 소리와 함께 키보드에서 반짝 불꽃이 튀었다. 이어 휴대전화의 단축번호 9번을 눌렀다. 공격당하고 있다는 신호, 이젠 빠져나가면 그만이었다. 기다시피 책상 뒤를 빠져나와 문 옆에 달라붙었다. 지하실로 내려가야 했다.

김태훈은 거실의 어두운 벽에 붙어 서서 2층 계단을 매섭게 노려보았다. 계단 위로 보이는 총구화염은 둘, 소음기에 막혀서 빛은 약했지만 분명 둘이었다. 담장을 넘으면서 부서진 감시카메라

근처에서 하나를 기절시켰고 감시조가 있는 방에서 둘을 잡았다. 그런데 계단에 둘이 더 있었다. 이러면 최소 5명 이상의 현장요원이 거주하는 대형 안가라는 뜻이었다. 아직 죽은 사람이 없고 죽일 생각도 없지만 숫자가 많다면 방법이 없었다. 그가 나직하게 중얼거렸다.

"계단, 둘이다. 처리해라."

―하나만 보입니다. 처리합니다.

오정식의 대답과 동시에 계단 중간에서 격한 비명이 터졌다.

―제거. 하나는 사선에 없습니다.

총이 계단을 구르는 소리가 이어지고 팔 하나가 계단 난간 아래로 불쑥 튀어나왔다. 다급한 발자국 소리가 멀어졌다. 물러선다는 이야기, 그는 번개같이 어둠 속에서 튀어나와 계단을 단숨에 뛰어올랐다. 계단 끝의 벽에 기대서서 호흡을 가다듬었다. 놈은 안쪽으로 뛰고 있었다. 거친 호흡이 청각을 가로막았으나 발자국 소리는 확연히 느껴졌다. 당황한 기색이 역력한 모습, 시간을 끌 이유가 없었다. 그는 이현주가 계단 끝에 도착하자마자 거침없이 몸을 날렸다. 어둠 속에서 총구화염이 날카롭게 명멸했다.

파바박!

빠르게 구르면서 총구화염을 향해 4발을 연속해서 쏴버렸다. 계단참에 붙어선 이현주의 총도 잇달아 불을 뿜었다.

"큭!"

격한 비명이 터졌다. 가슴에 대여섯 발을 얻어맞은 놈은 벽에

두 개의 태양

기대 스르르 주저앉았다. 그는 소파 뒤의 어둠 속에서 자세를 바로잡고 호흡을 가다듬었다. 잠시지만 기괴한 침묵이 흘렀다. 매캐한 화약 냄새와 피 냄새가 신경을 건드린다는 생각을 떠올리는 순간, 거실 건너편에서 흐릿하게 옷자락 쓸리는 소리가 들려왔다. 그가 속삭이듯 나직하게 말했다.

"보이나?"

─남쪽 끝 방의 불이 꺼졌습니다.

순간 달그락 소리가 들렸다. 그는 눈만 소파 위로 슬쩍 내밀었다. 확실히 어둠 속에서 무언가 움직였다. 더 생각할 필요도 없었다. 순간적으로 소파 옆으로 누우면서 그림자를 향해 방아쇠를 당겼다.

"컥!"

놈은 어깨를 부여잡은 채 작은 장식장 뒤로 몸을 숨기면서 반격을 가해왔다.

파박!

김태훈은 탁자를 엎으면서 뒤로 몸을 숨겼다. 이현주의 총이 다시 불을 뿜었다.

와장창!

장식장 유리와 안에 든 식기들이 폭발하듯 줄줄이 터져 나왔다. 저항은 순식간에 사라졌다. 남은 놈은 하나인 듯싶었다. 난무하는 유리 조각 사이로 놈이 고함을 질렀다.

"그만! 그만해! 젠장!"

제법 능숙한 한국어, 그는 수신호로 사격 중지를 명령하고 조심스럽게 상체를 일으켜 탁자 위로 권총을 내밀었다.

"총 버리고 일어서!"

그가 소리치자 놈은 권총을 거실 바닥에 던지고 한쪽 손을 머리 뒤로 한 채 천천히 일어섰다. 놈의 왼쪽 어깨에서는 피가 철철 흐르고 있었다.

"당신들 뭐야? 국정원인가?"

"그런데?"

"이건 너희들이 원한 작전이야! 그런데 왜 이러지? 왜 공격하는 건가! 도대체 뭐야! 싸우려면 너희들끼리 싸워! 이 개자식들아!"

놈의 목소리는 악에 받쳐 있었다. 김태훈은 미간을 좁히면서 탁자를 돌아 나와 놈과 마주 섰다.

"우방이라면서 뒷구멍으로 기밀정보나 빼가는 새끼들하고 같이 하는 작전은 사절이야."

일단 맞장구를 쳐줄 생각, 놈이 국정원 내부의 알력으로 생각한다면 생각하는 대로 밀어붙이는 편이 나았다. 어차피 필드에서 뛰는 독종들에게서 뭔가 얻으려면 이런 방법밖에는 없을 것 같았다.

"하! 웃기는군. 케이… 아니, 뭐 상관없겠지."

놈은 뭔가 말을 더하려다 말고 움찔 멈추더니 머리 뒤에 댔던 오른손을 천천히 내렸다. 놈의 손에는 격발 장치 같은 것이 쥐어져 있었다.

"같이 떠나는 것도 나쁘지 않아. 흐흐."

불길한 기분에 한발 앞으로 나서는 순간, 느닷없이 날카로운 폭음이 터졌다.

콰쾅!

김태훈은 날렵하게 자세를 낮추면서 놈의 가슴에다 총탄을 박아 넣었다.

"흐어……."

놈은 바람 빠지는 소리를 내면서 뒤로 넘어갔다. 그러나 사방에서 일제히 치솟는 불길은 막을 방법이 없었다. 아래층을 내려다본 이현주가 되짚어 올라오며 말했다.

"현관은 불가능합니다."

"젠장!"

불길이 너무 빨리 번지고 있었다. 여기저기 꼼꼼하게 인화장치를 했는지 창문마다 불길이 치솟아서 빠져나갈 구멍은 없어 보였다.

"안으로!"

그는 연기를 피해 최대한 자세를 낮춘 채 안쪽으로 뛰면서 재빨리 실내 구조를 훑어보았다. 중국인들의 안가는 눈으로 확인했듯 활로를 확보하고 있었다. 그러나 한국에서 활동하는 일본 정보요원들은 아예 직업까지 가진 고정요원들이 많아서 안가를 선정할 때 탈출로를 고려하지 않는 경우도 적지 않았다. 더구나 이런 불길 속에서 숨겨둔 탈출로를 찾는 건 쉽지 않을 터, 비상탈출로는 없다고 생각해야 했다.

몇 초 지나지 않았는데도 불길은 걷잡을 수 없이 번져서 숨 쉬는 것조차 어려워지고 있었다. 그는 무조건 맨 처음 보이는 방문을 박차고 들어갔다. 방 안도 창문 쪽은 불길이 치솟고 있었다.

"제기랄!"

그나마 이쪽은 창문틀이 약해 보였다. 그는 곧장 창가에 있는 의자 하나를 유리창에 집어 던져 버렸다.

와장창!

의자는 불붙은 커튼을 매달고 창문 너머로 사라졌다. 재빨리 창가로 다가가 고개만 내밀어 아래를 확인했다. 크게 부담스럽지 않은 높이, 그러나 아래도 반지하층에서 뿜어져 나오는 불길이 쉴 새 없이 날름거리고 있었다.

"뛰어!"

그는 지체없이 불붙은 창문을 뛰어넘었다. 착지와 동시에 한 바퀴 구르면서 몸을 틀어 의자를 피해 가능한 건물에서 멀리 떨어졌다. 뒤따라 뛰어내린 이현주는 몸을 앞으로 굴리더니 제자리에서 날렵하게 뛰어 올라 곧장 담을 타 넘었다.

✝

니시무라는 황급히 지부 전체에 비상을 걸었다. 제3안가가 공격당했다면 당연히 제1안가도 안심할 수 없었다. 무장요원 집결 명령을 모두 하달한 뒤, 경호원들의 차량을 앞세운 채 집을 나섰다. 제1안가가 있는 과천 외곽까지는 30분이면 도착이었다. 그의 렉서스가 대로에 올라서는 순간 전화기 액정에 깜빡 불이 들어왔

302
두 개의 태양

다. 카메이의 번호였다.

"어디요?"

[막 도착했습니다. 지부장님, 무슨 일입니까?]

"제3안가가 공격당했소. 소각燒却 사인이 떴더군."

[소각이라면… 전원이 당했다는 건가요.]

"그렇겠지. 이거 심상치 않아."

[중국 놈들일까요?]

"모르지. 국정원일 수도 있어."

[여기도 위험하다고 보십니까?]

"당연히 안전하지 않겠지. 요원들 집결되는 대로 상황부터 파악합시다. 나도 가고 있으니 거기서 봅시다."

[네. 그럼.]

니시무라는 전화를 끊고 차창 밖으로 시선을 돌렸다.

'제기랄!'

극비로 유지되던 안가 위치가 노출되고 필수 필드요원 6명이 한꺼번에 사망했다. 무려 10년 가까이 깔끔하게 유지되던 지부조직이 근간부터 모조리 흔들린 셈, 이러면 자신의 목도 성치 못했다.

잠시 신호대기에 멈췄던 렉서스가 다시 움직였다. 새벽 시간이어서 도로는 텅 비어 있었다. 앞으로 10분 정도만 더 이동하면 안가가 있는 과천 시계였다. 그런데 교차로를 통과하는 순간, 반대편 교차로에서 뭔가 빠르게 다가왔다.

'뭐야?'

눈을 돌리는 순간, 무지막지한 충격이 차체를 강타했다.

콰쾅!

에어백들이 줄줄이 터지면서 몸을 감쌌지만 역부족, 산처럼 거대해 보이는 덤프트럭에 옆구리를 들이받힌 렉서스는 그가 정신을 잃기도 전에 도로 반대편으로 수십 미터 이상 밀려 나가고 있었다.

✝

하남으로 돌아와 짧은 휴식을 취한 김태훈 일행은 잠에서 깨어나기가 무섭게 둘러앉았다. 제법 오랜 시간이 흘렀는데도 다들 상기된 표정이었다. 사람을 죽여본 경험이 없는 건 아니지만 은퇴 이후 처음이라는 사실이 모두를 긴장시키고 있었다. 현장에 없었던 한선아조차 분위기에 눌려 굳게 입을 다문 채 중국인에게서 빼앗은 넷북에 전원을 넣고 이것저것 만져 보는 데 열중했다.

침묵의 시간이 길어지자 불편한 자리를 털고 일어선 이현주가 생수 한 병을 꺼내 반쯤 한꺼번에 들이켠 다음 크게 숨을 들이켜며 입을 열었다.

"마지막에 불을 지른 놈이 한 말을 유추해 보면 일본인들은 국정원 내부의 알력 아니면 MSS와의 전면전이라고 생각할 가능성이 높습니다."

가능성이 없지 않은 이야기, 그러나 안이한 생각이었다. 김태

두 개의 태양

훈이 고개를 가로저었다.

"그래 주면 좋겠지. 하지만 아닐 가능성이 높다. 우리 상대는 일본인이 아니라 박재영과 방대섭이야. 육군첩보대는 당연히 나를 연장선에다 놓고 생각할 거다."

"……."

"지금으로선 계속 밀어붙이면서 어떻게 나오는지 반응을 보는 수밖에 없어."

"네. 그런데……."

"이야기해."

"그 일본인 말입니다. 불 지른 놈이 한 말 들으셨습니까? 케이 어쩌고 한 것 같은데 말이죠."

혼잣말이어서 확실치는 않았지만 그도 분명히 들은 것 같았다. 하지만 케이라는 단어 하나만으로 유추할 수 있는 건 전혀 없었다.

"글쎄다. 나도 케이까지는 들었다. 내내 생각해 봤는데 뭔지는 모르겠더라. 아무래도 석호와 통화를 해봐야겠다. 일단 쉬고들 있어라. 겸사겸사 내려가서 먹을 것도 좀 사오마."

"저도 같이 가요. 날이 추워져서 옷 좀 사야 돼요. 운동화도 필요하고요."

그가 일어서자 한선아도 냉큼 넷북을 덮고 일어서며 점퍼와 야구모자를 챙겨 들었다. 그도 필요한 것이 있는 상황, 거절할 이유는 없었다. 두 사람은 곧장 시내의 대형마트를 찾았다. 그러나 아직 이른 시간이어서 마트는 개장 준비에 한창이었다. 일단 마트

옥외 주차장에 차를 세우고 문을 열 때까지 기다리면서 담배를 빼물었다.

'침착하자, 김태훈.'

박재영과 방대섭, 그리고 육군첩보대와 일본 내각정보실이 개입됐다는 점은 확실해졌다. 그런데 이들은 누가 봐도 전혀 어울리지 않는 조합이었다. 박재영은 국내 유수의 신문사 사장이고 방대섭은 쉽게 말해 준재벌급의 조폭 보스였다. 육군첩보대와 일본 내각정보실은 숙적까지는 아니어도 줄곧 불편한 관계를 유지하는 적대적 조직이었다. 누구든 이들을 일사불란하게 움직이려면 더 위쪽에 사람이 있어야 했다.

'분명히 퍼즐 조각 몇 개가 빠졌다.'

방대섭의 보고서에 나온 금 시세 조작 및 매입은 정부측 인사의 개입이 필수였고 육군첩보대를 움직이는 것도 군 고위급 장성의 도움이 있어야 가능했다. 하물며 대금을 금괴로 지불해야 할 만큼 가치있는 데이터를 빼내는 건 무력이 앞서는 육군첩보대와는 근본적으로 다른 섬세한 정보조직이 필수였다. 당장 알고 있는 정보로는 일의 규모조차 파악하기 힘들었다.

마지막 연기를 뿜어내고 꽁초를 가까운 재떨이에 던져 넣자 한선아가 차에서 내려 다가왔다.

"오빠, 저……."

"왜?"

"오면서 계속 생각해 봤는데요. 일본 사람이 케이 뭐라고 했다면서요."

"그래. 그랬어. 분명히 케이 뭐라고 웅얼거렸다. 더는 못 들었어."

"그래서 이야기인데… 그거 케이스타 아닐까 싶어요."

"케이스타?"

"네. 넷북에 전원을 넣고 패스워드 몇 가지를 두들겨 보니까 팝업 화면에 순간적으로 갈겨쓴 영문 필기체 로고가 올라왔다가 사라져요. 'K S T A R' 라고요."

"KSTAR? 뭔지 아니?"

"대충은요. 제 생각이 맞다면 Korea Superconducting Tokamak Advanced Research의 약자예요. 쉽게 토카막 핵융합로죠. 300초 이상 고주파를 낼 수 있는 MHz 대역의 전자파를 이용한 토카막 이온공명으로 플라스마의 온도를 섭씨 3억 도까지 올린다고 발표되어 있어요. 선진 8개국 공동으로 개발되는 신형 융합로 ITER이 마무리되는 2015년이나 2016년까지는 전 세계를 통틀어 유일한 핵융합로예요."

"들어본 적이 있는 것 같다."

"잘은 몰라도 융합로 설계 스펙이나 실험 자료를 훔쳐서 빼돌리는 거 아닐까 싶어요. 그 이영학이라는 사람도 교과부 공무원이었다면서요. KSTAR 관련자 아닐까요?"

"흠. KSTAR라… 그게 경찰관을 죽이고 거액을 지출할 만한 가치가 있다는 이야기냐?"

"KSTAR는 외부에 발표된 실적만으로도 다들 침을 흘릴 만한 가치가 있어요. 그런데 진짜 값나가는 건 대외적으로 발표되지 않은 극비 자료들이잖아요. 가치는 말할 것도 없고요. 그리고 그 게 사실이라면 박재영 그 사람은 정말 국가에 암적인 존재예요. 사회 지도층 인사가 나라의 미래를 팔아먹는 거잖아요.”

“글쎄다. 관련자는 박재영만이 아니야. 더 윗선까지 깊숙이 관련되어 있다. 그런데 그 정도 위치에 있는 사람들이 돈을 벌려고 마음먹으면 다른 방법으로도 얼마든지 가능해. 그런 사람들이 굳이 국익에 해가 되는 짓을 해가면서 금괴를 들여오고 그걸 정부가 매입하도록 유도하는 멍청한 짓은 할 필요가 없지. 실패하거나 노출될 경우를 생각하면 정치적으로 부담이 너무 크거든. 거기다 일본도 우리 연구 데이터를 얻는 거라면 얼마든지 돈으로 살 수 있다. 현 정부는 일본에 대해 크게 거부반응을 보이지 않기 때문에 충분히 가능한 이야기야.”

“맞아요. 새 정부 들어서 일본인 연구원 세 사람을 핵융합연구소에 합류하게 해줬다고 들었어요.”

“기분은 나쁘지만 그게 현실이야. 일단 좀 더 생각해 보자. 다른 이유가 또 있을 거다. 어쨌든 수고했어. 네 덕에 하나 제대로 건진 것 같다.”

그는 한선아의 어깨를 툭 치면서 마트 입구로 걸음을 옮겼다. 막 문을 열어서 몇 사람이 마트 안으로 들어가고 있었다. 한선아가 재빨리 따라와 팔짱을 꼈다.

“이번엔 도움 된 거죠?”

칭찬이라도 기다리는 듯한 얼굴, 그는 초롱초롱하게 변한 눈동자를 내려다보며 씩 웃었다.

“그래. 한 건 했다. 후후. 들어가자.”

마트가 문을 열기가 무섭게 들어간 두 사람은 최대한 빨리 식료품과 옷가지를 구입하고 되짚어 나와 서울 쪽으로 방향을 잡았다. 시 경계쯤에서 공중전화를 쓸 생각이었다. 장석호는 휴대전화에 신호가 가자마자 전화를 받았다.

“나다.”

[아! 형님.]

“보낸 거 봤니?”

[물론입니다. 편집하는 중인데…….]

장석호는 뭔가 할 말이 있다는 듯 목소리를 죽이면서 말꼬리를 흐렸다.

“말해.”

[형님, 혹시 최명철 장군 기억하십니까?]

“물론이지. 그분이 왜?”

육군참모장까지 지낸 최명철은 새 정부가 들어서면서 현역에서 은퇴하고 서울국방포럼 부의장으로 안락한 노년을 보내고 있었다. 키는 작지만 단단한 체구의 전형적인 군인으로 지난 개각에서 국방부장관 하마평에 오르내렸던 영향력 있는 거물급 인사였다. 김태훈과는 개인적인 인연도 있어서 만일 그에게 실전에서 가장 믿을 수 있는 사람을 꼽으라고 하면 직속상관이었던 신용학 국정원 1차장과 함께 명단의 맨 앞줄에 이름을 올려야 할 사람이었다. 그런데 이 와중에 최명철이 연락을 해왔다? 고개를 갸웃할 수밖에 없었다.

[오늘 아침에 집까지 저를 찾아오셨습니다.]

"집?"

[네. 처음엔 형님하고 연락이 안 된다면서 전화를 하시더니 오늘은 집 앞에 차를 대고 기다리시더라고요. 형님이 전역하는 날 만났던 장소에서 기다리겠다고 하셨습니다. 시간을 물었더니 그냥 그렇게만 전하라고 하시던데요?]

굳이 집까지 찾아와서 은밀하게 말을 전했다면 최명철이 이 사태에서 대해 뭔가 알고 있다는 뜻일 수도 있었다.

"일단 알았다. 생각해 보마. 고마워. 다른 건?"

[여기 상황은 여전히 좋지 않습니다. 감청 레벨도 여전하고 어수선하기도 마찬가지입니다. 다만 위쪽 노인네들 분위기가 조금이나마 나아진 것 같습니다. 그런데 일본 내각정보실 한국지부장 니시무라가 지난 새벽에 교통사고를 당했습니다. 교차로에서 대형트럭과 충돌했는데 운전기사도 함께 사망한 것 같습니다.]

"니시무라? 한국지부장으로만 10년 넘게 버틴 그 사람?"

[네. 그 사람 맞습니다. 덕분에 여긴 더 정신 없습니다. 한국지부는 카메이라는 사람이 지부장 대리로 전권을 잡을 것 같답니다.]

"카메이가 전권을 쥔다… 이거 점점 우습게 돌아가는군."

[아는 사람입니까?]

"이번 일과 관련 있는 놈이다."

[또 이상해지는군요. 에효… 도대체 뭐가 어떻게 돌아가는 겁니까?]

두 개의 태양

"나도 확실히는 몰라. 좀 더 상황을 지켜보자."

[젠장. 이게 무슨 난리인지 모르겠네요.]

"카메이 그놈에 대해서 조사된 자료는 있니?"

[예. 주소지는 강남인데 요즘은 일본 대사관과 과천에 있는 안가를 오가면서 생활하고 있습니다. 그 자식 전화번호하고 안가 주소는 메일로 보내겠습니다.]

"수고했다."

[참! 그런데 전에 형님이 보낸 그 자료 말입니다.]

"왜?"

[그거 아무리 봐도 상부에 보고되어야 할 사안입니다. 형님 생각은 어떠세요?]

"아직 아니다. 잘못하면 네가 다쳐. 때가 되면 알려주마."

[알겠습니다. 정말 조심하십쇼. 느낌이 너무 좋지 않습니다.]

"알아. 너도 조심해라. 끊는다."

전화를 내려놓은 김태훈은 부지런히 머릿속을 정리하면서 차로 걸음을 옮겼다. 변수가 갑자기 늘어난 꼴, 안 그래도 복잡한 상황이 점점 더 지저분해지고 있었다.

✝

유리창 바닥을 뒤덮은 갈색 플라타너스 이파리가 묘하게 분위기를 끌어내렸다. 성큼 다가온 겨울이 피부로 느껴지는 차가운 날씨, 김태훈은 전면 유리로 외부와 격리된 한적한 복도를 천천히 걸었다. 푹신한 카펫과 복도가 끝나자 오른쪽 전면 유리 너머로 이국적인 실내수영장이 내려다보였다.

가장 먼저 눈에 띄는 건 타원 몇 개를 합쳐 놓은 듯한 기하학적인 형태의 풀이었다. 풀의 둘레를 채운 선탠 기계 아래는 날렵한 비키니 차림의 여성들이 저마다의 몸매를 자랑했고 그 뒤로는 야자수들까지 듬성듬성 들어서 있었다. 말 그대로 한여름을 방불케 하는 이국적인 풍경이었다. 그는 걸으면서 언젠가 영화 속에서 본 듯하다는 생각을 떠올렸다. 전혀 예상치 못한 곳에서 이런 별천지를 만나는 건 분명 나쁘지 않은 경험, 그러나 적응은 여전히 쉽지 않았다.

약속 장소는 실내수영장이 한눈에 내려다보이는 커피숍이었다. 그는 커피숍에 들어서자마자 창가 쪽 자리들부터 한 바퀴 둘러보았다. 가장 안쪽자리에 낯익은 얼굴이 보였다. 등산복 차림의 평범한 노인이지만 꼿꼿한 자세 때문인지 멀리서도 금방 알아볼 수 있었다. 더구나 서너 테이블 떨어진 자리에 앉은 두 명의 건장한 사내가 날카로운 눈빛으로 주변을 경계하고 있어서 티가 날 수밖에 없었다. 경호원이라고 이마에 써 붙이고 다니는 것이나 마찬가지, 커피숍 밖에 서 있는 경호원들도 조건은 같았다. 노련한 경호팀은 분명 아니었다.

그는 경호원들을 깨끗이 무시하고 성큼성큼 커피숍을 가로질렀다. 가까이 다가가자 바짝 긴장한 사내들이 일어서려다가 최명철과 눈을 마주치고는 엉거주춤 눌러앉으며 음료수 잔으로 손을 가져갔다. 최명철이 들고 있던 책을 탁자에 내려놓으면서 반갑게 손을 내밀었다.

"오래간만이로구나, 태훈아."

손을 맞잡은 그는 가능한 정중하게 고개를 숙였다.

"건강하셨습니까? 사령관님. 자주 연락 못 드려 죄송합니다."

60세를 훌쩍 넘겼지만 최명철의 신수는 여전했다. 작은 체구에서 뿜어져 나오는 강력한 카리스마는 물론이고 날카로운 눈매와 꼿꼿한 자세 역시 현역 시절과 전혀 달라 보이지 않았다. 최명철이 환하게 웃으며 말했다.

"녀석, 난 은퇴한 노인네야. 사령관 소리 빼거라. 어서 앉아."

"예."

그가 자리를 잡자 최명철은 그에게 묻지도 않고 웨이터를 불러 어린 시절 그가 좋아하던 망고주스를 시켰다. 그리고는 이내 이런저런 신변잡기를 늘어놓기 시작했다. 안락한 은퇴 생활을 즐기는 평범한 노인에 걸맞은 수더분한 행동거지였다. 잠시 후, 웨이터가 음료수 두 잔을 가져다 놓고 사라지자 경호원 하나가 다가와 휴대전화처럼 생긴 장비 하나를 테이블 위에 올려놓고 제자리로 돌아갔다. 최명철이 빠르게 말했다.

"본론으로 가자꾸나. 바쁜 사람 붙잡고 늙은이 신세한탄이나 늘어놔서는 곤란하겠지. 허허."

"문제라도 생기셨습니까?"

"응? 왜?"

"커피숍 밖에도 경호원이 있더군요. 그리고 이건 반도청장비 아닙니까."

그가 경호원이 놓고 간 물건에 눈길을 주자 최명철이 끌끌 웃었다.

"맞아. 후후. 요즘은 지향성 도청장치도 흔해서 이런 공공장소에서는 이런 걸 써야 안심할 수가 있다더군. 허허. 그리고 저 친구들은 국방부 경호처 직원들이야. 거기서 막무가내로 붙여주더구나. 귀찮지만 어쩔 수 없다. 자… 내 이야기는 차차 하도록 하고 우선 네 이야기부터 듣자. 너 요즘 좋지 않은 일에 연루되었더구나. 맞지?"

"그런 것 같습니다."

"무슨 일인지 이야기해 봐라. 내가 도울 수도 있을 거다. 장석호 대위는 통 입을 열지 않더구나."

단도직입적인 질문, 김태훈은 고개를 가로저었다.

"아저씨께 손을 벌려야 할 만큼 어렵지 않습니다. 솔직히 만나 뵈러 나오는 것도 고민을 많이 했습니다."

"괜찮은 게냐?"

"물론입니다."

"녀석. 여전한 것 같아서 안심이다. 허허. 그럼 아예 털어놓고 이야기해야겠구나."

"말씀하십쇼."

"그래… 너도 대략 알겠지만 나는 아직도 군에 어느 정도 영향력을 행사할 수 있다. 선이 닿는 사람도 아직 많고."

"알고 있습니다."

"그리고 내가 예편을 결정한 데는 적지 않은 사연이 있다."

두 개의 태양

“사연이요?”

“그래. 너처럼 짧게 이야기하마. 후후. 사실 내가 예편을 결정할 무렵, 군 내부적으로 총기사고나 군납비리 사건이 유난히 많이 일어났고 외부적으로도 좋지 않은 일이 많았다. 거기다 정보조직까지 멋대로 움직였지. 한마디로 총체적 난국이었는데 한술 더 떠서 군 내부에 새로운 사조직이 형성됐다는 상당히 구체적인 첩보가 들어왔다. 그래서 나름 은밀하게 내사를 벌이던 상황이었는데 와중에 청와대 쪽에서 국방포럼 부의장 자리를 거론하면서 은근히 예편을 권유하더구나. 기분이 묘했지. 물론 새 정부가 들어섰고 사건사고도 많았으니 군 기강 확립 차원에서 수뇌부 교체가 당연하다고 생각할 수도 있는 시점이었지. 하지만 내 생각은 좀 달랐다. 분명히 뭔가 다른 이유가 있었어. 어쨌든 당시 난 미련없이 전역을 결정했고 전역 후에도 줄곧 상황을 지켜보고 있었다.”

“전혀 감은 없으셨습니까?”

“그 사조직이라는 게 실체를 알 수가 없었다. 누군지도, 원하는 것도 정확히 몰랐으니까. 솔직히 내 참모들조차 믿을 수가 없었다. 육본은 물론이고 합참까지 광범위하게 퍼져 있다는 판단이었거든. 그러다 보니 깊은 이야기를 나누는 건 누구와도 불가능했지. 사실 지금도 수면 위로 드러난 건 내게 사퇴를 권유했던 청와대 안보수석 나인혁 씨와 이성우 중장을 비롯한 육본의 일부 세력이 전부다. 솔직히 적을 모르는 상태로 전투에 들어가는 것이 싫어서 물러선 게야.”

“목적이 뭘까요?”

“목적이야 헤아릴 수 없이 많겠지. 돈과 권력에 미치면 못하는 짓이 없는 게 인간이니까. 어쨌든 이제 더는 기다릴 수가 없는 상황이다. 최근에는 북한의 움직임도 심상치 않고 중국과 일본 정보기관까지 설쳐 대는 것 같더구나. 이대로는 곤란해.”

차성묵이 개입된 이상 육본의 이성우 중장은 당연히 발을 담갔을 터, 의외의 인물은 나인혁이었다. 대통령의 최측근 중 한 사람으로 현 정부의 강경한 대북정책을 주도한 조금은 과격한 우익 인사였다. 하지만 그런 위치에 있는 사람이 일본에 기밀정보를 팔아먹는 일에 개입했다는 건 얼핏 말이 되질 않았다. 그의 목소리가 가라앉았다.

“나인혁 수석이 개입됐다고 보십니까?”

“모르지. 일단 아군이라고는 볼 수 없어.”

“어쩌실 생각이십니까?”

“군이 나라의 근간이니 바로잡아야지.”

“가능하다고 보십니까?”

“허허. 이거 내가 취조를 받는 기분이구나.”

최명철은 껄껄 웃으면서 음료수 잔을 들었다 놓았다.

“죄송합니다.”

“허허. 어쨌든 맞아. 쉽지는 않을 게야. 그러나 내가 국방부장관직을 수락한 이상 불가능하지도 않아.”

“고사하셨다고 들었는데… 수락하셨습니까?”

“그래. 이제 때가 됐다고 판단한 했지. 사실 예편 당시 기념식

뒤풀이에 참석한 일부 장성들을 대상으로 은밀하게 뜻을 같이하는 사람들을 모았었다. 특히 심상치 않은 분위기를 감지한 수도방위사령부와 서부전선 몇몇 장성들이 힘을 보태기로 뜻을 모았지. 물론 친위쿠데타 같은 극단적인 수단은 배제하기로 방침을 정했다. 모두들 모인 자리에서 그 부분에 대해 못을 박았고 네게도 이 점만은 분명히 하고 싶구나. 어쨌든 그 친구들과 힘을 합치면 웬만한 도발은 어렵지 않게 막아낼 수 있다."

"설마… 쿠데타의 조짐이라도 감지하신 겁니까?"

"아니. 우리나라에서 군부주도의 쿠데타가 성공할 가능성은 거의 제로에 가까워. 당연히 군부가 주도하는 쿠데타는 아니다. 그래서 더 중심을 잡기가 어렵더구나. 어쨌든 더 지체하다가는 국가적인 혼란에 직면하게 될 것 같다는 결론을 내렸다. 그래서 수락했지. 일단 군부의 어수선한 분위기를 최대한 신속하게 가라앉히고 뭐가 됐든 실체를 찾아내야겠어. 사실은 그래서 너를 좀 만났으면 했는데… 알아보니 네가 개인적인 일로 육군첩보대와 충돌한 것 같더구나."

"요약하면 그렇습니다. 저도 사연이 긴데… 박재영이라는 작자와 관련된 거물 폭력조직이 제가 아는 사람을 납치했고 그걸 막는 과정에서 차성묵 중령과 부딪혔습니다."

"차성묵이라면 들어본 이름이다만… 박재영? 박재영은 누구냐?"

"우일경제신문사 사장이라더군요. 우일그룹 박일선 회장의 큰아들입니다. 이자의 일당이 고급정보를 해외에 팔아 거액을 챙기는 것 같더군요. 최근에 큰 거래가 있었는데 제가 방해를 좀 해서 상당히 신경질적인 반응을 보이고 있습니다. 박재영이란 놈은 여자 연예인들을 마구잡이로 데려다가 환각 파티를 벌이고 있더군요. 그리고……."

김태훈은 지금까지 벌어진 일들을 최대한 간단하게 요약해서 입에 담았다. 굳이 깊숙한 부분까지 거론할 필요는 없다는 판단이었다. 그러나 그것만으로도 최명철의 입은 시종일관 다물어지지를 않았다.

"못난 놈. 아비 얼굴에 먹칠을 하고 다니는군. 하기야 아비도 그리 떳떳한 입장은 못 되지. 휴……."

최명철은 억눌린 신음 소리를 내면서 한동안 음료수 잔을 노려보았다. 수개월 이상 돌아가는 상황을 지켜봤다면 최명철도 어느 정도 감을 잡고 있을 터, 당연히 답답할 것이었다. 침묵의 시간은 한없이 길어지고 있었다.

입을 꾹 다문 채 10분 이상 침묵을 지킨 최명철이 앓는 소리를 내면서 음료수 잔을 입으로 가져갔다.

"끄응… 이거 어렵군. 장관직을 맡는 즉시 군을 정비하는 수순을 밟겠지만 민간에 모인 쓰레기들은 내가 손을 댈 수 없어. 군이 민간에 손을 대는 건 무슨 일이 있어도 피해야 한다."

"그래서 저를 보자고 하셨습니까?"

"아니. 사실은 육본에 대한 내사를 네게 맡기고 싶었다. 취임하기 전에 어느 정도 현황을 파악하고 싶었는데 네 이야기를 듣고 보니 박재영이라는 작자의 문제도 시급할 것 같구나. 그리고 네가 이미 육군첩보대와 마찰을 빚었다면 현실적으로 육본에 대한 은밀한 내사도 어차피 어려울 게야. 그러니 넌 그자들을 처리하도록 해라. 뒷일은 내가 최대한 수습해 주마. 차성묵 그 친구도 발목을 잡아보지.”

“말씀은 감사합니다만 쉽게 생각하실 일이 아닙니다. 정부 고위층도 상당수 깊이 관련되어 있습니다.”

“알아. 상대가 누군지도 모르니 당연히 어렵겠지. 그러나 진짜 무력이 뒷받침되지 않으면 저들도 쉽게 움직이지 못한다. 국방장관직은 대통령이 직접 내게 전화를 걸어 제안한 거야. 나인혁이 같은 올망졸망한 참모들이 추천한 것이 아니라는 이야기다. 그 양반 이래저래 말실수도 많고 실정도 잦아서 진보, 보수 양측 모두에게 욕을 얻어먹고 있지만 그래도 압도적 지지율로 당선된 일국의 대통령이다. 난 그가 최소한 나라를 팔아먹는 망나니짓은 하지 않을 거라고 믿는다.”

확신에 찬 대답, 김태훈은 씁쓸하게 웃음을 머금었다.

“글쎄요. 전 대통령을 좋아하지 않습니다. 제가 누굴 평가할 주제는 아니지만 그 양반은 그릇이 너무 작습니다. 사고가 편협하다고 할까요? 그리고 주변에 탐욕스런 자들도 너무 많습니다. 그냥 ‘의도적으로는’ 나라 팔아먹는 짓을 하지는 않을 거라는 점에 대해서만 동의하겠습니다. 그래도 대한민국 대통령이니까요. 그마저도 부인하면 제가 너무 비참해집니다.”

“허허. 역시 너도 아직 젊은 게로구나. 세상이 그렇게 간단하면 얼마나 좋겠니. 후후. 그만 됐다. 그 이야기는 그만하도록 하

자. 어쨌든 대통령과 직접 선이 닿아 있는 이상 그들도 쉽게 나를 건드리지 못할 게다.”

“핵심이 누군지는 아직도 감이 없으십니까?”

“보고되는 첩보야 많지. 그러나 뭐가 진짜 정보인지 구분하는 건 쉽지 않아. 군부와 정부각료 중 상당수의 실세가 개입된 것은 확실해 보이는데 핵심이 누군지는 감도 잡지 못했다. 하지만 윤곽은 곧 드러날 게야.”

“만만치 않군요. 개각은 언제입니까?”

“정확하지 않다. 내 생각대로라면 다음 주 화요일쯤 해서 매스컴에 발표가 나갈 것 같은데… 닷새쯤 남았나? 장관 경질은 국방부 하나뿐인 소규모 개각이고 극비로 진행되고 있어서 아직 아무도 모를 게다. 곧 청문회가 있겠지. 하지만 내게서 낙마할 정도의 흠집을 찾아내긴 어려울 게야.”

최명철에게서 비리 등의 결격사유를 찾아내기 어렵다는 말은 사실이었다. 기본적으로 하급 장교부터 고위 장성까지 골고루 좋은 평판을 유지했고 예편한 지금도 군에 상당한 영향력을 행사하면서 강렬한 존재감을 내보이고 있었다. 당연히 군 내부의 반발 같은 건 생각할 필요도 없었다. 재산에 대해서는 자세히 모르지만 ‘보기 드물게 청렴하다’ 는 세간의 평가를 고려하면 그쪽도 문제는 없을 터였다.

김태훈은 흔들림없는 최명철의 눈동자를 조용히 건너다보면서 자신에게 물었다.

‘믿을 수 있을까?’

두 개의 태양

심적인 갈등이 없는 건 아니지만 대답은 분명한 '예스'였다. 아버지의 직속상관이자 오랜 전우였고 마지막 순간까지 함께였다고 들었다. 그리고 순직하신 아버지를 대신해 그가 대학에 들어갈 때까지 어머니와 그가 생활할 수 있도록 연금을 비롯해 물심양면으로 지원을 아끼지 않은 사람이었다. 따지고 보면 수도 없이 극비작전에 투입된 그가 무리없이 현장을 떠날 수 있었던 것도 최명철이라는 든든한 배경이 작용한 결과였다. 아무도 믿지 말아야 한다는 이 바닥의 철칙은 잠시 접어놓기로 했다.

"하죠. 어차피 어디서 어떻게 시작해야 할지가 애매했을 뿐입니다."

앞뒤를 모두 잘라낸 깔끔한 결론, 그러나 최명철은 대답을 듣자마자 고개를 떨어트렸다.

"재진이를 볼 면목이 없구나."

오랜만에 들어보는 이름 김재진, 이제는 기억조차 희미한 아버지의 함자였다. 그가 9살 때 돌아가셨으니 20년도 더 된 아득히 먼 옛날의 이야기였다. 그저 영정 사진을 들고 울었다는 기억밖에 없었다. 철이 들고 어머니께서 돌아가셨을 때는 정말 서럽게 울었지만 그때는 현실감이 없었던 것 같았다. 당장 몸에 지닌 아버지의 흔적은 빛바랜 사진 몇 장이 전부였다.

그의 목소리가 저절로 가라앉았다.

"아버지께서도 탓하지 않으실 겁니다."

"내 무능 때문에 친구를 사지로 보냈는데 이젠 너까지 보내는 꼴이로구나."

김태훈은 침통한 표정의 최명철을 애써 외면한 채 건조한 목소리를 냈다.

"시작은 박재영과 그 주변에 모인 쓰레기들로 하겠습니다. 배후에 대해 밝혀지는 것이 있으면 가장 먼저 연락드리죠."

최명철은 잠시 그와 눈길을 마주하면서 길게 심호흡을 했다.

"휴… 필요한 건 없다고 하겠지?"

"물론입니다. 아저씨께서는 모르는 일이어야 합니다."

"청소를 할 생각이로구나."

"……."

그는 대답하지 않았다. 그러나 최명철의 표정은 눈에 띄게 굳어지고 있었다. 독한 마음을 먹은 김태훈이 누군가의 목숨을 노린다면? 살아남을 수 있는 사람은 아마도 지구상에 몇 없을 것이었다. 마른침을 삼킨 최명철이 무겁게 고개를 가로저었다.

"최대한 뒷수습을 해보마. 하지만 아무리 입단속을 한다고 해도 당장은 시끄러워질 게다. 명색이 거물 신문사 사장이야. 조용히 넘어가기는 어려워."

"증거는 남지 않을 겁니다."

그는 더 이상의 말을 삼키고 조용히 자리에서 일어섰다. 곧 공직에 나가는 최명철이 사회에 물의를 일으킬 범죄에 연루되는 상황은 가급적 피하는 편이 나았다. 그가 자리에서 일어서자 최명철이 급히 주머니를 뒤적여 전화번호가 적힌 쪽지 하나를 건넸다.

"급하면 언제든지 연락해라. 그리고 가능하면 하루에 한 번씩

두 개의 태양

장 대위와 통화를 하자.”

“강건하십시오.”

그는 그냥 깊숙이 머리를 숙였다. 다시 보자는 기약 같은 걸 하고 싶지는 않았다.

김태훈은 건물 외부에서 대기하던 오정식과 합류하지 않고 따로 택시와 전철을 몇 번 갈아타면서 하남으로 방향을 잡았다. 혹시나 있을지 모르는 미행을 따돌리기 위해서였다. 최명철을 못 믿어서라기보다는 최명철이 감시를 당하고 있을지 모른다는 판단이었다. 차를 세워둔 전철역 근처의 마트에서 일행이 점심식사로 먹을 만한 음식을 구입하고 숙소에 도착한 것이 정오 무렵, 그런데 돌아온 김태훈을 반긴 건 섬뜩한 소음기의 파열음이었다.

퍽! 퍼벅!

자리를 비운 사이에 공격이라도 받았나 싶어 순간적으로 긴장했으나 곧 씁쓸하게 웃었다. 건물 왼편에 보이는 작은 공터에서 한선아가 이현주와 함께 사격 연습을 하고 있었다. 그가 다가가자 이현주가 어깨를 으쓱해 보이며 죄지은 사람처럼 말했다.

“자꾸 연습하겠다고 우기는 바람에 어쩔 수 없었습니다.”

가능하면 한선아가 총기나 폭약 등 위험한 장비에 손을 대지 못하게 하기로 이야기를 해둔 상태였기 때문이었다. 그런데 한선아가 20여 미터나 떨어진 사람 크기의 표적지에 쏘는 족족 거의 다 집어넣고 있었다. 탄착군彈着群이 형성되는 건 아니지만 그만하면 초보로서는 상당한 솜씨였다. 그가 미간을 좁히며 물었다.

“얼마나 쏜 거냐?”

“1시간 동안 형수님 혼자서 15발 탄창을 8개나 비웠습니다. 그리고 생각보다 잘 쏩니다. 사격에 재질이 있네요. 분해조립까지는 안 되지만 기본적인 주의사항과 응급조치 스킬은 어느 정도 숙달했습니다.”

“그만큼 쐈으면 소음기 탄도가 깨져서 어차피 저 소음기는 버려야 할 거다. 그걸로 시간 날 때마다 완전히 숙달될 때까지 연습시켜라.”

“네.”

퍼벅! 철컥!

슬라이드가 뒤로 밀려나 멈춰 서자 한선아는 제법 숙련된 동작으로 탄창을 빼내 옆에 세워둔 의자 위에 권총을 올려놓았다. 뒤를 돌아본 한선하가 하얗게 웃었다.

“오빠, 왔어요?”

“총은 함부로 만지는 거 아니다. 정말 목숨이 위험해졌다고 판단됐을 때나 손을 대라. 평소엔 휴대도 안 돼. 알았지?”

“넵!”

마음과 달리 무뚝뚝한 대답이 나갔지만 한선아는 밝은 표정으로 재빨리 탄창과 탄피를 챙기기 시작했다.

“들어가자.”

창고 안에는 목조 테이블에 장비가 깔끔하게 정리되어 있었다. 그가 자리를 비운 동안 산기슭에 숨겨두었던 장비 중에서 오늘 사용해야 할 장비 일부를 빼내 점검해 둔 모양이었다. 이현주가 그의 손에 들린 비닐봉지를 받아 들었다.

"만나셨습니까?"

"그래. 갈등은 좀 했지만 만나는 게 예의일 것 같았다."

"소령님이 알아서 하시겠지만 제 생각엔 거리를 좀 두는 편이 나을 것 같습니다."

"알아. 그편이 마음 편하지. 하지만 수습을 위해서는 힘있는 사람의 도움이 필요하다. 영원히 숨어 살 수는 없는 노릇이야. 그리고 너도 알다시피 그분은 하급 장교들 사이에서도 존경받는 군인이다. 최소한 국가기밀 누설에 연루되지는 않으셨을 거다."

"그렇긴 하죠. 정식 오빠는요?"

"방대섭의 사무실로 보냈는데 지금은 방대섭을 따라 샤이어로 이동 중이다. 난 식사하고 카메이가 있다는 과천 안가로 나가야겠다. 상황 봐서 샤이어에서 합류하도록 하자."

"저… 팀장님. 일본인 안가에는 제가 갔으면 싶습니다."

"왜?"

"며칠째 잠을 제대로 못 주무셨지 않습니까. 일본인들 안가 쪽에선 감시 이외에는 특별히 할 일도 없을 것 같은데요?"

"그렇긴 한데……."

그는 양손으로 얼굴을 감싸고 아래위로 문질렀다. 피곤하긴 했다.

"그렇게 하십쇼. 좀 쉬셔야 합니다. 머리가 중심을 잡아야 손발이 제대로 움직입니다."

"알았다. 대신 절대 부딪히지 말고 멀리서 카메이란 놈만 감시

해라. 알지?"

"네. 물론이죠."

"먹자."

김태훈은 식사를 하면서 오전에 최명철과 나눴던 대화를 곰곰이 곱씹었다. 무엇보다 최명철이 국방장관 자리를 수락했다는 점은 분명 긍정적인 사건이었다. 최소한의 안전장치가 생긴 셈, 생존 자체가 불투명한 상황에서 실낱같지만 희망이라는 걸 찾아낸 것이었다. 그러나 갈 길은 아직 멀었다. 경호원으로 겹겹이 둘러싸인 방대섭과 박재영을 처리하는 것은 결코 쉬운 일이 아니었다. 그렇다고 무작정 저격으로 제거해 버릴 수는 없는 노릇이었다. 만일 박재영쯤 되는 유력 신문사 사장이 공공장소에서 총격에 의해 암살이라도 당하게 되면 나라 전체를 들었다 놓는 엄청난 후폭풍이 몰아칠 터였다.

그리고 이 난장판의 주연을 찾아내는 것이 가장 시급한 일이었다. 박재영이 수뇌가 아닌 이상 배후를 파헤치려면 저격은 무조건 금물, 더불어 카메이라는 자의 처리도 심각한 문제였다. 무슨 짓을 했든 외국 외교관 신분이니 함부로 손을 대기가 어려웠다. 최소한 실종이나 화재 정도로 마무리하지 않으면 사후에 벌어질 혼란과 외교적 충돌은 감당이 불가능할 터였다. 이래저래 주먹구구로 밀어붙여서는 죽도 밥도 안 된다는 결론, 시간이 필요했다.

'서둘지 말자. 한 번에 하나씩이다.'

그는 일단 방대섭에게 집중하기로 했다. 그나마 가장 쉬운 상대인 방대섭을 족치면서 카메이와 박재영에 대한 처리 방법을 고민해 볼 생각이었다.

식사를 마친 이현주가 서둘러 숙소를 떠난 뒤, 김태훈은 밖으로 나와 담배를 빼물었다. 생각을 정리하려면 맑은 공기가 필요했다. 창고 옆 산기슭으로 들어가 제법 굵어 보이는 은행나무에 기대서서 담배에 불을 붙였다. 11월 중순치고는 햇살이 제법 따뜻했다. 밤에는 두꺼운 점퍼 옷깃을 여며야 할 정도로 써늘하지만 한낮은 반팔을 입고 싶을 정도였다. 몇 번 담배 연기를 내뿜는 사이, 한선아가 따라나와 종이컵을 내밀었다.

"커피?"

"고맙지."

한선아는 어깨에 큼직한 담요 하나를 걸치고 있었다. 엷게 웃으며 잔을 받아 들었다. 달착지근한 커피 냄새를 음미하면서 창고 너머 능선을 올려다보았다. 하늘과 꽉 차게 맞닿은 산, 이미 붉게 변해 버린 숲이 구름 한 점 없는 새파란 하늘과 절묘하게 어우러져 아름다운 가을 풍경을 만들어내고 있었다. 그러나 감탄사 같은 건 나오지 않았다. 아무래도 절박한 상황 탓일 터였다.

그가 반쯤 남은 커피 잔에 담배를 던져 넣자 한선아가 자연스럽게 다가서며 그의 가슴에 얼굴을 묻었다. 전혀 어색하지 않은 편안한 포옹, 이젠 포옹이 자연스러울 만큼 가까워졌나 싶어 저도 모르게 쓴웃음이 나왔다. 한선아가 그에게 기대는 만큼 그도 한선아에게서 편안함을 느끼는 것 같았다. 그가 씩 웃자 한선아가 그를 올려다보며 물었다.

"왜 웃어요?"

“그냥.”

“치… 싱거워.”

그는 한 손으로 가볍게 그녀의 허리를 감싸안으며 등을 토닥거렸다.

“나 지금 정말 무섭거든요? 그런데 행복해.”

무슨 소리인가 싶어 한선아의 얼굴을 내려다보았다. 한선아의 눈매는 가늘게 떨고 있었다. 표현할 단어가 뾰족이 생각나지 않는 아름다운 눈동자, 그 속에 새파란 하늘 전부가 맺혀 있었다. 붉게 상기된 뺨과 목선이 새삼 자극적으로 느껴졌다. 한선아가 가슴을 파고들며 다시 말했다.

“이제 어떻게 되는 거죠? 우리 집에 돌아갈 수 있을까?”

“당연히 그래야지. 곧 작은아버지 댁에서 맛있는 저녁을 먹을 수 있을 거다.”

“피… 솔직히 말해줘요. 어제부터 현주 언니 분위기가 확실히 달라졌어. 우리 더 위험해진 거 맞죠?”

“아니라고는 못하지만 딱히 그렇지만도 않아. 우리도 비벼볼 언덕은 만들었으니까.”

“오늘 만나고 온 분이요?”

“그래. 당장 직접적인 도움은 받을 수 없겠지만 최소한 퇴로는 만든 셈이다. 물론 이 아수라장에서 벗어나기가 쉽지 않아서 문제지만 말이야. 후후. 어떻게든 마지막 순간까지 살아남기만 하면 제자리로 돌아갈 수도 있을 것 같다.”

퇴로, 현재 시점에서 그가 내놓을 수 있는 가장 긍정적인 단어

두 개의 태양

였다. 처음엔 거짓말이라도 해서 안심시키고 싶었지만 그냥 포기
했다. 언제든 최선은 진실이었다. 그런데 의외로 한선아가 그를
올려다보면서 엷게 미소를 지어 보였다.

"위험해진 거 알아요. 그래서 현주 언니한테 부탁했어요."

"뭘?"

"아까 현주 언니가 오늘 밤부터는 정말 힘들어질 거라면서 각
오 단단히 하라고 하더라고요. 그래서… 오후에 오빠랑 단둘이
있게 해달라고 부탁했어요. 지금 아니면 다시는 시간이 없을 거
같아서… 그래서……."

한선아는 이야기를 끝내지 않은 채 다짜고짜 그의 목에 매달렸
다. 그리고 키스, 그는 얼결에 한 손으로 그녀의 머리를 감싸며
아랫입술을 가볍게 빨아들였다. 짜릿한 전율이 정수리를 훑어 내
렸다. 감긴 그녀의 눈이 파르르 떠는 것도 느껴졌다. 기분 좋은
자극, 왠지 당황스럽지도 않았다. 거부감은커녕 오래전부터 마음
의 준비를 해왔던 것처럼 무척이나 자연스러웠다. 그는 자신의
변화에 놀라면서 담요 안으로 한선아의 허리를 끌어안았다. 그런
데 손에 닿는 감촉이 또 기대와 달랐다. 부드러운 맨살의 감촉,
담요 안에 잡히는 건 속옷이 전부였다.

"다시 못 만나면 어떡해……."

순간적으로 이건 아니라는 생각을 떠올렸으나 한선아의 손길
이 옷깃을 파고드는 순간, 이성의 끈은 단숨에 끊어져 버렸다. 그
는 담요 위로 거칠게 한선아를 눕히고 브래지어를 뜯어내다시피
벗겨냈다. 금방이라도 실핏줄이 터질 것같이 새하얀 가슴, 양손

에 꽉 차는 젖무덤을 부드럽게 움켜쥐면서 입술을 빨아들였다.

"하아……."

손이 스칠 때마다 그녀의 몸은 작은 경련을 일으켰고 달뜬 숨소리가 귓전을 간지럽혔다. 목과 가슴을 차근차근 애무하면서 손바닥만 한 팬티를 벗겨냈다. 눈부시게 매끄러운 허벅지가 순간적으로 움츠러들었다. 그러나 그뿐, 방어는 금방 허물어졌다. 무릎으로 조심스럽게 다리를 밀어낸 그는 거추장스런 옷가지를 벗어던지고 아주 천천히 그녀 안으로 진입했다.

"아파요……."

신음 소리가 흘러나왔다. 그러나 이미 뜨거워질 대로 뜨거워진 그녀의 몸은 습기에 닿은 스펀지처럼 무섭게 그를 빨아들였다.

한선아는 그를 받아들이자마자 첫 번째 절정에 올라갔다. 마치 불속 한가운데 던져진 것 같았다. 그의 입술이 다시 입술을 덮쳐왔고 온몸을 태워 버릴 것처럼 뜨거운 손길이 거침없이 가슴을 훑고 지나갔다. 죽을 것처럼 고통스러웠고 숨까지 턱턱 막혀왔다. 힘껏 그에게 매달렸는데도 사지는 끝없이 땅속으로 가라앉고 있었다. 죽는 순간까지 기억에 남을 첫 남자, 조금이라도 더 몸속의 그를 느끼고 싶었다. 그러나 주체할 수 없을 만큼 혼미해진 정신은 도저히 가다듬을 방법이 없었다. 이대로 죽을 것만 같았다.

"사… 랑해요."

정신이 아득한 상태에서도 근육질의 상체를 꽉 조여 안은 채 허리를 활처럼 휘면서 온몸을 그에게 밀착시켰다. 무시무시한 전

두 개의 태양

율이 정수리에서부터 발끝까지 수도 없이 관통했다. 온몸이 허공에 뜬 것 같은 기분, 목이 메이고 주체할 수 없이 눈물이 났다. 무언가 말을 하고 싶었지만 아무것도 떠오르지 않았다. 그저 메마른 신음 소리만 입술을 헤집고 떠돌았다. 그리고 마침내 폭발, 지독한 혼란의 끝은 몸속 깊은 곳에서 느껴지는 용광로처럼 뜨거운 폭발이었다. 이미 통제를 벗어나 버린 그녀의 몸도 격렬하게 경련을 일으켰다.

한선아는 두 번의 날카로운 절정을 더 겪어내고 나서야 겨우 눈을 떴다. 새파란 하늘이 가장 먼저 눈에 들어왔다. 머리칼을 스친 노란 은행잎 몇 장이 팔랑거리며 허공으로 말려 올라가고 있었다. 세상에서 외따로 떨어져 오로지 단둘만이 남은 느낌, 몸 안에는 아직도 그의 열기가 하나 가득 남아 있었다. 심장이 다시 쿵쾅거리기 시작했다.

'이제 내 거야. 영원히……'

다짐하듯 중얼거리면서 돌처럼 단단한 그의 가슴을 정신없이 파고들었다. 그의 눈을 마주할 자신은 없었다.

CHAPTER 11
반격反擊

"씨팔! 여기가 뭐 어때서 이 한밤중에 옮기라고 지랄이야, 지랄이. 네미럴. 좆까고 있네."

박수봉은 누군가에게 욕설을 퍼부으면서 지하로 내려왔다. 그런데 느닷없이 뒤통수가 화끈했다.

"윽! 뭐야!"

뒤통수를 부여잡은 채 눈을 부라리며 홱 돌아섰다가 얼른 꼬리를 내렸다. 코앞에 보이는 건 최병만의 매서운 눈매였다.

"야. 이 X새끼야. 부장씩이나 되는 새끼가 아이들 듣는 데서 그따구 좆통소를 불면 어쩌자는 거야? 여서 숟가락 놓고 싶어?"

"죄송합니다, 형님."

"안 실장 어딨어!"

“후문에 계십니다.”

“이제 마이티 한 대 남았지?”

“네! 형님. 한 대는 금방 짐 싣고 떴습니다.”

“마무리 빨리 해, 새끼야. 회장님 건너오실지도 모른다. 난 지금 청담동으로 건너간다고 안 실장한테 전해라. 어쨌든 여기서 문제 생기면 씨발놈들 내 손으로 옥수수 몽창 털어버린다. 알아들어?”

“예, 형님! 야! 가자!”

박수봉은 황급히 아이들을 달고 우르르 VIP 룸으로 뛰었다. 진짜 무거운 짐은 다 올라갔으니 이제 나무 박스 3개만 더 올리면 끝이었다. 기껏해야 라면 박스 대여섯 개를 합친 정도의 크기여서 일은 금방 끝날 것 같았다. VIP 룸 벽장의 대형금고는 활짝 열려 있었다.

“들어. 빨리 끝내고 털자! 내가 오늘 한잔 쏜다.”

“감사합니다!”

아이들은 희희낙락하면서 박스들을 챙겨 들고 밖으로 나갔다. 아이들이 직원용 엘리베이터를 통해 지상으로 올라가는 사이, 박수봉은 중앙 계단을 통해 1층으로 올라왔다. 새벽 2시가 넘었는데도 클럽 샤이어에서는 여전히 귀청을 찢을 것 같은 랩 음악이 흘러나오고 있었다.

“네미럴. 대한민국에 팔자 좋은 연놈들은 저기 다 모였어. 아예 홀랑 벗고 놀지 빤쓰는 왜 입냐. 니미.”

그는 술에 취해 비틀거리며 로비를 벗어나는 젊은 여자들의 늘씬한 허벅지를 노골적으로 쳐다보면서 후문 현관을 빠져나왔다. 최병만은 정문을 통해 밖으로 나가고 있었다.

부릉!

현관에 꽁무니를 들이댄 마이티 탑차가 막 시동을 걸면서 시커먼 배기가스를 뿜어냈다. 첫 번째 박스를 가지고 나온 아이들이 재빨리 뒷문을 열었다. 그는 두어 발짝 떨어진 화단 옆에서 트럭 옆에 늘어선 정장의 사내 둘에게 손을 흔들었다. 아는 얼굴이었다. 그런데 사내들은 또 그를 외면했다. 건달들과는 아는 척하기 싫다는 뜻일 터였다. 일전에 물건을 들여올 때도 그러더니 또 시건방을 떨고 있었다.

'건방진 새끼들. 총 빼면 시체 같은 것들이 모가지에 깁스를 했나. 니미.'

사내들의 뒤통수를 도끼눈으로 째려보면서 담배를 빼물었다. 첫 번째 박스가 올라가고 두 번째도 금방 올라갔다. 그런데 세 번째 박스가 보이지 않았다. 가까이에서 손바닥을 터는 꼬맹이를 불렀다.

"야, 한 개는 어디 있냐?"

"금방 나올 겁니다. 엘리베이터에서 내리는 거 봤습니다."

"빌어먹을 새끼들. 술은 졸라 처먹는 것들이 행동은 더럽게 굼떠요. 씨팔. 전부 여기 찰싹 붙어 있으라고 해. 네미럴."

되는대로 욕설을 퍼부은 박수봉은 아이들을 트럭 뒤에 그대로 남겨놓고 거구를 건들거리면서 안으로 들어갔다. 수하들이 줄줄이 깔린데다 정부요원들까지 즐비해서 문제가 생길 가능성은 거의 없지만 보스가 신경을 곤두세우는 일이니만큼 실수없이 챙겨야 했다. 잰걸음으로 로비를 가로질러 직원용 엘리베이터가 있는 뒤쪽 복도로 들어섰다. 세 번째 박스는 엘리베이터 바로 앞에 놓여 있었다. 다행히 박스는 바로 눈에 들어왔다. 그런데 넷이나 달라붙어 있어야 할 아이들이 한 놈도 보이지 않았다.

"이 개자식들은 또 어디로 샌 거야! 야! 봉식아!"

그는 고함을 지르며 황급히 박스로 뛰어갔다. 박스는 카트에서 밀려나 한쪽 구석을 바닥에 댄 채 깨져 있었다. 급한 마음에 깨진 나무 조각을 집어 든 그가 구멍 안을 들여다보는 순간, 엘리베이터가 '띵' 하는 고음을 내며 문을 열었다.

"네미럴!"

그는 순간적으로 얼어붙었다. 사라진 4명이 고스란히 엘리베이터 안에 널브러져 있었다.

"뒤통수에 바람구멍 나고 싶지 않으면 그대로 있어."

얼음장처럼 차가운 목소리, 목덜미에 차가운 금속의 촉감이 느껴졌다. 엉거주춤 자세를 일으키려 하는 순간, 묵직한 충격이 정수리를 강타했다.

"켁!"

김태훈은 쓰러지는 놈을 엘리베이터 안에다 처박으면서 박스 안을 확인했다.

"빌어먹을!"

총열의 윤곽만 봐도 알 수 있는 특이한 모양의 자동소총 칼리

두 개의 태양

니쉬코프. 그는 뚜껑 일부를 더 깨트리고 소총 하나를 꺼내 개머리판을 확인했다.

"미치겠군."

개머리판이 접이식으로 개조된 북한제 AK—47이었다. 숫자는 대략 20정, 바닥에는 실탄이 채워진 구부러진 탄창이 줄줄이 깔렸고 북한군 군복도 몇 벌 보였다. 먼저 나간 박스들을 확인하지 못한 것이 아쉬워지는 상황, 그러나 방법은 없었다. 이젠 빠져나가야 했다. 소총을 내려놓은 그는 재빨리 탄창 하나를 빼서 주머니에 우겨 넣고 되는대로 사진을 몇 장 찍었다.

"철수한다."

나직이 중얼거린 그는 신속하게 복도를 빠져나와 정문 현관으로 움직였다. 그런데 엉뚱한 얼굴이 중앙 현관의 회전문을 통해 안으로 들어왔다. 남도철과 함께 다니던 햇병아리 형사였다. 이름은 기억나지 않았다. 그는 최대한 자연스럽게 발길을 돌렸다. 순간, 오정식의 다급한 목소리가 들려왔다.

—무장한 것으로 보이는 사복 두 사람이 정문으로 들어갑니다! 둘은 측면출구! 철수경로 수정하십시오! 경로변경!

이어폰을 툭툭 친 그는 로비를 가로지르면서 측면에 있는 출구를 확인했다. 20대 중반쯤으로 보이는 사내들이 빠른 걸음으로 들어오고 있었다. 주차장으로 나가는 후문은 육군첩보대가 장악했으니 불가, 남은 방법은 하나였다. 그는 그대로 계단을 통해 샤이어로 들어가면서 모자를 푹 눌러썼다. 이미 늦은 시간이어서 입장을 제지하는 웨이터들은 없었다.

출입구 밖에서부터 묵직하게 울리던 음악이 순식간에 귀청을 찢어내기 시작했다. 쉴 새 없이 번쩍이는 오색의 조명과 탁한 어둠이 복잡하게 뒤엉킨 음울한 공간, 무대는 웃통을 벗어젖힌 흑인밴드가 차지했고 중앙홀에서는 아직도 밤을 같이 보낼 파트너를 찾지 못한 오륙십 명의 젊은 남녀가 빠른 음악에 맞춰 흐느적거리고 있었다. 그는 빠른 걸음으로 테이블 사이를 통과해 곧장 2층으로 올라가는 계단에 발을 올렸다. 미리 구조를 봐둔 곳이어서 생각할 필요도 없었다.

올라가면서 입구를 확인했다. 조금 전에 본 형사가 안으로 들어오고 뒤이어 두 사람이 따라 들어와 내부를 돌아보고 있었다. 여기까지 왔다는 건 목표가 자신이며 또한 봤다는 뜻, 무조건 사라져야 했다. 마침 더블단추가 달린 조끼 차림의 웨이터가 계단으로 다가왔다. 그가 인상을 구기며 웨이터를 불러 세웠다.

“어이, 부킹 어떻게 된 거야? 똑바로 못해?”

“아! 잠깐만 기다리십쇼. 금방 갑니다.”

웨이터는 무조건 고개부터 끄덕였다. 그의 얼굴을 기억할 리 없지만 웨이터의 입장에서 보면 상황은 뻔했다. 자연스럽게 몇 마디 더 말을 붙이면서 웨이터와 나란히 계단을 올라갔다. 복도를 따라 룸들이 배치된 2층은 복도에서 중앙홀이 내려다보이도록 터져 있는 구조였다. 3미터가 채 안 되는 높이지만 2층 복도를 걸으면 눈에 띌 가능성이 높았다. 일단 사람 사이에 묻히는 것이 최선이었다.

2층에 올라서자마자 웨이터와 헤어져 화장실 쪽으로 방향을 틀었다. 비상구는 화장실이 있는 후미진 복도 끝에 있었다. 잘하면 조용히 빠져나갈 수도 있겠다는 생각을 떠올렸다. 그러나 느닷없이 유리문 하나가 벌컥 열리면서 누군가 권총을 내밀었다. 그는 반사적으로 문을 차버리고 순간적으로 자세를 낮춰 총구를 피하면서 어깨 위로 놈의 팔을 쳐냈다.

팍!

귓전에서 묵직한 소음기의 파열음이 터졌다. 그는 총을 잡아채면서 겨드랑이를 어깨로 툭 걷어올렸다.

"크악!"

놈은 순간적으로 허공에 떴다가 떨어지면서 비명을 내질렀다. 어깨뼈가 통째로 탈골됐으니 기절 직전일 터였다. 팔에 딸려오는 놈의 허리춤을 그대로 잡아채 난간 너머로 던져 버렸다. 놈은 바람 빠지는 소리를 내면서 눈앞에서 사라졌다.

순간, 바로 옆에서 유리문이 폭발하듯 터져 나갔다.

와장창!!

거의 동시에 난간 아래의 강화유리도 산산조각으로 박살이 났다. 불문곡직 총을 쐈다는 뜻, 1층으로 떨어진 놈과 부딪히면서 밀어내지 않았다면 정통으로 맞았을 것 같았다. 그는 즉각 벽으로 달라붙었다. 100킬로그램은 되어 보이는 거구가 곧장 깨진 유리문을 넘어 밖으로 튀어나왔다. 그는 순간적으로 튀어오르면서 놈의 가슴팍으로 파고들었다.

티딕!

머리 위에서 둔탁한 파열음이 터졌다. 놈을 난간 쪽으로 밀어

붙이면서 팔꿈치를 턱에다 틀어박았다.

"컥!"

나직한 비명, 허공으로 떠오른 놈은 깨진 유리 난간 위의 철제 봉에 부딪혔다가 튀어나왔다. 내려서는 놈의 명치에다 강력한 훅, 놈은 비명도 지르지 못한 채 허리를 접었다. 다시 안면에다 무릎을 박아 넣었다. 놈은 쭉 밀려 나가면서 뒷머리를 봉에 처박고 주저앉았다. 의식을 잃은 것 같았다. 그는 놈의 손에서 떨어진 권총을 방 안으로 차버리고 뒤도 돌아보지 않고 복도를 뛰었다.

40미터 가까운 거리를 뛰는데 5초도 채 안 걸린 것 같았다. 복도 끝에서 비상구를 열면서 클럽의 상황을 확인했다. 사람이 2층에서 1층으로 떨어졌고 유리창이 온통 박살이 났는데도 클럽은 아무 일도 없었던 것처럼 줄기차게 밤의 열기를 토해내고 있었다. 음악은 점점 더 커졌고 급기야 밴드의 선창에 따라 손님들 전체가 일제히 함성을 내질렀다.

"Here We Go! Yo! So! Sexy!!"

그는 조심스럽게 비상구 철문을 밀어냈다. 철문 밖은 곧장 건물 외부, 철제계단과 난간이 1층까지 서너 번 꺾이면서 이어져 있었다. 문을 닫고 기대선 채 짧게 호흡을 가다듬으면서 비상구 아래를 확인했다. 특별한 이상은 없지만 제대로 된 체포 작전이라면 당연히 비상구 아래에도 요원을 배치했을 터, 약간의 위험은 감수하는 수밖에 없었다. 권총에 소음기를 끼우면서 한 번에 서너 개씩 계단을 내려 뛰고 마지막에는 난간을 뛰어넘어 곧장 바닥으로 내려섰다. 다행히 총질을 하는 놈은 없었다.

두 개의 태양

골목은 납작한 상가 건물을 따라 주택가로 이어졌다. 그는 권총을 갈무리하면서 넓지 않은 골목을 전력으로 달렸다.

"북쪽으로 간다. 포인트3에서 만나자. 아웃!"

―포인트3, 대기합니다.

일단 탈출에 성공한 모양새, 그러나 낙관은 일렀다. 그가 골목을 빠져나가는 순간, 대로로 이어지는 남쪽 골목 끝으로 검은색 승용차 한 대가 눈에 들어왔다. 배기구로 흐릿하게 연기가 보였다. 누군가 장시간 타고 있다는 뜻, 금방 시동을 걸었다면 배기가스는 더 하얗게 보여야 했다. 그는 주저없이 방향을 틀어 내리막길로 걸었다. 내리막이 끝나는 곳에 또 시동이 걸린 차량이 보였지만 이번엔 방법이 없었다. 후미진 뒷길에 배치됐으니 백업요원이 대기하는 차량일 가능성이 높았다.

그는 차량 운전석과 차량 주변을 주시하면서 반대쪽 벽에 붙어서 빠른 걸음으로 움직였다. 운전석에 한 사람, 창문은 열려 있었다. 그런데 운전자의 윤곽이 보인다 싶은 순간, 갑자기 차량의 실내등이 켜졌다. 반사적으로 권총에 손을 대는 사이, 운전석의 사내가 여유롭게 차창 밖으로 얼굴을 내밀었다.

"역시 자네로군. 오랜만이야. 이야기 좀 하지, 유령."

유행이 지난 금테안경에 하관이 빠른 갸름한 얼굴, 분명 아는 얼굴이었다. 그가 권총을 쥔 손을 늘어트리자 사내가 천천히 문을 열면서 다시 말했다.

"급하게 움직이면 안 될 거야. 한가하게 보급이나 맡고 있지만 명색이 과장인데 혼자 현장에 나오지는 않았을 거 아닌가."

국정원 1차장 신용학의 오른팔로 불리던 배덕성이었다. 같이 일한 적은 없지만 언젠가 신용학을 통해 안면은 튼 사이였다. 그는 말없이 주변을 훑었다. 가까운 차량 뒤에 검은 실루엣 둘이 보였다.

"둘로는 어려울 거요."

배덕성은 차에서 내려 한 발짝 다가서며 어깨를 으쓱해 보였다.

"물론 그럴 수도 있지. 하지만 아이들 건너올 때까지 몇 분 시간은 끌 수 있어."

"어떻게 날 찾았지?"

"어렵지 않았어. 강병서라고 했던가? 그 친구가 아주 친절하게 여기가지 데려다 주더군."

이제야 이름이 생각났다. 남도철의 파트너였던 애송이 형사, 물론 강병서가 샤이어에 나타난 건 그런대로 이해할 만한 상황이다. 그런데 국정원이 그를 미행했다? 여전히 말은 안 되지만 억지로 끼워 맞추면 가능하기는 한 시나리오였다. 배덕성이 다시 말했다.

"용건만 간단히 하지. 같이 가줘야겠어. 신 차장께서 보자시더군."

단도직입적인 말, 자신도 모르게 웃음이 나왔다.

"후후. 요즘은 날 찾는 사람이 너무 많더군. 사양이야. 마구잡이 총질을 하면서 곱게 따라오라고 하면 따라갈 거라고 생각하는 거요?"

"아아. 안에서 총질을 한 건 내 새끼들이 아니야. 중국 아이들인 거 같던데?"

"중국 아이들과 우리 요원을 구분 못할 정도로 바보는 아니야."

"그럼 우리 아이들이 그 사람 많은 곳에서 총질을 할 정도로 바보라고 생각하나?"

"그건 중국인들도 마찬가지지."

"이런, 이런. 이거 말로는 안 되겠군."

"후후. 혼자가 아니라고 말이 막나오는군. 그럼 나는 어떨까? 혼자 왔다고 생각하나?"

"응?"

배덕성은 움찔하면서 주변을 둘러보았다. 조금은 우스꽝스런 반응, 현장 출신도 아니거니와 평생 책상머리를 떠나지 않은 사람이니 어쩌면 당연한 반응일지도 몰랐다. 몇 초가 흐른 뒤에서야 쓰게 웃은 배덕성이 욕설을 토해냈다.

"젠장! 허풍이 심하군."

심리전에 당했다는 생각일 터였다. 김태훈은 여유롭게 걸음을 옮기면서 말을 받았다.

"글쎄. 내 암호명이 왜 유령이었는지를 한번 생각해 보지. 물러서지 않으면 당신 이마에 제일 먼저 바람구멍이 날 거야. 물론 아군을 쏘고 싶지는 않아. 그러니 내가 떠날 때까지 그 자리에 꼼짝 말고 그냥 서 있도록 해. 그편이 만수무강에 도움이 될 거야."

배덕성은 그의 말이 끝나기도 전에 그 자리에 얼어붙었다. 그

반격反擊

에 대해 잘 아는 사람이니 2대 1 정도로 싸워서 이길 상대가 아니라는 것도 잘 알고 있을 터, 거기에 혹시 있을지도 모르는 저격수까지 고려하면 본인이 가장 먼저 사망진단서를 받아 들 수 있다는 생각을 할 것이었다. 배덕성이 명령을 내리지 못하고 잠시 갈등하는 사이 조금씩 걸음에 속도를 붙인 그는 순식간에 요원들을 지나쳐 어두운 골목으로 스며들었다.

"추격해! 멍청한 것들! 2조! 3조! 북쪽 골목이다! 튀어나와!"

배덕성의 고함 소리가 뒤통수를 때렸다. 그는 순간적으로 돌아서면서 트렁크 부분이 보이는 자동차 뒷바퀴의 사이드월을 겨냥해 연속해서 2발을 발사했다.

뻥!

밤이어서 그런지 타이어가 터지는 소리는 생각보다 컸다. 굉음이 골목을 들깨우자 배덕성의 고함 소리가 더 커졌다. 그는 곧장달리기 시작했다. 갈림길이 나올 때마다 방향을 바꾸면서 크게 대각선으로 달렸다. 부촌이라 집도 크고 골목도 비교적 넓지만 수시로 방향을 바꾸며 전력으로 달리는 그를 따라잡는 건 자동차가 멀쩡해도 어려운 일이었다.

10여 분을 전력으로 달려 입에서 단내가 느껴질 즈음, 차병원 근처에 도착했다. 차병원 주차장 입구에 차를 댄 오정식이 운전석 밖으로 손을 흔들었다. 일단 한숨은 돌린 셈, 오정식은 그가 올라타기가 무섭게 차를 출발시켜 곧장 논현역 쪽으로 좌회전을 했다. 새벽 2시가 넘었지만 도로는 전조등 불빛으로 가득 차 있었다.

“누구였습니까?”

“국정원이야. 배덕성, 지금은 3차장 휘하에 있는 모양이다.”

“기획실이 현장에 나와요? 이상한데요?”

“이상할 것까지는 없지. 기획실 일부가 국내 감찰에 동원된 지는 오래됐으니까.”

“젠장. 뭔지는 보셨습니까?”

그는 AK소총의 탄창을 꺼내 슬쩍 보여주며 고개를 가로저었다.

“여기 먼저 확인한 것이 천만다행이었어. 마지막에 나온 박스는 이거다. 북한제 AK.”

오정식의 눈이 휘둥그레졌다.

“북한제 자동소총이요?”

“그래. 박스 하나에 한 20정 들어간 거 같은데 다행히 차성묵 팀이 인수하는 거 같더라. 조폭들이 자동소총을 들고 설치는 황당한 꼴은 안 봐도 될 것 같다. 앞에 나간 건 박스 크기나 무게로 보아 확실히 금괴인 것 같고.”

“휴… 갈수록 태산이네요. 설마 국내에서 쓰려고 들여온 건 아니겠죠?”

“당연히 그래야지. 기본적으로 북한 무기류는 국정원을 통해 들어오니까 배덕성이 들여왔다고 보면 말이 돼. 문제는 위험한 총기가 왜 조폭들 손에 들어갔다가 나왔으며 왜 국내 작전을 수행하고 있는 차성묵에게 넘어갔냐는 거다.”

“젠장! 이제 황당하다 못해 어지럽네요. 지금 청담동으로 가시겠습니까?"

"당연히. 이대로 밀어붙인다."

김태훈은 대답 대신 곧장 차선을 바꾸는 오정식을 물끄러미 쳐다보며 지그시 입술을 깨물었다. 북한제 AK와 북한군복, 육군첩보대라는 세 가지 단어를 놓고 생각하면 가장 먼저 떠오르는 단어는 북파공작이었다. 그런데 이번엔 장비를 챙긴 사람이 국내에서 활동하는 차성묵이었다. 그렇다면 북파공작이 아니라는 뜻, 그렇다고 차성묵이 국내에서 북한군 군복을 입고 어딘가에 테러를 할 거라고 판단하는 건 말도 안 되는 억지였다. 거친 사람이긴 하지만 명색이 대한민국 특전사 출신의 장교였다. 누가 뭐래도 애국심만큼은 의심의 여지가 없다. 그런 사람이 위에서 시킨다고 그런 멍청한 짓을 실행에 옮긴다? 말이 되질 않았다.

'도대체 뭐냐? 무슨 뜻이냐?'

그는 중앙선 건너에서 다가오는 전조등 행렬을 노려보면서 미간을 잔뜩 좁혔다. 머릿속이 턱없이 복잡해지고 있었다.

✝

최병만은 참담한 표정으로 전화를 끊었다. 이러면 이 새벽에 다시 방대섭과 마주해야 했다. 그것도 아주 불편하게.

'씨팔. 그래도 시계는 돈다. 얼마 남지 않았어.'

나직하게 욕설을 토해낸 그는 전화를 주머니에 쑤셔 넣고 다시 엘리베이터 버튼을 눌렀다. 엘리베이터는 금방 입을 벌렸다.

　5층 복도에서 잠시 심호흡을 한 다음, 526호의 인터폰을 눌렀다. 대답은 없었다. 다시 인터폰을 누르자 여자의 뾰족한 목소리가 흘러나왔다.

　―누구세요?

　"접니다."

　―뭘 놓고 가셨어요?

　"회장님을 다시 뵈어야 할 것 같습니다. 죄송합니다."

　―잠깐만요.

　다시 잠깐의 시간이 흐르고 나자 속이 다 비치는 야한 잠옷 차림의 여자가 문을 열었다. 여자의 표정과 목소리에는 불만이 가득했다.

　"들어오세요."

　'나가요 따위가 감히!'

　욕설이 목젖까지 기어올라 왔지만 꾸역꾸역 도로 밀어 넣었다. 아직은 때가 아니었다. 그는 눈길만 한 번 주고 안으로 들어섰다.

　"무슨 일이냐?"

　회색 목욕가운을 입은 방대섭이 술잔을 내려놓으며 오만상을 찌푸렸다. 예상했던 반응, 이 시간에 여자와 함께 있는 상태에서 방해를 받았다면 자신이라도 마찬가지였다. 그가 깊숙이 허리를 굽히며 말했다.

　"일이 생겼습니다. 건너가 보셔야 할 것 같습니다."

　"일이 생겨?"

　"샤이어에서 누군가 주먹다짐을 한 모양입니다. 김태훈인가

하는 그놈 같은데… 아이들 다섯이 중상이고 박스 하나가 깨져서 물건 일부가 노출됐답니다.”

그는 최대한 차분한 어조로 말했지만 방대섭의 얼굴은 삽시간에 일그러졌다.

“목격자도 있나?”

“문제가 생긴 곳이 직원용 엘리베이터 앞이라 실제 목격자는 없을 것 같답니다. 물건 내보낸다고 감시카메라도 전부 꺼놔서 본 놈들은 한정되어 있을 겁니다. 그래도 확실한 건 현장에 가서 챙겨봐야겠죠.”

“아주 지랄들을 하는구만. 도대체 뭐 하는 것들이야? 대가리 수만 50 넘게 깔렸잖아! 안 실장 그 개자식은 뭐 하고 자빠진 거야!”

“안방에서 무슨 일이야 있겠냐 싶어 방심한 것이 화근이었습니다. 일단 제가 넘어가서 수습을 한 다음에 신문사 사람들과 만나야겠습니다.”

“신문사?”

“예. 우일신문 기획실장 박일웅이가 갑자기 보자더군요.”

“이 새벽에?”

“아뇨. 아침 7시입니다. 일찍 출근하더군요.”

“젠장. 알았다. 샤이어는 오늘부터 네가 직접 챙겨라. 나도 곧 나가겠다.”

“죄송합니다.”

방대섭은 술잔을 들면서 손을 내저었다. 가보라는 뜻, 최병만

두 개의 태양

은 두말없이 돌아섰다.

╬

[최병만이 나왔습니다.]

김태훈은 차에서 내리면서 이현주의 연락을 받았다. 방대섭의 오피스텔에서 한 블록 떨어진 이면도로였다.

"방대섭은?"

[나오지 않았습니다. 그리고 방대섭이 도착할 때 경호원으로 보이는 주먹 넷이 배치됐습니다. 둘은 차에서 대기하고 나머지 둘은 5층 엘리베이터 앞에 있습니다.]

"다른 감시조는?"

[없는 것으로 보입니다.]

"수고했다. 무전기 온, 현장대기."

[무전기 온, 대기. 아웃.]

전화를 끊은 김태훈은 느릿하게 송수신기를 귀에 꽂았다. 묵직한 백팩을 챙긴 오정식이 재빨리 따라붙었다.

"다리는 괜찮냐?"

"견딜 만합니다. 장시간 구보라면 힘들겠지만 건달 정도 상대하는 거라면 얼마든지입니다. 후후."

씩 웃은 그는 오정식의 어깨를 툭 치고 앞장서서 걸었다. 주먹 몇 놈이라면 비교적 쉬운 상대, 특별히 문제될 일은 없을 터였다. 뒷골목을 통해 오피스텔 구내로 들어서자 가장 먼저 경호원들이

탔다는 자동차가 눈에 들어왔다. 로비 바로 건너편 주차장 초입에 세워둔 검정색 승용차에 거구 둘이 나란히 기대서서 담배를 빨고 있으니 티가 날 수밖에 없었다.

수신호로 오정식에게 주차장으로 돌아가라고 명령한 다음, 술 취한 사람처럼 조금씩 비틀대면서 천천히 로비를 향해 걸었다. 그가 가까이 가자 거구 하나가 몸을 일으켰다가 도로 차에 기댔다. 그냥 지켜보겠다는 뜻일 터였다. 그는 로비 입구에 기대서서 거구들을 노려보며 혀를 꼰 채 시비를 걸었다.

"어이, 깍두기 새끼들이 여기서 뭐 하는 거야? 어여 집에 들어가서 자빠져 자, 새끼들아. 이야, 이거 웃긴 자식들이네. 야! 내 말 안 들려?"

놈들은 귀찮다는 듯 그를 외면했다. 시끄러워져서 좋을 일 없다는 뜻일 터였다. 그러나 그가 다시 욕설을 입에 담자 한 놈이 못 참겠다는 표정으로 담배꽁초를 집어 던졌다.

"이런 시팔놈이 죽을라고 환장했나."

다른 하나가 말리려 했지만 놈은 뿌리치고 성큼 다가왔다.

"죽고 잡냐? 이걸 확!"

놈은 손을 어깨 위로 들어 올리며 위협적으로 얼굴을 내밀었다. 그는 움찔 놀라는 척하면서 양손으로 머리를 가렸다. 놈의 손이 목으로 다가왔다. 그냥 멱살이나 잡겠다는 생각일 터, 그는 순간적으로 놈의 왼손 새끼손가락을 잡아채 위로 꺾어버렸다.

"어어……."

기겁을 한 놈은 다급하게 그의 팔에 매달리면서 무릎을 굽혔다.

두 개의 태양

뚜둑!

그러나 손가락은 그대로 부러져 버렸다. 비명을 내지를 사이도 없이 김태훈의 무릎이 놈의 안면에 작렬했다.

"끄어……."

놈은 벌렁 뒤로 나자빠졌다.

"뭐야! 저 새끼!"

여유있는 표정으로 상황을 지켜보던 다른 놈이 황급히 달려들었다. 가장 먼저 날아든 건 주먹, 가슴으로 파고들며 주먹을 머리 위로 흘렸다. 잇달아 훅이 날아왔으나 놈의 명치끝에 박힌 그의 주먹이 훨씬 더 빨랐다. 순간적으로 웅크리는 놈의 하체를 들어 올려 머리부터 아스팔트 바닥에 처박았다. 달려들던 탄력을 이기지 못한 놈의 두 발은 기괴하게 허공을 휘저었다. 떨어진 놈의 발목 관절을 부러지는 소리가 날 때까지 밟았다. 기절한 와중에도 신음 소리가 흘러나왔다.

"트렁크."

그의 나직한 명령과 함께 주차장에서 튀어나온 오정식이 재빨리 운전석 문을 열고 트렁크 레버를 잡아당겼다. 그는 놈들의 주머니를 뒤져 전화기와 자동차 키를 꺼낸 다음, 두 놈 모두 트렁크에 처넣고 후드를 닫아버렸다.

"가자."

두 사람은 야구모자를 푹 눌러쓰고 엘리베이터를 탔다. 감시카메라에 얼굴이 노출되는 것을 피하겠다는 생각, 고개를 잔뜩 숙인 채 올라타서 감시카메라 바로 아래에 자리를 잡았다. 아파트 엘리베이터에 설치되는 감시카메라는 보편적으로 화질이 좋지 않아서 안면인식 프로그램으로 전용되기 어렵지만 일단은 만사불여튼튼이었다. 우선 엘리베이터로 8층까지 올라갔다가 걸어서 5층으로 내려왔다. 비상구를 조금 열자 대각선 쪽으로 엘리베이터 바로 옆에 있는 소파에 앉아 노닥거리는 다른 두 놈의 모습이 보였다.

마스크를 뒤집어쓰고 그냥 문을 열었다. 건달 따위에 시간을 허비하고 싶지는 않았다. 두 사람은 나란히 놈들을 향해 걸어갔다. 자연스럽게 둘 중 하나와 눈이 마주쳤다. 짧은 머리에 살집이 좋은 놈이었다. 놈은 눈에 띄게 긴장하면서 급히 자리에서 일어나 점퍼를 벗었다. 다른 놈도 황급히 소파에서 엉덩이를 떼었다. 그러나 기세 좋게 몇 발자국 앞으로 나오던 놈들은 두 사람이 빠른 걸음으로 다가가자 주춤 걸음을 멈췄다. 뒤늦게나마 분위기가 심상치 않다는 걸 눈치 챈 모양이었다.

"너… 너희들 뭐냐?"

김태훈은 불문곡직 거리를 줄이면서 놈의 무릎부터 찍었다.

"큭!"

반사적으로 나오는 주먹을 툭툭 걷어내고 턱과 명치를 연속해서 강타했다. 간결한 타격, 놈은 그르륵 소리를 토해내며 스르르 주저앉았다. 눈을 다른 놈에게 돌렸을 때는 오정식의 매서운 발꿈치가 이미 쓰러진 놈의 뒤통수를 정통으로 가격하고 있었다. 놈의 입에서 비틀린 신음이 새나왔다. 상황 끝, 두 사람은 재빨리 놈들을 끌어다 비상구 밖에다 던져 버리고 손을 털었다.

두 개의 태양

“들어가자.”

두 사람은 신속하게 복도를 가로질러 방대섭의 오피스텔을 찾아갔다. 자물쇠는 전자식 최신형이었지만 테이저건 한 방에 간단히 무장이 해제됐다. 우선은 슬쩍 손잡이를 돌렸다. 손잡이에 열쇠 구멍이 있으니 기계식도 있다는 뜻, 보통 전자식을 쓰는 집들은 기계식 자물쇠를 잠그지 않지만 확인은 필요했다. 예상대로 문은 그냥 열렸다. 그러나 쇠사슬이 걸려 있었다. 오정식이 재빨리 절단기를 들이밀었다.

은은한 조명과 음악이 흐르는 오피스텔은 생각보다 넓었다. 오피스텔 두 개를 텄는지 실평수만으로도 40평은 훌쩍 넘을 것 같은 크기, 고급 소파와 대형 LCD TV가 가장 먼저 눈에 들어왔다. 방대섭은 보이지 않았다. 그는 그냥 신발을 신은 채 발을 들여놓았다.

“누구냐!”

날카로운 고함 소리, 욕실이었다. 열린 욕실이 보이는 각도로 돌아가자 목소리의 주인공이 보였다. 놈은 알몸으로 욕조에 누워 있었고 여자 역시 실오라기 하나 걸치지 않은 채 놈에게 안겨 있었다. 그런데 놈의 얼굴에 의외의 미소가 걸려 있었다.

“네가 김태훈이라는 놈인 모양이군. 흐흐.”

여유로운 웃음, 놈은 여자를 밀어내며 수건을 집어 들었다. 김태훈의 미간에 자연스럽게 내천 자가 그려졌다. 놈은 방대섭의 얼굴을 가지고 있지 않았다.

“방해받은 표정이 아니로군.”

"그런 셈이지. 기다리고 있었으니까."

놈의 말과 동시에 거실 벽 일부가 벌컥 열리면서 10여 명의 거구가 쏟아져 들어왔다. 손에는 저마다 연장을 챙겨 들고 있었다.

"죽여!! 씨팔!"

총을 빼고 어쩌고 할 수 있는 시간적 여유도 없었다. 그는 앞장선 놈이 휘두르는 야구방망이를 반사적으로 피해 베란다 쪽으로 훌쩍 물러서면서 오정식과 눈을 마주쳤다. 오정식도 한 걸음 물러서면서 경찰용 전기 진압봉 하나를 그가 있는 방향으로 대충 던지고 횡으로 움직이는 놈의 옆구리에다 족도를 박았다. 김태훈은 무대포로 달려드는 놈과의 거리를 순간적으로 좁혀 야구방망이 궤적 안으로 들어갔다. 당황한 놈이 야구방망이를 짧게 돌리려 했지만 그는 야구방망이 손잡이를 툭 쳐올리고 동시에 턱에다 팔꿈치를 틀어박았다.

"컥!"

뒤로 넘어가는 놈의 아랫배를 발로 차내 뒤따르는 놈들을 물러서게 하면서 탄력을 이용해 자연스럽게 봉을 잡았다. 봉을 집는 순간, 다른 놈 둘이 달려들었다. 이번엔 시퍼런 사시미칼, 길이도 제법 있어 보였다. 봉을 횡으로 뿌리면서 칼 든 두 놈의 손목을 한꺼번에 쳐내고 도약했다. 뒤에 엉거주춤 서 있던 다른 놈의 얼굴에다 비스듬하게 족도를 박아넣고 번개같이 제자리로 돌아왔다. 일격에 정신을 잃어버린 놈은 동료들에게 주르륵 밀려 나갔고 봉에 얻어맞은 놈들은 그 자리에 엎어진 채 부들부들 떨었다. 고압전기가 맨살에 닿았으니 한동안은 제정신을 찾기 어려울 것

두 개의 태양

이었다. 순식간에 넷이 널브러지자 놈들은 주춤주춤 물러섰다. 오정식도 두 명을 쓰러트리고는 그중 한 놈의 목을 지그시 밟으면서 물러서고 있었다. 그가 왼손으로 권총을 빼며 말했다.

"이런 데서 이걸 쓰면 반칙이겠지? 그래도 어쩔 수 없어. 해보겠나?"

사실 소음기를 끼우지 않은 상태여서 당장 총기를 사용하는 건 불가였다. 그러나 건달들을 주눅 들게 하기엔 충분했다. 그가 시선을 끌자 시간 여유가 생긴 오정식이 권총을 빼 들고 차분하게 소음기를 끼웠다. 그가 나직하게 소리쳤다.

"국정원이다. 쓸데없이 사람을 죽이고 싶지 않아. 기본적으로 건달 따위가 낄 자리가 아니다. 난 저놈만 필요하다. 나머진 빠져."

그의 총구가 욕실에서 나와 슬그머니 아이들 뒤로 숨어든 놈을 가리키자 놈이 악을 썼다.

"운짱 놈이 무슨 헛소리야! X새끼! 국정원 같은 소리하네! 닦아버려!"

"예! 형님!"

대답은 우렁차게 했지만 선뜻 나서는 놈은 없었다. 죽자고 작정을 하지 않은 바에야 먼저 튀어나오지 못할 터였다. 그는 오정식과 슬쩍 눈을 마주친 다음, 문 쪽으로 걸음을 옮겼다. 의미없는 싸움을 할 수는 없는 노릇, 이만한 준비가 되어 있다면 방대섭은 어딘가 안전한 곳에 있을 터였다. 지금은 물러서야 했다. 그런데 문을 가로막은 놈들이 비키지를 않았다. 겁먹은 표정이지만 칼을 움켜쥔 채 악착같이 자리를 지키고 있었다.

"쏴버려."

차가운 목소리, 오정식은 대답도 없이 문을 가로막은 두 놈의 다리에다 가차없이 총탄을 박아버렸다.

틱! 티딕!

"크아! 내 다리!"

잇달아 세 발, 몇 놈이 허벅지를 붙잡고 뒹굴자 오정식은 가까이 있는 놈의 칼 쥔 손을 밟으면서 밖으로 튀어나갔다. 그는 남은 놈들을 총으로 위협하면서 천천히 뒷걸음질로 물러섰다.

"야! 이 개새끼들아! 닦아버리라는데 뭐 해!"

욕실에 있던 놈이 다시 악을 썼다. 그는 놈의 머리 바로 위에다 총을 쏴버렸다.

쾅!

무지막지한 총성이 실내를 뒤흔들었다. 기겁을 한 놈들이 목을 움츠리는 사이 성큼 문을 나섰다. 그런데 밖에도 문제가 있었다. 대여섯 놈이 엘리베이터로 향하는 길목을 막은 채 오정식과 대치하고 있었다. 그가 복도 아래를 힐끗 내려다보며 말했다.

"뛸 수 있지?"

아래는 4층 높이였다. 꼭대기까지 중앙이 터진 구조인데 2층에 테이블과 의자 몇 개를 깔아 휴게실처럼 꾸며놓고 있었다. 평소라면 얼마든지 가능하겠지만 오정식의 다친 다리가 신경이 쓰였다. 슬쩍 아래를 내려다본 오정식의 반응은 간단했다. 오정식은 두말없이 난간에 한 손을 짚고 뛰어내려 버렸다. 순간, 한 놈

두 개의 태양

이 방에서 뛰어나왔다. 그러나 그의 총구가 코앞으로 돌아가자 황급히 칼을 떨어트리며 털썩 엉덩방아를 찧었다.

"쏘… 쏘지 마!"

쓰게 입맛을 다신 그는 반대쪽 놈들에게 다시 총구를 돌려 위협한 다음 가볍게 난간을 뛰어넘었다. 바닥의 감촉은 제법 푹신했다. 녹색 인조잔디, 그는 바닥을 한 바퀴 굴러 자세를 바로잡으면서 나직하게 중얼거렸다.

"현주야, 포인트3, 차 대기시켜라."

✝

터널 속 조명들이 폭포수처럼 빠르게 스쳐 지나갔다. 마치 공상과학 영화의 한 장면처럼 기괴한 분위기, 턱없이 복잡한 김태훈의 머릿속도 모양새는 별로 다르지 않았다. 현장을 떠나는 순간부터 첫 번째 단추를 잘못 끼웠다는 생각이 줄기차게 그를 괴롭혔고, 황당하기 짝이 없는 수십 가지 가정들의 찢어 붙이기 역시 한도 끝도 없이 이어지고 있었다.

'방대섭을 너무 얕봤어.'

괜한 손찌검으로 상대의 경각심만 높여준 꼴, 이러면 목표를 바꾸거나 시간 여유를 두고 다시 기회를 엿보는 수밖에 도리가 없었다.

길고 긴 황색의 세상이 끝나자 이현주가 인터체인지 쪽으로 차선을 바꾸며 말했다.

"죄송합니다."

그 많은 숫자의 건달들이 안으로 들어갔는데도 전혀 눈치를 채지 못해 화를 자초했다는 뜻일 터였다. 그러나 그건 이현주의 잘못만은 아니었다. 애당초 상대를 얕보고 너무 서둔 탓, 방심의 대가였다. 그가 고개를 가로저었다.

"네 탓이 아니야. 시간이 너무 없었다. 더 신중하자. 그거면 돼."

"……."

"지난 일은 잊어라. 오늘은 좀 쉰 다음에 숙소 옮기고 쇼핑 좀 하자. 옷가지도 그렇고 모자나 안경 같은 액세서리까지 전부 바꿔야겠다."

"알겠습니다."

이현주의 대답을 끝으로 다시 침묵이 이어졌다. 대로를 빠져나온 차가 미행을 확인하기 위해 이면도로로 들어서자 뒷자리에서 숨죽이고 있던 한선아가 그의 어깨를 살짝 쳤다.

"저기… 오빠. 아까 생각한 건데… 그 중국인에게서 뺏은 랩탑 있잖아요."

"그게 왜?"

"그거 KSTAR 전용장비일 거예요. 시중에서는 전문가들도 절대 구할 수 없는 물건이거든요. 그걸 담보로 거래하자고 하면 일본 사람들은 혹하지 않을까요? 잘하면 그 사람들한테서 단서도 얻을 수 있잖아요."

김태훈은 고개를 주억거렸다. 며칠 전부터 한참을 만지작거리다 내려놓은 계획, 일본으로서는 거액을 지불하면서 구입한 물건의 일부였다. 반응만큼은 확실할 터였다. 문제는 자신이 랩탑을 가지고 있다는 사실을 굳이 알려줄 필요가 있느냐는 부분이었다. 얼핏 생각해도 상황을 악화시킬 수 있었다. 카메이에게 거래를 제안하면 박재영과 방대섭도 자연스럽게 사실을 알게 되고 그에게 가해지는 압박은 더 심해질 터였다.

그러나 뾰족한 돌파구가 없는 것이 현실이었다. 오늘 방대섭은 함정을 파놓고 그를 기다리고 있었다. 육군첩보대에게 경호를 받고 있는 박재영은 아마 한술 더 뜰 터였다. 이미 공격을 예상하고 삼엄한 경호 속에 몸을 감춘 놈들을 손이 닿는 거리까지 기어나오게 하려면 확실히 전환점이 필요했다.

"오늘 얻은 게 없으니 이젠 그것도 생각해 볼 필요가 있겠지. 며칠 방대섭과 카메이를 감시하면서 어디서 어떻게 손을 댈 건지 정리해 보자."

그가 긍정적인 대답을 내놓자 한선아가 거만하게 팔짱을 끼며 배시시 웃었다.

"흠흠. 이럼 나도 스파이처럼 생각하기 시작한 거죠? 호호."

김태훈은 뒤를 돌아보면서 픽 웃었다. 정말 대단한 배짱, 보통 사람 같으면 펑펑 울어도 시원치 않을 판국인데 다른 사람들의 기분을 배려해 억지로 농담까지 하고 있었다. 그의 입가에 미소가 감돌았다.

"그래. 너도 우리처럼 점점 미쳐 가는구나. 뭐 가끔 미쳐 보는 것도 나쁘지 않지. 후후."

“요런 걸 부창부수라고 하지 말입니다. 흐흐흐.”

뒤를 확인하던 오정식이 장난스럽게 맞장구를 치면서 이빨을 내보였다. 이 녀석도 칙칙하게 가라앉은 분위기를 어떻게든 바꿔 보려고 필사적이었다. 쓴웃음이 저절로 새어 나왔다.

‘하기야 한숨 폭폭 내쉬는 것보다는 이편이 백번 낫겠지. 후후.’

미소를 머금은 채 한선아와 이현주에게 번갈아 눈길을 주었다. 두 사람의 입가에도 조금씩 미소가 번져 오기 시작했다. 그리고 너털웃음, 네 사람은 마주 보면서 한참을 낄낄대고 웃었다.

CHAPTER 12
임계속도

　창문 너머로 막 떠오른 해가 잔디밭으로 긴 나무 그림자를 드
리웠다. 상쾌한 아침이지만 박재영의 기분은 최악이었다. 밤새
벌어진 일들이 뒤통수를 서늘하게 만들고 있었다.

　'멍청한!'

　어깨의 통증이 왕창 도지는 것 같았다. 그 많은 놈들이 한 놈을
막지 못해서 온통 난장판이 되어버렸다. 그것도 제집 앞마당에서
벌어진 일이었다. 육군첩보대 1개 팀이 현장에 있었고 최정예라
며 큰소리치던 방대섭의 조직원까지 70명이나 동원했는데 결과
는 부상자만 9명이었다. 놈은 온데간데없이 사라졌고 샤이어에
는 총 든 놈들까지 들이닥치는 통에 배가 산으로 갈 뻔했다. 그것
이 지난밤에 받아 든 개략의 성적표였다.

답답했다. 바람이라도 쏘일까 싶어 창문을 열어젖히려는데 다시 전화기가 요동을 쳤다. 방대섭의 번호, 받기는 해야 했다. 몇 번 더 진동음이 들릴 때까지 잠시 기다렸다가 전화를 받았다. 목소리가 저절로 퉁명스러워졌다.

"어떻게 된 거요?"

[일이 우스워졌습니다. 샤이어에 기관원 몇 명이 들이닥쳐서 위험했는데 다행히 사장님 사람들하고 부딪히지는 않았습니다. 물건도 무사히 건너갔고요.]

"그걸 묻는 것이 아니지 않소. 김태훈인가 하는 그놈은 어찌 된 거요? 아이들 대기시킨 방 회장 오피스텔에서 제대로 엮었다면서요."

[죄송합니다. 그놈이 총기까지 가지고 다닐 줄은 몰랐습니다.]

"그걸 말이라고 하는 거요?"

[죄송합니다.]

"쯧쯧. 답답한 양반. 뒷일이나 잘 처리하시오."

그는 변명을 늘어놓으려는 방대섭을 무시한 채 전화를 끊어버렸다. 그것 말고도 신경 쓰이는 일이 또 있었다. 인터폰에서 비서의 목소리가 흘러나왔다.

—이 실장 전화 연결합니다.

"나다."

[조금 전에 최병만이 본사 기획실장 박일웅 이사의 방을 나갔습니다. 구체적인 안건은 확인하지 못했지만 이번 건과 관련이 있는 건 분명해 보입니다.]

"박일웅이라… 최병만을 만났다면 확실히 그렇겠지. 알았다."

두 개의 태양

[더 알아보고 연락드리겠습니다.]

전화를 끊은 박재영은 의자를 돌려 창밖을 내다보면서 오만상을 찌푸렸다.

'박일웅이 최병만을 만나? 이건 또 무슨 개 같은 경우냐?'

기획실장 박일웅은 아버지 박일선 회장의 최측근으로 그룹의 실세 중의 실세였다. 경영권을 인수하면 가장 먼저 회유해야 할 사람, 문제는 최근 들어 박일웅이 처남 김길수와 가까이 지내고 있다는 점이었다. 이러면 처남이란 작자가 박일웅을 끼고 뒷구멍으로 뭔가 음흉한 짓을 꾸민다는 뜻이었다. 새삼 불쾌해졌다.

'건방진 놈. 내가 그리 쉽게 당하리라고 생각하면 오산이야. 마지막에 누가 뒤통수를 맞는지 보자고. 후후.'

그는 입술을 비틀면서 담배로 손을 가져갔다. 싸움은 이제부터였다. 천천히 담배에 불을 붙이고 인터폰을 다시 열었다.

"경호팀 준비시켜라."

―네, 사장님.

박재영은 경호팀이 차를 준비하자마자 곧장 과천으로 향했다. 카메이를 만날 생각, 카메이는 과천의 안가에 요원들을 집결시킨 채 아예 두문불출하고 있었다. 안가 하나가 불타면서 요원 상당수가 죽고 곧바로 지부장까지 사망했으니 확실히 비상이 걸렸을 터, 물건 반출을 포기하고 안가에 눌러앉은 것도 이해가 갔다. 특히 지부장의 죽음은 절대 사고사일 리가 없었다. 중국 정보기관이 됐든 국정원이 됐든 적대적 세력의 소행임이 분명했다.

수원으로 이어지는 고속도로를 동쪽으로 벗어나 이면도로를 통해 산지로 접어들었다. 얼마 지나지 않아 인가가 완전히 사라지고 차 두 대가 겨우 교차할 만한 넓이의 농로가 나타났다. 그리고 짧은 산길, 일본인들의 안가는 산길 끝에 있었다. 군사기지를 방불케 하는 2층짜리 콘크리트 건물, 수십 명이 한꺼번에 머물 수 있을 만큼 규모도 상당한데다 고속도로 동쪽의 한적한 산지 한 켠을 깎아 만든 건물이어서 민간의 눈을 의식할 필요가 없고 비상시 탈출도 제법 용이해 보였다.

입구에서 무장 경비원 한 무리를 통과하자 키 작은 나무들로 둘러싸인 중앙현관이 나타났다. 삼엄한 경계가 펼쳐져 있기는 마찬가지, 마치 할리우드 마피아 영화 속으로 뛰어든 것 같은 험악한 분위기였다. 박재영은 현관에서부터 대기하던 젊은 요원의 안내를 받아 2층으로 올라갔다.

카메이는 고속도로 건너편의 정부청사와 시청이 한눈에 건너다 보이는 작은 집무실 창가에서 그를 기다리고 있었다. 실내는 제법 고급스런 분위기의 가구들로 채워져 있었다. 박재영이 들어서자 카메이가 반색을 하며 돌아섰다.

"어서 오세요, 박 사장님. 앉으시죠."

박재영은 대충 자리를 잡고는 인사말부터 건넸다.

"지부장으로 승차하셨다면서요. 축하드립니다."

"감사합니다. 정식 인사발령이 난 것이 아니라 지부장 대리입니다. 좋지 않은 일 때문에 승진한 셈이라 불편합니다. 축하는 나중에 하지요."

두 개의 태양

“그러십시다. 그런데… 여기는 안전합니까?”

“물론이죠. 훈련된 요원만 18명입니다. 당분간 귀찮은 파리들이 좀 꼬이겠지만 군대가 쳐들어오지 않는 한 괜찮습니다. 중국 아이들 정도는 걱정 안 하셔도 됩니다.”

“그래 보이는군요.”

“그런데… 무슨 일로 직접 나오셨습니까? 아시다시피 눈이 많습니다.”

카메이는 다소 걱정스런 표정을 지었다. 유력 신문사 사장이 일본 정보기관장과 얼굴을 맞댔다는 사실이 외부에 흘러나가기라도 하면 자칫 시끄러워질 수도 있다는 이야기였다. 박재영이 입술을 비트는 특유의 웃음을 내보였다.

“감청에 당하는 것보다는 이편이 낫지 않겠소? 어차피 한국에서 내게 시비를 걸 수 있는 사람은 많지 않아요. 그리고 오늘 양평에 들어가면 당분간 별장에서 나오지 못할 것 같습니다. 그러니 만나야 할 사람은 다 만나고 들어가야죠. 후후.”

카메이가 양손을 가볍게 들어 보이며 말을 받았다.

“뭐 그러시다면야. 그럼 본론으로 갈까요?”

“곧 본격적인 작업이 시작된다더군요. 물건의 안전한 처리가 시급해졌다는 뜻입니다. 알다시피 여건이 좋지 않아요. 굳이 내가 참견할 일은 아니지만 처리를 서두릅시다.”

“그 이야기를 하러 오셨습니까?”

카메이는 언짢은 표정이었다. 겨우 그런 이야기를 하러 신분 노출의 위험을 감수하고 여기까지 왔냐는 뜻, 시선을 끌고 싶지 않다는 의미이기도 했다. 그가 또 웃었다.

"국정원이 움직였어요. 일본으로 나가는 건 귀국의 외교행랑도 안전하지 않다는 뜻입니다. 그래서 따로 길을 마련해 드릴까 합니다."

"이를테면요?"

"우리 외교행랑 편을 통해서 내보냅시다. 내가 잘 아는 외교관 하나가 모레 필리핀 대사관으로 나갑니다. 대사관 건물 일부에 대한 신축이 이루어지는 기간이라 특별 외교행랑 편으로 필요한 장비를 내보내더군요. 서울공항에서 출발하는 전세기라 몇 자리 정도 만드는 건 문제가 없을 겁니다. 카메이 상과 요원 몇 사람이 같은 비행기로 출국할 수 있도록 연결해 드리리다."

"필리핀이라… 안전하게 나갈 수만 있다면 괜찮을 것 같은데……."

카메이는 연신 고개를 끄덕이면서도 결론을 내리지 않고 말끝을 흐렸다. 자신의 통제에서 벗어나는 것이 싫다는 뜻일 터였다.

"아시아에서 내각정보실 요원들의 활동이 가장 활발한 지역이 필리핀 아닙니까. 일본 정부의 필리핀 정부에 대한 영향력도 막강하고 급하면 가까이 있는 해자대 함정을 불러다 활용할 수도 있고 말이오."

"그렇기는 하지요. 긍정적으로 생각해 보겠습니다."

"시간이 없으니 되도록 빨리 결정하시고 결정되는 대로 사람을 보내세요."

"감사합니다."

"자. 그럼 난 이만 가봐야겠어요. 이번 일 끝낸 다음에는 제대로 한번 놀아보십시다. 요즘 좀이 쑤셔… 잠시만요."

전화기에서 한선아의 신곡이 흘러나오고 있었다. 박재영은 얼른 전화기를 꺼냈다. 발신자번호는 뜨지 않았다. 그는 잠시 받을까 말까를 고민하다가 전화기를 귀에다 가져다 댔다. 최근에 새로 번호를 만들었고 외부에 알려진 번호도 아니어서 이 전화로 연락을 해오는 건 가족이나 몇몇 이번 일에 관련된 고위층 인사들이었다. 당연히 받아야 했다.

그런데 전화기에서 흘러나오는 목소리가 완전히 생소했다.

[내 목소리는 처음 듣겠지? 박재영 사장?]

"누구지?"

[일본인들하고 붙어먹는 건 재미있나?]

"뭐?"

[과천은 바닥이 좁아.]

'젠장!'

목소리는 모르지만 누군지는 뻔했다. 더구나 어딘가에서 지켜보고 있다는 뜻, 박재영은 황급히 자리를 박차고 일어나 창밖을 내다보았다. 당연히 보이는 것은 없었다. 목소리가 삽시간에 경직되기 시작했다.

"누구냐?"

[한선아 씨의 보호자 되는 사람이야. 누군지 알겠지?]

자칭 한선아의 보호자라면 답은 뻔했다. 당장 욕설이 튀어나왔다.

"건방진 놈. 나와 척을 지고도 대한민국에서 살 수 있을 것 같나? 어림도 없어."

[그럴 수도 있겠지. 그럼 넌 어때? 너도 잘살 수 있을까?]

"대한민국에서 날 건드릴 수 있는 놈은 없어."

[오호. 그러셔? 물론 그렇겠지. 하지만 넌 죽는 순간까지 밤길을 조심해야 할 거다. 알다시피 난 저격수 출신이야. 한때는 최고라고 불렸지. 혹시 알아? 지금도 네놈 이마 한가운데에 조준경이 고정되어 있을지?]

박재영은 화들짝 놀라 창가에서 비켜섰다. 아주 잠깐이지만 공포라는 걸 맛본 셈, 짜증이 있는 대로 치밀어 올랐다.

'이런 개 같은!!'

이 창문에서 직선으로 보이는 곳은 최소한 4킬로미터 이상 떨어진 고속도로 건너편이었다. 누가 봐도 저격은 불가능했다. 허풍이라는 뜻, 침착할 필요가 있었다. 그는 카메이와 눈을 마주치면서 크게 심호흡을 했다.

'이자가 왜 전화를 했지?'

박재영은 필사적으로 머리를 회전시켰다. 놈은 당장 군 첩보대와 경찰 모두에게 쫓기는 절박한 상황이다. 그 와중에 자신의 휴대전화 번호를 알아내 전화를 했다는 건 뭐가 됐든 협상할 거리가 있다는 뜻일 터였다. 같잖은 협박 따위나 하려고 전화를 걸 미친놈은 절대 아니었다. 일단은 들어보는 게 순서, 생각할 시간은 듣고 나서도 충분했다.

"용건이 뭐냐."

[역시 도둑놈답게 반응이 쓸 만하네. 좋아. 그럼 내가 먼저 하고 싶은 이야기를 하지. 내 생각엔 말이야. 박재영 사장 당신이

두 개의 태양

죽도록 갖고 싶어하는 두 가지를 내가 전부 가지고 있는 것 같단 말이야. 그래서인지 내가 요즘 좀 불편해지고 있거든? 그래서 말인데… 당신이 하나를 포기하면 나도 하나를 포기하지.]

"무슨 소리냐?"

[듣기에 당신이 일본인들에게 줄 걸 다 못 줬다던데? 돈은 다 받아먹었는데 말이야. 아닌가?]

정곡을 찌르는 의외의 질문, 기겁을 할 정도로 놀랐지만 목소리만은 결사적으로 가라앉혔다.

"그걸 네가 갖고 있다는 거냐?"

[물론이지. 뭔지는 모르지만 있어 보이는 물건이더군. 중국인들 손에서 챙긴 거니까 아마 맞을 거야.]

박재영은 부지런히 머리를 돌렸다. 놈의 말이 거짓일 가능성도 없지는 않았다. 그러나 중국인들을 거론하고 일본에 넘겨줘야 할 물건이라는 말까지 꺼낸 이상 무시할 수는 없었다.

"그걸 넘길 테니 여자를 포기하라는 건가?"

[하하. 너무 빨리 가지 말자고. 크흐흐.]

놈은 한참을 낄낄대더니 갑자기 정색을 하며 어조를 바꿨다.

[이봐. 장사를 하려면 제대로 해야지. 혼자 남는 장사를 하겠다고 하면 거래가 안 되는 거야. 상대도 배려를 좀 해보라고. 한선아 양을 그냥 두는 건 기본적인 거잖아. 난 당신 때문에 직장에서 잘렸는데 나도 먹고살아야 할 거 아닌가. 남는 게 있어야지.]

"뭘 원하지?"

[난 당신 좋아하는 노란색 돌멩이 몇 개면 만족할 것 같아.]

“뭐?”

[손바닥만 한 거 4개면 돼. 내 퇴직금이라고 생각하면 별로 억울하지 않을 거야.]

손바닥만 한 금괴라면 국제표준규격인 12.5kg짜리를 지칭하는 것일 터였다. 금 시세가 kg당 1,900만 원에 육박하는 판이니 놈은 대략 10억 정도를 요구하는 셈이었다. 그가 코웃음을 쳤다.

“욕심이 과하군.”

[싫으면 그만두자고. 그냥 물속에 던져 버리든지 사진 찍어서 인터넷에 팔아보지 뭐. 아! 국정원이나 청와대에 보내는 것도 괜찮을 것 같군. 국정원은 수고비 정도는 줄 거 같거든? 그럼 밤길 조심하라고. 수고…….]

“잠깐! 좋다. 받아들이지.”

박재영은 얼른 놈의 말을 끊었다. 전화를 끊는 척하는 건 누가 봐도 뻔한 수작이지만 속아주는 수밖에 도리가 없었다. 놈을 가까이 끌어들일 수만 있다면 10억 정도는 문제도 아니었다.

“대신 넌 한국을 떠라. 남아 있으면 송장을 치르게 될 거다.”

[내가 뜨고 나면 또 한선아 씨 납치해서 마약 파티 하시게? 그건 곤란해.]

“약속은 지킨다.”

[뭐 믿을 만하지는 않지만 생각해 보지. 내일 오전 8시 반에 다시 전화하겠다. 일본인들에게서 받은 금괴 중에서 12.5킬로그램짜리 국제표준규격 금괴 4개만 꺼내라고. 무게가 무게니만큼 튼튼한 배낭에 넣어서 우일경제신문 사장실에 가져다 두면 좋을 거

같군. 아! 노인네에게 물건을 들고 오랄 수는 없으니 차성묵 중령도 데려오라고. 그 친구 다리가 튼실해 보이더군. 후후. 내일 봅시다, 영감.]

놈은 그냥 전화를 끊어버렸다. 토를 좀 달아 물건의 진위를 확인하고 싶었지만 놈은 말할 기회를 아예 주지도 않았다.

'빌어먹을!'

낮게 욕설을 토해낸 박재영은 대답을 요구하는 카메이의 눈빛을 무시한 채 잠시 창가를 오가면서 머릿속을 정리했다. 사실 금괴 4개는 문제가 아니었다. 안전하게 랩탑을 확보하는 것이 최우선, 거기에 더해 놈을 없애는 방법도 염두에 두어야 했다. 놈을 살려두면 평생 두 다리 뻗고 잠드는 건 포기해야 했다.

그가 소파로 돌아오자 기다리다 지친 카메이가 바짝 다가앉았다.

"누굽니까? 물건을 가지고 있답니까?"

그는 고개를 끄덕였다.

"그놈이오. 김태훈."

"어쩌시겠습니까?"

박재영은 대답을 보류한 채 다시 생각에 잠겼다. 무엇보다 놈이 전화를 한 이유가 궁금했다. 아무리 생각해도 놈에게는 굳이 랩탑을 가지고 있다는 사실을 알려서 위험을 자초할 이유가 없었다. 그런데도 놈은 제 입으로 물건을 가지고 있다면서 거래를 요구했다. 그리고 거래의 대가로 금괴를 요구했다. 금괴의 존재도 알고 있다는 걸 은근히 알린 셈, 쉽게 놈은 협박을 하고 있었다. 이러면 진짜 거래를 하겠다는 뜻이 아니라 이쪽의 약점을 잡으려는 함정일 가능성이 높았다.

‘제기랄! 해보겠다는 거냐?’

가장 먼저 통화 중에 잘못된 단어 선택이 있었나를 차근차근 떠올렸다. 다행히 특별한 건 없었다. 물론 공개되면 문제가 될 단어들이 없진 않았지만 대부분 놈이 입에 올렸을 뿐 그가 직접 거론하지는 않았다. 절반의 성공, 이대로 랩탑을 되찾고 놈을 처리할 수 있다면 깔끔한 마무리도 얼마든지 가능했다. 아니, 따지고 보면 랩탑도 필요없었다. 놈이 제 발로 요원들의 총구 앞에 나타나 주는 것이 최선이었다. 나타나만 준다면 금괴 4개가 아니라 10개라도 흔쾌히 내놓을 의향이 있었다.

‘건방진 놈! 세상이 네놈 생각처럼 만만한 게 아니라는 걸 보여주마. 으드득.’

박재영은 내심 이를 갈아붙이면서 자리를 털고 일어섰다.

“별장에 다녀와야겠소. 자세한 건 가면서 상의합시다.”

궁금해 죽겠다는 표정이 되어버린 카메이가 급히 따라나섰다.

✝

“녹음 잘됐니?”

전화를 끊자 한선아가 새로 산 노트북 컴퓨터에서 USB를 뽑아 흔들어 보였다. 뒷자리에 앉은 한선아는 조수석 의자를 완전히 뒤로 젖히고 시트백에 노트북을 올려놓고 있었다.

“당연하죠. ‘내 문서’에 하나, 여기 하나.”

"수고했어."

김태훈은 망원경에 다시 눈을 가져가며 한선아의 손을 슬쩍 쥐었다 놓았다.

"이제 움직여 줬으면 좋겠는데 말이야."

"저 영감이 직접 금괴 있는 곳으로 갈까요?"

"아닐 수도 있겠지. 하지만 욕심 많은 놈들의 특징은 사람을 믿지 못한다는 거야. 직접 가져올 가능성이 높아."

"기다리는 일만 남은 건가요?"

김태훈은 시간을 확인했다. 이제 막 오전 11시를 넘어서고 있었다. 처음 박재영이 안가로 들어간 시간이 9시 반 무렵이었다. 따라서 놈이 안에서 점심식사를 하지 않는다면 곧 움직일 터였다.

"그래. 출출한데 뭐 좀 먹을까?"

"네."

한선아는 재빨리 배낭을 뒤져 오는 길에 산 샌드위치와 음료수를 꺼내 어깨 너머로 건넸다. 샌드위치 하나를 다 먹고 음료수로 입가심을 하려 할 즈음, 안가 진입로에 움직임이 보였다. 진입로에 보이는 차량은 시커먼 밴 두 대와 승용차 세 대였다. 들어갈 때는 밴 두 대와 승용차 한 대가 전부였는데 승용차 두 대가 늘어난 셈이었다. 그가 무전기에 대고 나직이 말했다.

"여기 독수리 하나, 목표가 출발했다."

―독수리 둘, 로저.

"우리도 준비하자."

"네."

한선아는 재빨리 조수석 시트를 원위치시키고는 능숙한 동작으로 큼직한 선글라스와 모자를 눌러썼다. 2주 넘게 숨어 다녀서인지 이젠 현장견학 나온 초보 필드요원이 무색할 정도로 제법 자연스러웠다. 마주 보고 씩 웃은 다음 서둘러 시동을 걸었다. 두 사람이 감시를 위해 잡은 자리가 진입로 초입에서 조금 떨어진 두부공장 근처여서 바로 움직여야 대로에 진입하기 전에 시간을 맞출 수 있을 것 같았다.

자동차 전용도로 진입로 부근에서 때맞춰 박재영의 차량 행렬을 따라잡은 그는 차량 세 대를 사이에 두고 여유있게 자동차 전용도로에 진입했다. 그런대로 적절한 진행, 그런데 전용도로에 진입하자마자 문제가 생겼다. 앞쪽 1차선으로 달리던 오정식이 다급하게 목소리를 높였다.

—여기 독수리 둘, 목표가 갈라집니다. 승용차 두 대가 터널 방향으로 빠졌고 나머지는 양재 쪽입니다.

"벤츠는?"

—양재입니다.

"터널로 가는 놈들을 맡아라. 내가 벤츠를 따라간다."

—로저.

박재영이 어느 차에 탔는지는 모르지만 애당초 타고 왔던 벤츠가 가능성은 가장 높았다. 그는 신속하게 고속도로를 빠져나와 몇 대를 추월하면서 쥐색 밴이 보이는 3차선에 자리를 잡았다. 놈들은 경부고속도로를 그냥 지나쳐 송파 IC를 통해 순환고속도로로 올라갔다. 이후는 짐작대로였다. 놈은 팔당대교를 건너 곧장 양평으로 방향을 잡고 있었다. 이러면 기본적으로 목적지는 박재영의 별장, 금괴와 총기는 놈의 별장으로 들어갔다는 의미였다. 100%라고 확신은 못하지만 다른 가능성은 거의 없었다.

김태훈은 아예 시계 밖에서 한동안 차량 행렬을 따라갔다. 목적지를 아는 이상 무리할 필요는 없다는 판단이었다. 예상대로 벤츠는 강변을 따라 한참을 달리다가 산길로 접어들었다. 그런데 갑자기 밴 한 대가 뒤처지더니 비포장도로로 들어가 버렸다. 그는 밴이 시야에서 사라지는 즉시, 도로변에 차를 댔다. 박재영의 별장에서 5km 이상 떨어진 외진 곳, 현장조사는 지난번 한선아를 구출하면서 둘러본 정도면 충분했다. 이미 목적은 달성한 상황에서 괜한 위험을 감수하면서 더 따라가고 싶지는 않았다.

"이 정도면 오늘 밥값은 했다."

그는 미련없이 차를 돌렸다. 오늘은 어디까지나 여기 없는 이현주가 주연, 여긴 멀리서 지켜보는 것으로 충분했다.

†

차성묵은 안에 덧입은 방탄복을 신경질적으로 추슬렀다. 간만에 정장을 입기도 했지만 방탄복 때문에 더럽게 어색해 보였다.

'짜증스럽군.'

옆구리에 채운 권총도 불편하긴 마찬가지, 역시 군인에겐 군복이 최고였다.

"이 개자식! 왜 전화 안 하는 거야!"

박재영이 길길이 뛰면서 소리를 질렀다. 시간은 벌써 8시 40분이 넘어가고 있었다. 박재영의 비서실장과 차성묵 등 나머지 4명은 금괴가 든 작은 배낭과 박재영의 휴대전화기에 시선을 집중한 채 침묵을 지켰다.

"빌어먹을 자식!"

박재영이 다시 욕설과 짜증을 비서실장에게 쏟아내자 전화기가 음악을 토해냈다. 8시 43분, 차성묵은 전화 위치추적 장비 앞에 앉은 이민석과 눈을 마주친 다음, 박재영에게 고개를 끄덕여 보였다. 박재영이 재빨리 전화기를 집어 들었다.

"여보세요."

[좀 늦었군. 미안하게 됐어. 준비는 됐나?]

완전히 변조된 기계음, 목소리의 주인공이 누군지 구분하기는 어려웠다.

"그래."

[차성묵도 같이 있겠지?]

박재영은 대답을 삼켜 버렸다.

[물건은 차성묵 중령 혼자 가지고 나오도록. 여러 사람 다니면 번거로우니까 말이야. 당신 전화 들려 보내. 그리고 지금 시간이 8시 44분이니까 9시 10분까지 서울역 광장에 있는 여행안내센터에 도착시켜라. 출근 시간이라 자동차로는 시간을 맞추기 어려울 거다. 전철을 이용하는 게 좋을 거야.]

놈은 이야기가 끝나자마자 또 전화를 끊어버렸다. 차성묵은 곧바로 이민석에게 시선을 던졌다. 추적에 성공했냐는 뜻, 대답은

두 개의 태양

시원치 않았다.

"시간이 너무 짧았습니다. 죄송합니다. 그래도 연결된 지역 기지국 정도는 찾아낼 수 있을 것 같습니다. 20분 정도면 됩니다."

"의미는 없지만 일단 찾아라. 상대는 유령이다. 제자리에 죽치고 있을 리가 없어. 일단 팀 이동시켜라. 목표는 서울역 여행안내센터, 분명히 다시 움직여야 할 거다. 탑승 상태로 현지에서 대기하다가 연결 기지국이 확인되면 그쪽으로 이동시켜라. 서둘러라!"

"예!"

이민석이 무전기로 명령을 내리기 시작하자 그는 가방을 어깨에 메면서 박재영을 돌아보았다. 박재영은 아랫입술만 잘근잘근 씹고 있었다.

"날 묶어놓겠다는 생각일 겁니다. 다녀오죠."

그는 대답을 기다리지 않고 신문사 건물을 빠져나왔다. 정문 앞에는 오토바이 한 대뿐이었다. 대원들의 차량은 벌써 출발했다는 뜻, 오토바이에 올라타 곧바로 이동을 시작했다. 서울역으로 향하는 도로는 극심한 정체에 시달리고 있었다. 오토바이조차 움직이기 어려울 정도였다. 그는 오토바이를 인도로 올려 버렸다. 마구잡이로 경적을 울리면서 인도를 달려 멈춰 선 대원들의 차량을 추월했다. 시청 광장을 통과하기도 전이었다.

서울역에 도착한 것이 9시 05분, 놈은 늦는 걸 예상했겠지만 시간보다 앞서는데 일단 성공한 셈이었다. 안내센터로 들어가기 전에 주변을 세심하게 둘러보았다. 바삐 움직이는 사람들로 꽉 들어차 있지만 사람이 많아도 감시하는 눈을 찾아내는 건 어렵지 않다.

임계속도

항상 시계가 확보되는 자리, 현실적으로 가능성은 대로 건너편의 빌딩들이 가장 높았다. 공사 중인 대우빌딩이나 GS빌딩 어딘가에서 이쪽을 내려다보고 있을 터였다. 건물당 하나둘이라도 병력을 배치하고 싶었지만 현실적으로 방법이 없었다. 어차피 놈이 생각하는 장소는 여기가 아닐 터, 포기하고 그냥 안으로 들어섰다.

그가 들어서자 정복 여직원이 재빨리 자리에서 일어나 인사를 했다.

"안녕하십니까? 어서 오십시오."

그는 고개만 까딱하고 벽면의 지도에 시선을 돌렸다. 놈이 직원들에게 행적을 노출했을 리 없으니 쓸데없는 정력 낭비는 피하고 싶었다. 시간을 확인했다. 9시 9분 45초, 다시 지도로 눈길을 주는 사이, 예상대로 전화벨이 울렸다. 전화를 받은 여직원이 자리에서 일어서며 그에게 전화기를 들어 보였다.

"차성묵 중령님이십니까?"

"그런데요?"

"육군본부랍니다. 전화를 기다리실 거라는데요?"

"감사합니다."

차성묵은 쓰게 웃으면서 전화기를 받아 들었다.

"장난은 그만하지."

[전철을 타라. 4호선, 9시 25분까지 명동역 3번 출구에 도착해서 다음 명령을 기다려라.]

전화는 그대로 끊어져 버렸다.

"빌어먹을 자식. 영화를 너무 많이 봤군."

차성묵은 시간을 확인하면서 잠시 갈등했다. 9시 12분, 13분이 남아 있었다. 오토바이는 교통 상황을 확신할 수 없으니 포기, 그는 대원들에게 즉시 명동으로 차를 돌리라는 명령을 내리고 전철역을 향해 걸었다. 마음 같아서는 뛰고 싶었지만 50kg이나 되는 배낭이 어깨를 찍어 눌러 몇 걸음 떼는 것도 쉽지 않았다. 그런데 어렵게 역사로 들어설 무렵 이민석의 전화가 걸려왔다.

[근처가 아닙니다.]

"무슨 소리야?"

[놈이 접속한 지역은 분명히 서울입니다만 위치가 조작된 겁니다. 놈의 동조자 중에 유능한 해커가 있는 것으로 보입니다. 사이버팀 김미라 소위의 분석으로는 국정원 위성통신장비를 사용하고 있답니다.]

"그래서 어디라는 거냐."

[기본적으로 통화가 짧았기 때문에 추적에 한계가 있었습니다. 현재로선 서울동부 내지 경기동부 정도가 전부입니다.]

"젠장. 너무 범위가 넓다."

[분명한 건 명동이나 서울역 근처에는 없다는 겁니다.]

"알았다. 이러면 기습에도 신경을 써야겠다. 양평에는 양철민 대위가 남아 있지?"

[그렇습니다.]

"전원 비상대기 시켜라. 양동작전인 것 같다."

[양동작전이요?]

"우리 팀을 서울로 불러내고 양평을 치겠다는 생각이야."

[양평에 우리 팀만 있는 게 아니지 않습니까. 경비병력이 만만

치 않습니다.]

"자네라면 그놈들 신경 쓰이겠나?"

이민석은 선뜻 대답하지 못했다. 본인 생각에도 허접한 경비병 20명 정도는 아이들 장난일 터였다. 그가 다시 말했다.

"아이들 배치는 잘 돼 있지?"

[네. 진입 가능한 모든 도로에 원거리, 근거리 중복해서 저격조를 배치했고 지난번 침투로에도 저격조가 들어갔습니다. 놈이 나타나면 바로 처리할 겁니다.]

"좋아. 부동 하달해라. 발견 즉시 사살이다."

'부동不動'은 그가 만든 자체 명령체계로 실전 저격을 의미했다. 해제명령이 떨어질 때까지 24시간 움직이지 말라는 뜻, 대소변까지도 저격위치에서 해결하라는 의미였다.

[예! 중령님. 부동 하달합니다. 아웃.]

차성묵은 전화를 끊고 여유롭게 지하철 계단에 발을 내려놓았다. 입가에 여유로운 미소가 감돌았다.

"이 정도로 내 손발을 묶었다고 생각하나, 유령? 얼마나 활개치고 다닐 수 있는지 한번 보겠다. 후후."

To be continued……

두 개의 태양